嫡女

张俊苗 著

山西出版传媒集团
北岳文艺出版社·太原

图书在版编目(CIP)数据

娲山 / 张俊苗著. -- 太原：北岳文艺出版社，2025.7. -- ISBN 978-7-5378-7095-5

Ⅰ. I247.5

中国国家版本馆CIP数据核字第20252C42B9号

娲山
WA SHAN

张俊苗 著

//

出品人
董利斌

选题策划
高海霞

责任编辑
关志英

封面题字
钮宇大

印装监制
郭　勇

出版发行：山西出版传媒集团·北岳文艺出版社
地址：山西省太原市并州南路57号
邮编：030012
电话：0351-5628696（发行部）　0351-5628688（总编室）
传真：0351-5628680
经销商：新华书店
印刷装订：山西基因包装印刷科技股份有限公司

成品尺寸：165 mm×230 mm
字数：230千　印张：15.75
版次：2025年7月第1版
印次：2025年7月山西第1次印刷
书号：ISBN 978-7-5378-7095-5
定价：68.00元

本书版权为本社独家所有，未经本社同意不得转载、摘编或复制

引 子

浊漳河像一匹抖动着的淡褐色锦缎，出太岳入太行，由西至东蜿蜒而来，进入黎亭县境内，沿外围画了条弧线，然后一路奔腾着东去了。

黎亭县多山，水性子软，遇到山总要避一下，于是漳河就在山与山之间，甩水袖、舞绫纱，斗折蛇行。河谷两岸的村庄，多挂在半山腰，石阶、石墙、石板房，房屋依山势而建，或高或低，错落有致。院墙皆垒得低低的，垒高了就在石壁上留一个拱形门洞，院内栽桃李，屋后种杏果，自然而随性。

板崖村，稳当地蹲踞在山体断层的平台上，房屋呈南北向布列，背靠凌云崖，南临浊漳河，东望广志山。

据说板崖村这块风水宝地，是方家的高祖方奇发现的。方家人凭着勤劳朴实又刚烈强悍的性子，终于在这穷乡僻壤安营扎寨，成了坐地户。之后陆续有李姓、王姓、白姓、张姓、刘姓陆续迁来，皆是靠给方家放羊、扛长工，或者租种方家的土地做佃户，慢慢站稳脚跟的。经过几代人的努力，方家在当地已属殷实之家。富起来的方家，既大方，也霸道。出资先后在村子的南面、北面、东面都砌起了村墙，把板崖村严严实实地圈了起来，进村的门设在村东，门口立两尊半人高的石狮子。村南和村北也各留了小门，但矮小仄狭，两人并排通过都稍显拥挤。一到晚上，村里的大小门便被一一关上，并有护村队来回巡逻，非本村人一律不得出入。护村队的队长是方家大院的方明辕，这是个带有传奇色彩的人物，武艺超强，尤擅舞刀，据说他的刀舞圆了，可以水泼不进、沙扬不入。

广志山，当地人又称其为"娲山"，坐落在前庄、中庄、后庄、下庄、望儿岐、古寺头、板崖村等数村中央，自古享有"黎亭第一峰"之美誉，海拔两千多米，巍峨险峻、高耸入云。早年，山顶有开山老祖殿，内塑娲皇圣母像（当地人俗称老奶奶），后年久失修，殿堂崩坏倒塌，及至明清，屡有人捐资捐物，督工修缮，奶奶庙便如逢春的枯木，有了生机，香火日盛。

民国县志载："山之为灵昭昭也。嵩生岳降实诞英贤，亦之林木蔚葱，调和雨泽，培养群生，厥功尤伟。黎邑广志山，为境内最高峰，上有开山殿，旧祀娲皇圣母。考路史，称女娲佐太昊，祷于神祈为女妇，正姓氏口婚姻是曰神媒……"

1

黎邑境内山脉纵横,崖高谷深,土薄风硬,自古因大山的阻隔,山民们所接受的礼仪少,自然而然性格中天然的东西多一些,被"王化"的成分也就少一些,诚如史书上所载"性朴直""尚气节""人俗劲悍"。

蛮荒之地,生长巫术,也生长神话,当地人言辞凿凿,说此地是上古时期女娲炼石补天的原发地,并推出"天柱山""彩石滩"和"鳌山"来佐证。

彩石滩在前庄村口,此处的河谷开阔、平展,每至秋日,当河水逐渐瘦下来时,渐宽的河床之上便躺满了大大小小形如鹅卵的金钱石、草花石和五色石。

懂行的人会在水浅时来捡石头,草花石是用来刻印章的,而五色石圆润、通透如玛瑙,所以被人捡去雕刻鼻烟壶、烟袋嘴或者扳指。还有人把五色石磨成粉,然后用一种特殊的液体调成糊状,抹在笙簧的舌片上,做调音之用,俗称"点笙"。板崖村的张有良的点笙技术可谓当地一绝,据说手艺是祖上传下来的,至今已有数百年之久。

鳌山位于板崖村的西北部。沿村后山道一直攀至神女峰,然后北折,再北折,就是鳌山了。"大鳌"长伸着脖子,身子呈匍匐之势,概是"断足之痛"持续得太久，致使它的嘴大张着，凝成了一个固定的半圆形。"鳌嘴"巨大，可容二三百人，更神奇的是，"鳌嘴"尽头处的石壁上，长年往出渗山泉水，日积月累，就在"鳌的咽喉"处形成了一个天然水潭。早年有人在水潭的前面建五龙庙，并塑了泥像，天旱之时，村人便集结起来到此烧香祈雨。后道教衰而佛教盛，五龙庙被拆除而建了鳌山寺。朝代更替，两教相争，一直呈此兴彼落之势。到清末民初，五龙庙已片瓦不存，但每逢天旱，维首（领头人）依然组织村民去潭中取水祈雨。鳌山寺的正殿、东耳殿、西耳殿和东厢房也都破败不堪、难遮风雨了，寺里仅剩的三个和尚，悲忧、来乘、来未，寄住在西厢房里，过着半佛半俗的生活。

渐渐地村里有了巫婆、有了"半仙"、有了"马童"、有了梦先生，他们铆着劲儿各显神通，都在极力炫耀自己的本领和无所不能。其实无非是拿生活用品做道具，再加几个连他们自己也解释不清的程序，给人卜个卦，给孩子叫个魂儿，给老人看个茔地，或者是给新屋谢个土，又或者是给人择个红白喜事的日子。山村里就这点生意和买卖，谁都想多挣俩铜钱，多赚几个白面馍馍，自然就免不了明争暗夺和相互诋毁。

没了香火，寺院就没有寺院的样子了。崖顶长有一棵山桃树，枝丫从殿角斜伸到寺里来，以前粉色的桃花开过了，树上会结圆圆的山桃果，果子酸涩并不好吃，但桃仁是中药，砸壳取仁后，凉水泡半个时辰，剥了皮吃，可活血通络，祛堵散瘀。

正殿坍塌之后，山桃树也不好好结果子了，但每至深秋，师父们依然会悉心收集落在寺院角落里的山毛桃子。悲忧师傅说这山核桃稀罕，与别的树上结出的不一样，坑坑洼洼的，纹路也奇特，像是佛陀的脸哪！所以他们总是把捡来的山桃核，精挑细选，脱皮之后，洗涮干净了，打眼穿作念珠用。

但那一年倒春寒，山桃花一受冻就都凋落了，又过一些日子，天气回暖，院子里的两株红牡丹就开了，是发了疯般地怒放，一个枝头缀十多个蓓蕾，同时开放，花朵就挤成一疙瘩、一疙瘩的红云，把枝条给坠得都拖到了地上。牡丹开成这样就不是牡丹了，开成花灾的牡丹不是灿烂，而是荒凉和寂寞了。三个和尚在经历了短暂的失意之后，慢慢也就习惯了，照旧念经、打坐，剩下的时间就是经管鳌山半山坡上猪肠子般一小溜、一小溜的梯田。

这三十亩的梯田，是鳌山寺多年积攒下的寺产，供三个和尚享用绰绰有余了，但磨粮食却是个问题，寺里有石磨、石碾，唯独没有牲口，所以老住持悲忧便经常打发来乘去村里借牲口，这一来一去得走半天山路，来乘懒得去，又推脱不得，扭头就指使来未去。来未是小师弟，即便心有不满，也不敢多嘴一句。

从鳌山寺沿着弯弯曲曲的山路下来，刚好是板崖村的北门。打此门进村，首先要经过的是王水生家。

那日，王水生正陪着儿子石头儿在蹲茅坑，隔着石头矮墙远远地看见来未走了过来，就大声喊："来未，来未！又来借牲口呀？！"

来未不作声，只是冲着他颔首笑笑。

"我家有驴，你用不用？"

来未站住了脚，"你家有驴？"他本想撩一句，"你该不是把老奶奶的马给牵来了吧！"他虽然不常到村里，但是也听说了，几年前的一次意外事件之后，王水生就晋升为老奶奶的"马童"了。（马童即当地的巫师、巫婆，在流传甚广的民间传说里，马童是老奶奶的贴身侍卫，职责是替老奶奶传话，替老奶奶给人看病作法，施展神力。）

但来未并没有这样问，他性子孤僻，不爱说笑逗乐，当然他也不喜欢别人和他撩逗。虽是出家人，他的脾气却坏得很，若有人和他开玩笑，他常会梗着脖子和人吵，三句两句就翻了脸。所以，板崖村的人对他的评价是："来未这人啊！好处是心太实，孬处也是心太实。"

来未一本正经地问："你这是发财了吧？还买了驴。"

王水生便咧嘴笑了，掩饰不住的坏笑，把眉毛顶得一挑一挑的："寺里不是有三头秃驴吗?！还借驴?！"

来未脸上的笑就僵住了，胸口热血上涌，他有种扑到矮墙前，照脸给王水生一拳头的冲动。就在这时，矮墙上忽然冒出一颗小脑袋，石头儿瞪着圆溜溜的眼睛左右张望着。来未就站着没动，只是用力捏紧了手上的一串念珠，把火气压了回去，然后大步朝前走去了。王水生却还在身后喊："咋走了？给咱念段《焰口经》再走啊！"

来未不去理他，被压下去的怒火，化作一小团火焰，在他的胸腔里窜来窜去，烧得他难受。来未十多岁出家为僧，如今已经年近不惑，他是眼睁睁地看着，村人对他和师父、师兄从毕恭毕敬，到平起平坐，再到耍戏作弄的亲历者，这让他心里膈应，可又无可奈何。

往日里，来未总是沿着青石小巷，默默地路过王水生家、白医生家，然后先左折，再右折，最后左折，到方德家借牲口。

方德是板崖村的维首，家里喂养着十几头大牲畜，为人豪爽仗义，也乐于扶危济困，村里谁家揭不开锅了，只要到方家去，赔笑脸说个软话，准能给个三斗两升的，日后还也好，不还也罢，全凭心意。又或者是谁家有了白事，难以打发死者的，只要穿着孝衫到方家磕头报丧，也总能讨得一口薄棺。事后，方德也绝口不提"还"这个字。

但是今天，来未却不着急去方家了，他在板崖村的青石街巷里折来折去，他希望再碰到几个人，哪怕一个人也好，他就能把肚子里的憋屈倾倒一下了，那样的话，他心里也可舒坦些。

可来未在街巷里转了几圈，除了一些毛头孩子和小脚女人，一个男人也没碰上。他内心还保留着一个出家人最后的矜持和操守，那就是，不随便和女人搭讪。至于那些毛头小孩子，他们能懂什么呢?！来未胸腔里的那一小团火焰，就逐渐熄灭了，继而变成了一种悲凉和失落。

板崖村的男人们应该都上娲山了吧？听说维首方德组织村民们去娲山修盖奶奶庙去了。现在，女娲娘娘在他们心目中才是至高无上的，人们已经忘记他们在鳌山寺里上香叩拜的那种虔诚了。不！应该是把这种虔诚转移至奶奶庙了。村里人有时和他搭讪,只不过是想听他念段"焰口经",因为他们听说只要一念"焰口经",就可以把各种鸟儿都聚集而来,像鸟雀们开盛会一样,很是热闹。他们对经文并不感兴趣,只是想亲眼验证一下这个传闻的真实性。来未当然不会随随便便就给他们念的,再说,念了就能重新换回他们对僧人的尊重和崇拜吗?来未不相信。

只有一次,白李氏站在自家门口的大槐树下默默地望着凌云峰发呆,看到他之后,就慌忙地去拢头发,又不自然地绞着衣襟的下角,怯怯地叫了一声"来未师傅"。来未从她闪烁不定的眼神中,判断她应是有事相求,但询问她时,她的眼里瞬间泛起了泪花,然后摇摇头,撇下来未一个人,回院子里去了。来未猜想,她大约是想向他讨个啥偏方的吧。这是个可怜的女人,她的男人白医生,两年前上山打五灵脂时给摔死了,偏巧女儿小娃又发了一场高烧,烧退下去之后,好端端的一个人就不会说话了。这几年里,白李氏为给女儿治哑病,没少花钱,也没少求人,可小娃的病始终不见有起色。

白家的院外有棵大槐树,树干足有一口小水缸那么粗,这么大一棵槐树,种植于何年何时,连村里最年长的老人都语焉不详。若有人问及,他们就答非所问地来一句:"千年松,万年柏,比不上老槐树歇一歇。"

槐树的根部呈"人"字状,像一把有扶手的交椅,人靠着树干坐下来,又仿若两条胳膊把坐着的人拥入怀中。"槐"即"怀",据说早年间,每逢初一、十五的夜里,总会有人在树下烧香求子。村中有个少妇,由于丈夫在外经商,所以数年不曾有孕。这个少妇在一个月圆夜,也到树下烧香磕头,她刚烧完香回到家里,就听到有人敲门,门打开后,发现是个英俊的后生。郎才女貌,于是你有情我有意,两人眉来眼去地就睡到了一起,后来那个男子又接连来了几天,奇怪的是他一句话都不说,一到天明鸡一叫,立马穿衣走人,如是十多晚后,小媳妇觉得奇怪,一天男子又要离去时,她拽住了他的衣袖不放,不想男子从怀里抽出一把剑把袖子给割断后,急速逃生。自此之后,那男子再没有出现过,别人却发现,白家大门外的槐树主干上少了一块树皮。故事越传越神，之后，就再没有人敢到树下烧香磕头了。

2

在这山沟沟里，白李氏的身份有点特殊，方五八村谁家女人生孩子，都会派人牵着毛驴来接她。

那个年代，又是在那样的穷乡僻壤，女人家很少被人高看一眼的，甚至连个正儿八经的名字都不配有。嫁到王家，就被称为"王家的"；嫁到赵家就被称作"赵家的"。至于从事特殊职业的三姑六婆，大家就更不客气了，直接喊其"媒婆"或者"收生婆"。

但白李氏不一样，因为她为人和善，干活时干净又利落，所以别人都尊称她为"李嫂"。

白李氏性子绵软，说话的时候声音低低的，她还爱笑，一笑眼睛就变成了好看的弯月牙。她有一个蓝花布包，里边有一把黄铜剪刀、几根银针，还有一个泛着古玉般光泽的葫芦。

她的口碑在这山沟里是极好的。别的收生婆，其实只不过是家里人叫来壮胆的。

她们板着一张脸，不苟言笑，站在脚地上指手画脚地指使人。

"赶快烧水！"

"红糖，红糖备上了？"

"快！快拿个盆来。"

等孩子落了地，从席子上抽根篾条把脐带割断，从笸箩里抓一把柴草灰，往产妇私处一撒，然后拍拍手，收钱走人。

白李氏不一样，每次剪脐带时，她都会把黄铜剪刀在灯火上烧一烧，不管生的是男孩还是女孩，每次接完生，她都会悉心地用布单把孩子包好，然后双手恭恭敬敬地捧至产妇面前。

但自从遭遇男人去世、女儿生病的双重打击之后，李嫂就和变了个人似的。人前人后终日蹙着眉，逢人和她打招呼，只要别人一开口，似乎总能触及她的痛处，瞬间就泪水涟涟的了。一来二去地，大家都觉得晦气，时间一长，找她接产的人就越来越少了。

最憋屈的是，有次白李氏去前庄一户人家接产，孩子一落地，主家一看是个女孩，本来已经不高兴了，偏她还在一边抹开了眼泪，男主人就把气全撒到她身上了，说你那是甚臭手，本来是个小子让你接生成闺女了，你还有脸哭？哭个屁啊！哭能给我哭回我的大胖小子?！

钱一个没得上，倒赚了一肚子的气，白李氏流着泪回到了板崖村。回家一推开堂屋的两页门扇，就看见墙正中挂着的刻有"积善之家必有余庆"的木匾，她的心就跟刀剜一般，越发哭得凶了。

这块匾是维首方德赠予他们家的。小娃的爹出身中医世家，精通脉学，能辨证施治，尤擅妇幼科。他在世时，常有患者不远百里登门求医问药，恳求白大夫妙手回春，给医治顽疾或者疑难杂症。夫妇俩为人良善，可从没做过伤天害理的事啊！

出事的时候，小娃刚满两岁，已经会奶声奶气地喊爹喊娘了。那天白大夫背了粗麻绳、拎了镰刀说是要上凌云崖打五灵脂，人是竖着走的，却横着回来了。

白大夫是不慎落下深谷摔死的，被人用门扇抬回来时，天黑漆漆的，下着暴雨，炸雷一个接着一个，闪电在夜幕的黑暗里窜来窜去，似一条灵活的多足金龙，蓦然出现，瞬间消失。

白李氏一口气没上来，就昏厥过去，被人掐着人中缓过气来，再哭再晕，醒过来不放嗓子哭了，瘫坐在炕上无声地流泪。

停灵五天，亲戚邻里里里外外忙活，总算把人埋了。等出了丧，白李氏还是只知道哭，两岁的小娃被撂到一边，也懒得管。众人轮番前来劝说："咋说还有个小娃呀！你得立桩，不立桩咋行啊?！"

白李氏这才想起了孩子，伸胳膊从身边拽过来，搂到怀里。刚哭一声,"我苦命的娃呀!"却发现孩子的脑袋,像被抽去了脖颈骨,软塌塌地耷拉在胸前。

孩子得了痢疾,已泻得没了人形,白李氏赶快给孩子煎药,又忙着熬代参汤。孩子是救过来了,但却从此不会说话了。

"娃是泻得虚脱了,养养就好了。"有人没人,白李氏都这样一遍一遍地喃喃着。

男人死后,她经常会自言自语,总是在忽然惊觉时,才发现自己已和另一个自己喋喋不休说了一阵子的话。

男人没了,闺女病了,饭碗眼看也端不稳了,白李氏好长时间才从阴霾中走了出来。她推磨、挑水、纺花、织布、搓绳、洗衣,从早忙到晚,总是把自己累得快虚脱了,才肯停下来。夜晚睡下了,她就把小娃揽在怀里给她"访古"。

这是她摸索了好久,才找到的一种排遣恐慌和寂寞的方式,也是母女俩相互安抚的一种方式。

变哑的小娃很焦躁,稍不顺心,就会拽自己的头发,一拽一大把,哄都哄不住。但只要娘一"访古",小娃就会安静下来,睁大她水一样的眸子,静静地听着。渐渐地,白李氏也在这种讲述里得到一种释放和自我拯救。

娘说,很久很久以前,我们这里有一个女娲娘娘,因为她聪明又善良,爱帮助别人,所以大家把她当自己家的祖宗一样待,后来就直接叫她老奶奶了。女娲老奶奶教别人架起火烧烤食物,用野果子酿酒。因为烧烤食物和酿酒离不开水和火,她就和水神共工、火神祝融成了好朋友,但这两个人都是暴脾气,性格不合,经常会吵架。一次两人又为一件事吵了起来,后来直接打起架来。最后共工输了,他很气恼,就用头去撞支天的大柱子,结果有一根柱子就被撞倒了。于是天就塌了,顿时电闪雷鸣,洪水滔天,眼看大地要被天上的水淹没了。这时,从漳河里游出来一只逃生的鳌(也就是老鳌),这只鳌很大很大,女娲看见了,心想:它的四条腿刚好可以做四根天柱,就上前和它商量,鳌开始不乐意,但女娲说为了天下老百姓,你就行行好吧!鳌终于同意了,但它提出一个条件,那就是女娲必须照顾好它的妻子和儿女,确保它们安然无恙。女娲也一口应了下来,然后拿刀砍了巨鳌的四条腿,把天给重新撑了起来。天柱倒塌时留下一个破洞,女娲在漳河滩捞了好多筐的五彩石,把它们倒进大锅里用火炼,等那些石子慢慢地由硬变软,再变成石浆时,女娲把石浆做成了三万六千块长条石饼,跑了三万六千趟,终于把破洞给补上了。

再说那只被砍掉四足的巨鳌,却永远也回不到漳河里了,它蹲踞在板崖村的后山上,天长日久,慢慢地就变成了一座石头山。由于疼痛难忍,还因为它始终不放心它的妻子和儿女,所以一直张着嘴,朝浊漳河里张望。女娲老奶奶也没有食言,她在浊漳河浅滩的一块红色巨石上,掏了一个几丈深的大洞,安顿了母鳌和它的子女,大洞取名"瓦钵瓮"。从此,住在瓮里的母鳌带着儿女过着悠闲自在的生活,天气晴好的时候,它们还喜欢游到河边上岸晒晒太阳。

可是经过这次大洪水之后,地上的人就没几个了,女娲老奶奶就到漳河边挖泥,她把挖上来的泥抟了抟,试着捏了个泥娃娃,放在日头底下一晒,风一吹,娃娃竟然动了起来,还张着嘴"娘,娘"地叫她。女娲老奶奶觉得很好玩,就接着捏下去,慢慢地河岸上摆了好多泥娃娃。后来女娲老奶奶捏累了,干脆从岸边的柳树上折了一条柳枝,用柳枝蘸一下漳河里的泥水,再朝河岸上一甩,那些泥点子就变成了活蹦乱跳的娃娃。她左甩是男娃娃,右甩是女娃娃……

因为生怕小娃听不懂,所以白李氏在讲述时,要不停地加注释,碰到冷僻难懂的情节,她还得加重语气,多说几遍。就这样,不知道五岁的小娃听懂了没有,她却在自己的讲述里,把自己哄得信以为真了。

白李氏还有一种自我排遣寂寞的方式,那就是每天她都要到白医生的坟头和男人"说话",历数他生前的种种,从圆房的那天起一直追忆到他去世。不仅说到了男人生前的诸般优秀,就连两人耍嘴逗乐的小情小调,都要述说，桩桩件件如数家珍。

男人就埋在望夫神女峰下，站在自家门口望过去，那山峰真的像一个身着汉服、高束发髻的女子在倚门远眺。此时，她又会忆起男人给她背诵刻在碑上的那些话："夫人以从夫成志，适足依门，宁忘举案之恭，岂乏齐眉之敬。奈何分也相失，命也相违……"男人告诉她，这几句是夸赞一个等男人回家的妇人，夸她的忠贞和决心。这多少能给她一些信心、一些生活下去的勇气。

3

晚年的悲忧烟瘾很大，据说旱烟袋一天不离手，他最后是得痨病过世的。原谅我没有用"圆寂"这两个字，因为他的后事已经够不着"圆寂"的级别了。老方丈一生也没给自己赚来一座佛塔，他过世后，两个徒弟草草把他埋葬了，来乘背一褡裢云游四海去了。来未无处可去，他是小时候被家人卖进寺院为僧的，他早已把鳌山寺当成自己的家了，但师父最后的归宿，让他预见到自己晚境的凄惨，于是，来未匆匆在前庄村认了一个干儿子，自以为老有所依了。干儿子牤蛋尚年少，其父刘二利对来未热情有加，结干亲年余，曾数次接他至家中小住。

一年后两人翻脸，来未才知刘二利原来不厚道，借来未在他家小住的机会，分几次到鳌山寺把十多箱的经书，用牛车拉走给卖了。

至此，来未终于心灰意冷，一把锁锁了西厢房的门，下到了板崖村，和男劳力们一起加入修缮娲山奶奶庙的队伍中。

此时，娲山的工事已接近尾声，方德正带着板崖村的一些青壮年在奶奶庙周围种松柏树。对于来未的突然加入，他莫名地感到一丝愧疚，似乎鳌山寺从衰败走到消亡，他有着不可推卸的责任。

方德在板崖村，在后半县，甚至在整个黎亭县都是响当当的人物。《黎亭县地名录》中有如下记载："板崖村，民国乡贤故里。方德（？—1925），乳名世福，字凝轩，清光绪监生……曾屡督工休憩，并刊除荆棘扶植杂木……"

2011年，省某杂志社供职的宋词在看到这段文字后，激动异常，因为方德是她外祖父的爷爷，这也算是她们家族的荣耀。

为了核实这荣耀，宋词曾三次请假，不远千里从省城奔赴板崖村，采访村民，并找了向导，让人家带着去娲山寻找先祖的这段荣耀与骄傲，但最终却无功而返。

村民们说，当年方德确实曾带领村人数载修葺娲山奶奶庙，并植树造林，勒石立碑。如今娲山松柏成林，只是奶奶庙却早已不是当初的奶奶庙，所立的石碑也难觅踪迹。一说毁于战乱，一说毁于"文革"，两个版本，哪个才是真实的历史，众说纷纭。

"有了钱，为甚不修缮本村的鳌山寺，却跑这里来修奶奶庙？"来未的眼睛似乎会说话，总是冷不丁地就对着方德无声地发问。所以，每次两人的目光相撞时，都会让方德觉得有点难堪和不自在。

但方德得践行诺言。这可是他当年在方家祠堂里，面对先祖的牌位发下的誓言："等我有钱了，一定好好修缮奶奶庙！"

父亲告诉他："我们方家从雍正二年（1724）开始，就与娲皇庙（奶奶庙）结了香火缘。"

这缘一结就是八代。县志载："曾屡督工休憩，并刊除荆棘扶植杂木。"

早先方奇是如何萌发修奶奶庙的想法的，后人不得而知，坊间只是流传着他当年怎么发现了板崖村，并在这穷乡僻壤如何艰苦奋斗、扎下根基的励志故事。

据说，当年方家的高祖方奇，是在风餐露宿了三个月后，才爬上神女峰的。方奇下山的时候，被山石绊了一下，身子顺势往前一扑，刚好趴到了半截青石碑上，当他挣扎着往起爬的时候，才发现石头上竟然刻有字，便一下子来了精神，拽了一把青蒿，把石碑上的泥秽擦了一下，仔细地辨认起来。他上过两年私塾，倒还是识得几个字的，于是磕磕绊绊读了起来。

望夫神女峰祠记

鄉貢進士張本愚撰　書文人王行玘

夫玄黄列位，清濁殊形。兩曜明而六合分，王才設而萬象舉。龍詳演卦，八索於是垂体；帝聖握圖，百辟于焉定纪。暨乎八山逞秀，宝珠贐於方輿；七政璇光，運步華於圓蓋。即有蛇身神后，人黄牛首。觀鳥蹟而斷文，假結繩而茌政……巨霊之贔屭以投戈……

后边的字看不清楚了，方奇也没心思看下去了，他扔掉手中的蒿草，仰天大吼了一声，"就是这里了！"

方奇在一个石岩下暂时安了家。然后又马不停蹄地回老家接了妻儿老小来。但他马上发现，这里地势高寒，并不适合耕种，只能简单种点谷子、黑豆和荞麦。好在这里山大坡广，方奇便认定养羊可以谋生。

方奇像一只勤劳的蚂蚁，开始了自己家族的奋斗生涯。他从几只羊，到数十只，再到上百只慢慢发展起来，竟也积攒了些财富。

但方家祖上世代以农为生，不在土里刨食，就觉得心里空落落的，不踏实。于是方奇带着家人开始了垦荒创业史。开出的山地一小块、一小块的，依山势呈半圆状，沿着山根向上盘旋，远远望去像套叠在一起的牡丹花瓣。

山地里种谷子，没有其他肥料，只能用羊粪，时间一长，方家人发现这些地里产出的谷子都颜色发青，碾出的米也呈淡绿色，后来他们就把这种谷子叫"青谷"，碾出的米叫"青米"。

方家的发迹也得益于青米。当时给方家放羊的一个姓白的长工,白天把羊赶出去吃草,晚上再赶回到山地里圈地(也叫卧地)。圈地时羊工得守在一边看着(俗称下夜),为省事,这个羊工就在地头用席子卷个弧形的筒,筒两边挂上帘子,晚上就躺在里边睡觉。和羊相处得久了,羊工发现,山羊有个怪癖,吃草总是择优而食,嫩叶、嫩芽、花蕾、草尖,因了这挑剔的秉性,常不惜体力攀爬崖壁、崖岩,所以摔伤、摔死也就成了平常事。

羊工还发现,同等的羊粪施到土壤中,肥效远远超过其他的畜粪,但羊粪必须得发酵后施用,要不很容易烧苗。

特殊环境长出的谷子,肯定有别于其他谷物。这个姓白的羊工后来扔了羊铲,拜师学医,终有所成。

"青米味甘、性微寒。"他根据所学药理,用青米为产妇配制了一种催奶粥,后来成为当地女人坐月子的必食品,人称"代参粥"。

后来白家就数代行医,却传男不传女,直至一百多年后,白家唯一的男丁,在上凌云崖打五灵脂时,不幸从山崖上摔下来当场毙命,只剩了他靠给人接生的老婆白李氏和女儿小娃。

"代参粥"的产生,也开启了方家人的智慧,觉得种青谷有钱可赚,于是就把多半的山地用来种植青谷了。

方家发迹后,便出面撑头主持修缮奶奶庙和一年一度的祭祀仪式。至于方奇当年为什么没有选择修缮鳌山寺,坊间有两个传说的版本:一说是当年方奇曾到寺里去借谷种,老方丈咨嗇没借给他,因此二人之间生了嫌隙;又有一说,说是凡进鳌山寺烧香求子的村民,最后都生的是闺女,寻来寻去终于找到了根源,却说是寺里的牡丹开得太艳了,损了阳气。

方家修缮奶奶庙的义举,一代传一代,一做就是八世,所以到了方德这代,这义举已经算是家风、家规的一部分了,他觉得学样照做就是对祖上最大的恭敬与顺从,至于别的,他推崇《增广贤文》里的一句话,"但行好事，莫问前程"。

4

来未最终没有留在奶奶庙，"佛"与"道"，本来就是不同的藤上结出的两个瓜，很难融会贯通。况早些年，方德担心自己的独子方明轩不好成人，想让老奶奶代为看管，所以就花银子买了张有良的弟弟张有才，改名方九仙，代方明轩出了家。

欲留在奶奶庙的来未，遭到了方九仙的嫌弃与排斥，他就下了娲山，漫无目的地沿着浊漳河一路往东而行。

东行三十里，就到了赵店古镇。此镇是黎亭县的商贸重镇，自古就是东连冀豫、南接潞安的重要通道，浊漳河流至此水面渐宽、水质渐清，就有了石拱桥、松木筏，有了桃花渡口、杨柳津头。镇街两旁则是高大的门店，商号、当铺、药铺、染坊、车马店、山货店、麻纸作坊等，然后街中央很突兀地就竖起了一座尖顶天主耶稣圣心堂，让来未觉得扎眼又扎心。

幸好他在镇街上遇见了另外一个和尚，同教三分亲，两人一见如故，相约到一家茶馆喝茶说话。和尚自报家门，说自己是来自范家庄的古德寺的能安。

仅就这"古德寺"三个字就让来未肃然起敬了。据传，早在唐贞观初年，古德寺的僧人就以演奏佛家音乐而名震一方，他们经常被请到周边村庄里，为已故之人办丧事设法场，超度亡灵，因此古德寺千年来香火鼎盛，声名远播。直至清中叶，古德寺终有了衰败之相，起因是寺里出了几个花和尚，常借给人祈福禳灾之便调戏良家妇女。花和尚们的恶行引发了众怒，周边的村民联合起来到寺里打架闹事，最后惊动了县里的僧会司。这无异于捅了马蜂窝，僧会司依照"戒行端洁"秉公执法，一夜之间，古德寺便寺毁人空了。最后的遗僧龙桂和能安师徒，在走投无路的情况下，只得到范家庄的龙王庙暂住栖身。

说到伤心处，能安师父声音竟哽咽起来，他说老方丈龙桂不想丢了自家吃饭的本事，于是萌生了招徒授艺，重组班子的想法。

能安破旧的褡裢里，装着一把断了簧片的笙，他说此行的目的，一是要去板崖村找张有良帮忙修笙，再有就是受龙桂师父的委托，去鳌山寺请来未师父，一起搭伙做法事。

"师父知道你'焰口经'念得好。"

来未恍然大悟，重新解读悲忧师父临终前的嘱咐，"顺水而行，遇庙而安"，方明白此处的"庙"是范家庄的龙王庙而非娲山的奶奶庙，于是，来未朝着鳌山寺的方向拜了三拜，便随能安师父一路东去了。

5

小娃五岁那年，仍然不会开口说话，白李氏终于下了狠心，把她送到了娲山的奶奶庙。

这"狠心"是由两件事促成的。先是那天"梦先生"刘二利忽然找到白李氏，神秘兮兮地对她说，他昨晚做了一个梦，说是娲山庙的老奶奶给他托梦了。梦里老奶奶说板崖村的白小娃被她看中了，所以先采了她的三分真魂，她得去娲山奶奶庙服侍老奶奶八年，哑病方能自愈，如若不去，怕是性命都难保。

传说民间的"梦先生"有一项技能，那就是谁家丢了东西，只要掏几个钱把"梦先生"请来，他在主家家里睡一晚，就能梦到东西丢失的方位。

其实仔细推想一下，这"梦先生"刘二利的话是站不住脚的，女娲老奶奶即使托梦也会选择她的"马童"，而不是"梦先生"。但巧的是，白李氏头天晚上也做了一个梦，梦见小娃的爹对她说，孩子得送到奶奶庙去修行，方能把病治好。托梦也是白医生和白李氏这对阴阳两隔的夫妻交流的一种方式，男人经常会在梦里告诉她某一种草药的药性，或者是某件棘手事情的处理方式。对于小娃的病，这是男人第一次托梦给她，恰巧与刘二利的说法不谋而合，想当然，白李氏自然也就轻而易举地信了。特别是刘二利这最后的一句"性命难保"，着实把她吓得不轻，让她立刻就联想到了那个在坊间流传了很久的故事。

说是清康熙年间，黎亭县某村有个叫赵宝儿的青年，父母早亡，他就到襄垣县一个大户人家，给人家放羊谋生，不想那家的小姐王雪梅却对这个勤劳英俊的后生暗生情愫。赵宝儿虽然也对王小姐有好感，但他很有自知之明，知道自己身份卑微，配不上王小姐，只得悄悄离开了王家，回到了黎亭。赵宝儿的离去，让王雪梅黯然神伤，却是有苦不能言，她不敢把自己的心思告知父母，一个最主要的原因是，父母其实对她并不是太好，他们一心想要一个儿子，却一直未能如愿，所以王雪梅还有一个乳名，叫王招娣，顾名思义，不过是希望她能招一个弟弟来。

时间转眼就到了第二年的春天，看着天气一日比一日晴暖，王雪梅的父母商量到黎亭县的娲山烧香求子。因为路途遥远，所以夫妻两个商定，要一早出发，谁想这话被躺在被窝里装睡的王雪梅听见了，她心下窃喜，心想如果偷偷跟着父母，就可以去黎亭见到自己朝思暮想之人了，于是第二天一早，王雪梅悄悄尾随于父母身后来到了黎亭县的娲山。

王雪梅的父母进了娲皇殿磕完头，一回头就看见女儿站在身后，母亲气急，破口大骂："小奶奶呀！你咋来了？"音落手起，就势甩了女儿一耳光，谁知道，王雪梅立即倒地气绝身亡。这突发事件立马引起了恐慌，上香的人乱作一团，有腿长者就跑着去找道长。道长被一群人簇拥着，慌慌张张赶了过来，见到王雪梅的尸体，撩起袍子就跪地磕头，嘴里却诵念道："恭请娲皇小奶奶归位！恭请娲皇小奶奶归位！"原来头天晚上，娲皇老奶奶已给庙里住持托了梦，说明天有王氏小奶奶要升天归位，接替她的职务，所以庙里的道长一大早就候着了。

故事虽然很荒诞，但人们对这种荒诞传说深信不疑，并欣然接受，所以娲皇庙从清中期以来，就香火鼎盛，求子之人络绎不绝，尤其到了农历四月十八小奶奶归位这天，娲山周边的古寺头、行槽、后庄、中庄、前庄、渠村、石板、东坡、岚沟、下庄十个村庄还要联合举行大型的朝顶（即祭祀）活动，俗称"十村管社"。

白李氏心慌得厉害，忙塞给刘二利几个铜钱，把他打发走了。

"梦先生"刘二利前脚出门，白李氏就听到了小娃的哭声。

原来小娃在院外槐树下的青石上和泥捏娃娃，刚捏好一个，方家的二少爷方瑞垚嘴里衔着一个陶哨跑了过来，瞅见小娃手里的泥团，就一把抢了过去。小娃踮着脚去够，没等她够着，瑞垚已三拳两拳把泥团捣成了一个泥碗。"瞧好啦！我给你摔个泥炮。"瑞垚边说边举高了胳膊，然后狠狠一甩，手中的泥团便摔到了光滑的石板上，"啪"的一声，泥炮响了，底部崩出一个六角形的大窟窿，在瑞垚的欢呼声里，小娃"哇"一声就哭了。

白李氏的两只小脚像黑秤砣一样，把地捣得咚咚响，边跑边焦灼地喊着："小娃、小娃，你咋了？"

小娃边哭边指着瑞垚呜呜哇哇地比画。

瑞垚看着小娃的样子，兴奋异常，他大声喊道："哑巴，哑巴，光瞪俩眼，不会说话！哑巴，哑巴，光瞪俩眼，不会说话！"

白李氏一下面如土色，她惊慌失措地跑过去把小娃抱在怀里，果然不出她所料，小娃已急得开始薅头发，又用头使劲地撞着她的胸脯。白李氏只得抚摸着小娃的背，一遍一遍柔声安慰道："我娃不哭，我娃不哭……"

方瑞垚是方德的孙子，他今年也只有五岁。白李氏在心里劝慰着自己，他还是个孩子，还是个孩子，是个和小娃同岁的孩子呀！

就在这时，瑞垚的哥哥方子垚跛着脚，身子一颤一颤地走了过来。他低声呵斥着弟弟："你咋恁不懂事，嗯？！一天就知道惹事！走！"然后拖着端垚大步离开了。

6

在乡村里，人丁兴旺绝对是门庭的一种荣耀！方德在做维首期间，对娲山奶奶庙可谓殚精竭虑，特别是每年奶奶庙的祭祀仪式，他尤为虔诚和慎重。尽管这样，背地里还是有人嘲笑方德。王水生两口子就经常对人说："修庙、烧香、祭神……临了，还不是在一亩大的地里，种活了一根谷？"

的确，方德膝下只有方明轩一子。但他在年过半百后常说的一句话却是："老奶奶多亏我，我多亏老奶奶。"

一句很耐琢磨的话，前半句"老奶奶多亏我"这个好理解，方德的意思是他一直出资修缮奶奶庙之事，后半句"我多亏老奶奶"就让人有点匪夷所思了，娲皇奶奶本是主司送子之事，而你方德出资出力，忙活了半辈子，也不过方明轩一个儿子，这能说"我多亏老奶奶"吗？

只是后来见方德又在奶奶庙里增修了伽蓝殿、子孙殿时，村人才恍然大悟，迦蓝殿里供奉的可是财神爷关公啊！这么说的话，这方家想不发迹都难啊！方德灵活多变的脑瓜子和思维，再一次让村人羡慕又妒忌。

想当年也是这样。那时，每年一开春，方德就扛着镢头在自家的山地里一行一行撒上种子，他种青谷、种玉茭、种黑豆、种蔓菁。等到了秋后，方德就会赶着驴车一趟一趟往返于涉县的河南店粜粮。天蒙蒙亮出发，深夜返回，伴随方德的只有马车前挂着的破灯笼和毛驴蹄子在石板路上叩出的嘚嘚声。

春去秋来，方德在反复来往两地间听到了不少晋商发迹的故事，听着别人的故事，琢磨着自己的日子。回家后，他东奔西跑设法揽下了周边几个村庄的粮食收购。这边低价入手，那边高价卖掉，从中赚取差价。

就这样，村人眼睁睁地看着方家拆了石头屋子，用青砖盖起了一座占地八亩多的"月"字形大院，房体一律为灰色方砖，柱子、柱础为整块的青色原石，门扇、窗户用料是上千年的松柏木，是方德从凌云崖上一根一根砍伐了，又费尽周折运回来的。

紧接着方家又筑粮仓、买骡马、打造马车，家境越来越殷实，日子越过越红火。

民国初年，方家已有了五百亩地，本村二百亩，外村三百亩。家里有十七八头大牲畜，山羊一千多只，雇用长工二十多个，黎亭县城西街的"大兴隆"水烟铺、"晋泰德"京货铺，还有囤粮放账的"凝裕厚"，以及"德记"山货行，都是方家的固定资产。

此时方德也人至中年，体形开始发福，微微凸起的将军肚，以及额头上两条深刻的智纹，让他浑身上下透出一种敦厚、睿智的不凡气质。他爱抽水烟，也爱喝茶，闲暇时爱背着双手，在自家的三进院里来回踱步。

每到年底，也是方家最忙碌的时候，方德总是会多雇几个账房先生来家里帮忙结账。每人一桌一算盘，账房先生在屋子里一溜儿排开，方德就在算盘珠子噼里啪啦的撞击声里，抽着水烟，踱着步，但是只要哪位先生拨了"漂珠"或"带珠"，方德的脸就立马一沉，"唔？"那种威严和自信常给下人一种无形的震慑。

方德发迹之后，并没有为富不仁。甚至在他百年之后，人们提起他来也多是溢美之词，说他出资修筑村墙，给每条街巷都铺了石板路，还给村民修砌蓄水池……

话又说回来，别人对方德尚心存感念，这王水生就更应该对方德感恩戴德才对。想当年，王水生从河南一路逃荒过来后，是受了方家的接济，才算寻了条活路，并在此地安了家，做了方家的佃户。但王水生并不这样想，他想的是，凭什么方家啥都有，我王水生咋就啥都没有？穷也就算了，为啥方明轩和我同龄，他老婆刘素云都怀上第二个孩子了，而我老婆的肚子始终不见有动静？

王水生便整日抱怨老天爷偏心、不公平。但村民却在背地里替他找到了原因，有理有据，且言之凿凿、立论煌煌，让人不信也难哪！

说是，王水生有个本家叔叔，打了一辈子光棍，却跟一道人学了个独门绝技——收伤。即人被蝎、蛇等毒虫咬伤之后，只要找到收伤的人，舀一碗凉水，然后把麻绳在水里浸一下，绑缚于伤口附近，然后诵念口诀，伤口立马自消自散，不出血、不肿胀。收伤也算是一门绝技，在少吃没喝的年代，绝对能混个肚儿圆，但一般人却不愿意触碰，因为"收伤"会伤及子嗣，所以，除却光棍孤寡或者身有残疾的人之外，很少有人拜师学这玄学神技。

行善事，却会伤及子嗣？民间传言，说所谓的蛇、蝎等毒虫，都是收伤人提前藏于大路口的草丛里的，行内人管这个叫"放伤"。

王水生从小好动，脑子也活泛，偶然的一次机会，他见证了本家叔叔给人收伤的神奇，便着了迷，成天屁股后边撵着叔叔，求着要学艺。后来被他爹知道了，拉回家，吊起来用鞭子往死里打。王水生嘴上服了软，却是不肯死心，还是偷空把这独门绝技学到了手。

到板崖村站稳脚跟后，王水生求财心切，新屋一落成，他就在青石外墙的石缝里钉了两个木橛子，然后挂上一块木牌子，上面歪歪斜斜地写着"收伤"二字。一开始他对"伤及子嗣"这事压根儿就不信，但后来老婆总也不怀孕，他才开始对传言半信半疑起来，却也不肯轻易放弃这赚钱的营生。只是入乡随俗，对娲山的老奶奶格外虔诚起来，为了表示其忠诚心，他主动找到方德，要求加入社中的扇鼓队。

顾名思义，扇鼓因为形似团扇，又兼具鼓的功能，所以谓之曰：扇鼓。

打扇鼓是每年娲山奶奶庙祭祀活动上的必备项目，在数百人的祭祀队伍里，打扇鼓者的装扮尤为醒目，脸戴五色面具，身穿玄色长袍，头上的帽子正中插两支长长的黑色野鸡翎。仪式一开始，打扇鼓的就要一边以槌击鼓，一边连蹦带跳，嘴里还得念念有词。

在众人的心目中，打扇鼓不仅仅是为了娱神，更是为了通灵，他们相信用这种方式可以与神灵进行对话与沟通，最终可实现儿女满堂、子孙绕膝的夙愿。

王水生的老婆吹火嘴也极力配合他，不仅每月的初一、十五都要跑到奶奶庙里去烧香，而且祭祀期间的"坐夜"活动，她也一次没落下。只是没想到"坐夜"没让她怀上孩子，还"坐"出了麻烦。这麻烦就是王水生开始动不动就打老婆，只要稍不顺心，就把吹火嘴摁到炕上捶一顿。而且王水生打老婆大都选择在夜里，他们家隔壁刚好住着白医生，那时白李氏刚好怀着小娃，隔壁的吵闹之声搅扰得她睡不好，后来便利用自己的身份之便，给王家抱了个男孩子回来。如此，王家总算有了子嗣，水生的老婆吹火嘴也总算不挨打了。

7

从远处眺望，整座女娲庙犹如一把大勺子，搁置于白云与青山之间。山门建于半山腰，为砖木结构，正中的青砖上刻有三个隶体大字"娲皇宫"，两侧的木柱上则是一副由金文、象形文、甲骨文三种字体组成的对联：山鸟不知名利客，野花犹献庙堂香。

那天，当宋词站到这山门前时，才恍然大悟，原来传说中的奶奶庙竟然是娲皇庙，民间供奉的奶奶原来是女娲。她的太姥姥、姥姥曾是黎亭后半县有名的收生婆，她的母亲方春兰原是县医院妇产科的主任，她的姐姐宋元芬在乡镇做了数年的计生助理员，而她和凌浩却是丁克一族。

那一刻，宋词的内心翻江倒海，悲欣交集，原来她们一家几代人，近百年来，一直在生娃与不生娃之间做着抉择，她们付出了心血，并在自己选择的道路上努力着、奔跑着。

进得山门，即进入了"勺子"之中。首先是停骖宫（宋词想，应是它替代了当年的珈蓝殿），大殿正对一座老式的戏楼，二重殿名曰子孙殿，供奉的是老奶奶，三重殿名曰广生殿，分上下两层，二楼供奉的是药王爷，一楼供奉的是小奶奶。

小奶奶和老奶奶均凤冠霞帔，慈眉善目，不同的是，老奶奶双手托一只笙，小奶奶则怀抱一个白白胖胖的娃娃。

广生殿的柱子上也刻有一副对联：广志山高铭恩多谢补天女，古黎福厚造人犹怀送生娲。

"勺柄"为八百八十八级台阶，上至尽头是玉皇殿和老君殿。向导告诉宋词，说这些都是后来修的，民国时期，奶奶庙只有半山腰那一块地盘。

想当年，山门、伽蓝殿，还有十间齐齐整整的社坊刚建起来时，奶奶庙可谓热闹非凡，求财、求子、求平安，山民们可各取所需，不过只要进庙了，总是每个殿里都烧一下香，每尊神像前都磕一遍头，他们笃信"礼"多神不怪。

宋词几次乘兴登娲山，又在山下的几个村庄里走访，收获颇丰，回省城后潜心研究，先后出了两本专著，一本为《女娲在民间——黎亭县女娲民间文化的考察与研究》，另一本为《俗民生活的构建——以女娲民俗为核心的民间生活》。

她在书中发表自己的见解：女娲主要的也是最早的功绩，就是发明陶器及制陶工艺，因此，她们也以此命名，史称"女娲氏"。

8

白李氏遵刘二利所嘱，把小娃送去娲山奶奶庙当道童。

一路上白李氏心事重重的，不时还要背过身子抹一把眼泪。小娃不知情，还因为小孩子心性单纯，所以她很开心，看见一只野兔窜进草丛里了，或者看见山坡上有一群羊在吃草，又或者她发现路旁的大柳树上有一个喜鹊窝，这些都让小娃开心又兴奋，她的小脑袋来回转动着，挥舞着小手，嘴巴张开来，发出"嘀，嘀"的声音。

奶奶庙里修行的共有两个人，一个是代方明轩出家的替身道士方九仙，一个是山下中庄村的常守义。常守义因自小父母双亡，出家修行只是为混口饭吃，进庙后根据自己的名字改法号为常守静。方九仙年长守静几岁，顺理成章做了奶奶庙的道长。

两位师父住在紧挨娲皇庙的一个四合院里，正屋是斋室、茶水房，东西两侧各五间房子为庙里的社坊。院子南侧有个小角门，打此进去，就是娲皇庙的二重殿——子孙殿，俗称小奶奶殿。

因为白李氏的身份有些特殊，所以她的忽然到来，让方九仙和常守静颇感意外。听白李氏简短地述说过原委后，方九仙笑了笑，他伸出手来摸了摸小娃的头，刚要开口说话，很意外的是，小娃竟仰着小脸冲他抿嘴笑了。方九仙轻轻叹了口气说："这孩子虽不会说话，但看着很面善。"白李氏一下子捂着嘴哭出声来："这娃是一肚子的蝴蝶飞不出来啊！"

方九仙带白李氏到茶水房说话，喊话交代常守静，让他带小娃到外边摘花玩。茶水并没喝，看常守静带小娃出去后，方九仙就对白李氏说，"你放心回去吧！娃跟着我，饿不着，也冻不着。"白李氏擦了擦脸上的泪痕，给方九仙施了一礼，然后出去从四合院的角门进了子孙殿，又绕到迦蓝殿，从那里出了大门，一个人悄悄下山去了。

打子孙殿门口过的时候，她不由自主地探身看了小奶奶的塑像，一个体态丰盈、面目慈祥的女子，不知为何却让她心慌，让她心跳不止。

发现娘不见后，小娃就一直哭，先是放开嗓子哭，注意到方九仙和常守静并不理她时，就换作了抽泣，抽抽搭搭的，一个人哭得伤心，直哭到子夜时分，人哭累了，才倒到土炕上迷迷糊糊睡去。

其实白李氏一出奶奶庙就后悔了，她心空得厉害，两腿也软得像是在踩棉花，勉强支撑着下了山，就拐进中庄一户人家歇脚。那家的女主人给她倒了一碗水喝，见她独自垂泪，忙追问缘由，一问才知道白李氏听了刘二利的鬼话，把小娃送到奶奶庙了，就抱怨说："李嫂啊！你可真是糊涂呀！外村人不知道，我们本村人可都知道，啥'梦先生'，他就是日鬼人嘞！"白李氏一听就要走人，偏那妇人还拽着她唠唠叨叨说个不停。

"有一年我村有户人家丢了头猪，把刘二利请去让他给梦梦。晚饭后刘二利却迟迟不去睡，倒劝主家早点休息。主家也留了一招，躺下后装睡,半夜里刘二利一个人出了大门,在巷道里,猫着腰走走停停,'嘿嘿''嘿嘿'地学猪叫,却不料主家就跟在他身后,这才识破了他的鬼把戏,也都知道了他根本就没有什么特殊本领,就是利用学猪叫、学鸡叫,把丢了的'活物'给引出来,混口饭吃罢了。"

白李氏挣脱妇人的手说:"我还有事,得走了。"妇人忙拦道:"好歹喝了水再走啊!都怪我嘴欠,都怪我嘴欠。"见白李氏已出了大门,又追出来喊,"李嫂,你可别往心里去呀!"

白李氏胡乱回了一声,心想小娃发现她不见了后,真不知道着急成啥样了,该又用手揪自己的头发了吧,想到这里她就撩起衣襟擦眼泪。

就在这时,白李氏远远地看见几个年轻人抬着两个食笤架走了过来。年轻人爱张狂,一路走,一路故意把大红描金的食笤架颠得一左一右地摇晃不定。

抬食笤为当地婚俗中的一个重要环节,又叫"过礼",就是男女在订婚之后,男方要把给女方的聘礼装入食笤之中,由小伙子们抬着送到女方家去。抬食笤的仪式多在成婚前的一两个月进行,也有的在定过娃娃亲之后,会马上给女方抬食笤,以防变故,比如方明轩在几年前已给县城的亲家连宇光抬过食笤了。

白李氏这才想起,前几日张有良家的妞妞和前庄刘二利家的牤蛋刚定了娃娃亲。难不成是……不容她多想,几个年轻人已经走近了,白李氏慌忙一闪身躲进了旁边的一个磨坊。等人走远了,她才探头探脑地走了出来。她不知道自己躲什么,又怕什么,只是知道小娃不会说话这事,成了她心里一道过不去的坎。想那张有良家的妞妞与小娃同岁,命咋就差恁远嘞?

"命里一升,吃不了一斗。"白李氏喃喃自语着。叹了口气又说:"蛤蟆能活,蝌蚪也能活。"她把她知道的那些老话都翻了出来,自己宽慰着自己。

9

板崖村的小娃今年整整一百岁了,人活到这个年龄,脑子就时而清醒,时而糊涂了。小娃也一样,漫长的一生就像一部电影,那些情节被岁月切割成了若干段,更让人灰心的是,它们的顺序也被打乱了,就那样乱糟糟地在她的脑子里,"欻"一下飘过来,又"欻"一下飘过去,但某段记忆会在某个时刻,忽然在她脑海里活灵活现地再现,当她想抓住它时,那情节却像蝴蝶一样,扇着翅膀飞走了。多少年过去了,只有一个情节,在小娃的记忆里一直清晰如昨,那就是她站在椅子上,拿着鸡毛掸子给娲皇奶奶的塑像拂扫灰尘的情景。

第二天整整一天里,小娃一直无声地流泪,如是过了三天,第四天早上,当太阳透过纸窗,把明黄的光柱照进斋室的时候,小娃先是把木板门启开一条缝,把头偷偷探出去,就在这时,她看见一只黑色的蛱蝶飞了过来,绕着菜圃起起落落地飞,最后落在篱笆上的一朵白色牵牛花上,小娃就被吸引了,悄悄走出了斋室。

四合院的静室前有一个小菜圃,木栅栏上爬了两株牵牛花,一株粉白,一株深紫。再往外则是随意种着的一些中草药,有些是师父们撒籽种下的,有些则是他们从野外移回来的。远志、桔梗、柴胡、石竹、益母草、野党参、何首乌、岩败酱、獐耳细辛,从早春到深秋,淡紫、明黄、月白色的小花花,细细碎碎的,沿着季节此花开彼花落,小院里便终日凝着一股淡淡的香草气。

这些中草药小娃以前见过,她家的壁橱里放有几本纸页泛黄的书,上面就画有这些花花草草,她听娘说那是老爷爷、爷爷和爹留下来的。小娃不识字,但她喜欢蘸着唾沫,一页一页翻看上边的画,所以小娃对小院里的这些中草药并不陌生,她喜欢它们,每次路过,都习惯蹲下身子,抽着鼻子，嗅一嗅中草药的香气。

每天，小娃都会踩着椅子给泥塑佛像拂一遍灰尘，隔三岔五拎一个小铜壶，挨个把伽蓝殿、子孙殿、广生殿内的灯油添一下，剩下的时间，小娃就浇浇院子的菜和花草，端着笸箩去角门的边上摘金银花。

角门的一侧种着一株老桩金银花，枝干已有胳膊粗细，枝枝蔓蔓像水草一样撑着长，方九仙就用木杆和布条捆绑了一下，在角门外搭了一个弧形的金银花拱门。

夏天里花儿开了，先是白色，然后慢慢变成了耀眼的金色。小娃日里端着笸箩踮着脚采摘那些未开的白色小花，然后铺在檐下的荆条晒匾上晾晒，晒干了就收起来，装到一个大瓷罐里，留着一年里让师父当茶泡着喝。

庙里供奉的"奶奶"，共有两项职权，一项是送子，另一项是保孩子平安。而这第二项又分为两个程序，那就是生下来的孩子要抱到庙里来上锁，到十三岁时，再到庙里来开锁。

据说早些年，老奶奶和小奶奶也是分工明确的，一个负责送子，一个负责保孩子平安，只是时间一长，就给弄混了，乡人秉承宁缺毋滥的原则，于是求子的进庙见神像就烧香磕头，上锁或者开锁的，同样的仪式，却要求道长在两个奶奶塑像前都举行一遍。

不过，后来小娃发现，小奶奶的地位还是略高于老奶奶的，因为大家还记得她的生日，所以在每年的农历四月十八至四月二十，娲山下的十个村庄要联合出资为小奶奶过三天生日，其间要举行大型的祭祀活动。

人们要把小奶奶从广生殿里抬出来，头朝家乡的方向拜上三拜，然后在鞭炮、锣鼓齐鸣声中，把小奶奶抬至停骖宫。殿前的广场上，届时会有扇鼓队、高跷队、扛妆队、旱船队等轮流表演节目。

节目表演完毕，小奶奶要看戏，提前被请来的梆子剧团，要在停骖宫对面的戏楼上唱三天九场戏。

在这三天里，香客日逾数百，所以奶奶庙里要搭粥棚、支大锅灶，为香客们熬粥。

每年过了农历十月中旬，山上的气温会越来越低，草木的叶子也逐渐落光了，四周光秃秃的，就很少有香客上山了，奶奶庙也一日日变得冷清起来。小娃会在午后短暂的暖阳里，背着荆条筐子出去捡柴火，捡来的柴火被师父整齐地码在檐下，留着整个冬天烧火用。

山上的雪盛，会一场接着一场铺天盖地地往下落。雪一下就等于封山了，再没有人上山了，天地间终日里白茫茫、雾茫茫的，上下山以及通往林子里的小径完全被掩盖住了，厚厚的雪层上偶尔会留一些鸟雀、野兔，当然还有狼的足迹。

没有了香客，灯油便不用添了，但塑像上的灰还是得拂的，灰尘落到供桌上，小娃要拿笤帚仔细扫到一起收起来，然后交给两位师父做无根土用。剩下的时间，她无事可做，就坐在门槛上托着下巴，望着远处白茫茫的山梁发呆，她的小心脏揪得紧紧的，害怕腊月里这些雪还化不掉。

每个月的初一和十五，白李氏都会上山来看小娃，但小娃回家的机会，一年只有一次，那就是腊月二十三，因为传说这一天灶王爷要点人口，所以在外务工、求学、谋生的人这一天都要赶回家，以防点人口时被遗漏了，来年没饭吃。所以每年这一天，白李氏会上山来把小娃接回家，然后等过了正月十五再把她送回奶奶庙。但如果雪太大、太厚的话，白李氏就上不了山了，只在腊月二十三的晚上，锅台上扣一个碗，算是口粮碗。

10

百岁老人小娃总是习惯坐在院外槐树下的石板上做活。她戴一顶黑色绒面帽子，帽子正中有一块月白色的和田玉片，把她的脸衬得格外的白净柔和。满头银发被光溜溜地全部梳到脑后，挽一个圆圆的发髻。身上是青色或灰色的斜襟疙瘩扣大褂，黑色的肥裆裤子，裤脚用绑带一圈压一圈紧扎着，脚上则是一双黑色绒面的尖头平底布鞋。

其实，小娃在八十九岁那年就患了阿尔茨海默病，或者是有意为之，别人问及她的年龄，就一直是八十九岁，停滞在那里，再不肯往上长了。但至那时开始，她的脑子确实是一阵清醒，一阵糊涂了，比如有人问她的哑病咋治好的？她会说方九仙给她吃了无根土就好了，当你再细问她啥是无根土时，她就说，我不知道啊，甚是无根土？就你刚才说的那个无根土。我没说，我不知道甚是无根土。把问话的人弄得一愣一愣的。

有一年，小娃生日的前一天，县民政局一个副局长带了几个人来看望她，拎来了一袋大米、一袋面、一壶油，还有一个寿桃形状的大蛋糕。副局长笑盈盈地上前握住小娃的手说："你可是咱县的老寿星，要好好保重身体啊！"谁知小娃一下子就涌了两眼窝泪，她把手抽出来，拍着胸口说："该走的走了，不该走的也走了，就我不死呀！你说我咋就不死呀?！"副局长就又马上抓住她的手说："可不敢！可不敢！现在的社会多好啊！你老人家还得给咱好好活着嘞！"

小娃就咧着没牙的嘴笑了，又抬手去擦溢到眼窝里的泪，"社会是好，可就是……"剩下的半截子话，她没有说出口又咽回了肚子里，可大家还是读懂了她欲言又止里的酸楚。和她同一辈的，小米走了、腊月走了、垚垚走了，甚至小她一辈的人也都陆续离开了，那种没边没沿的孤独，比她年轻时独守长夜的滋味还要难过与难熬。

板崖村的村墙，新中国成立后就被拆掉了，没有了那些石头围墙的阻挡，视野就开阔起来。几十年里，小娃每天都坐在院外大槐树下的青石板上，手不停歇地忙活着。早些年她纳鞋垫、绣枕头顶子，后来眼睛不好使了，就用麦秆编草帽条，用玉米叶子拧草墩，又或者是捏山桃核。

捏了皮的山桃核红红的，一颗颗堆放在脚边的篮子里，攒够两三蛇皮袋了，就让小涵拉到镇上去卖。一斤山桃核五块钱，年轻人大都不乐意干这事了，但小娃说好歹能挣个称盐打醋钱吧！

至于鳌山寺上的那棵山桃树上结出的果子，桃核会被小娃精心挑出来，放在一个笸箩里，那是留着让小涵穿手串用的。

村子对面的黄土路，越变越宽，最后旁边还添了一条高速路，大小车辆像排着队的彩色甲壳虫，来回穿梭着。小娃在干活的间隙，也会抬起头来，嚅动着嘴唇说："乔乔坐车来了，春兰坐车来了……"

刚开始，她这样说时把改香吓了一跳，改香是小涵的老婆，也是瑞垚的孙媳妇，是宋家姐妹仨出钱雇来服侍小娃的。

后来改香才发觉是大奶奶脑子糊了，也就见怪不怪，由着她嘟嘟囔囔自语了，只是一日三餐丢给她一碗饭罢了。对于犯糊涂的事，小娃并不承认，因为她还知道方春兰，记得方子垚，她还能一个人找到方家的墓地，这都证明她还不糊涂。

方家的墓地是新近觅下的，那里只有一座孤坟，里面埋的是小娃的男人，其实这样说也不准确，因为棺材里的骨灰盒里只装了方子垚的一小把骨灰。是当年方春兰跑了两趟福建，硬从方钰那里争取回来的。

副局长便转身对改香说："照管好老人，家有一老，如有一宝啊！"

改香就絮絮叨叨说开了，指了指自己的头说，这里不行了。一阵一阵的，清醒着还好，犯糊涂了就愁死人了，一眼看不住，拄根拐杖就跑出去了，还专往漫垯野地里跑，找见往回拉，还不跟人回来，嘴里念叨着要回家。一会儿说她是方家的媳妇，她要回方家；一会儿又变了，她成白冰玉了，要找方子垚；一会儿又说她要找她娘，哭兮兮地说，自己命苦，从小不会说话，娘把她扔在娲山上不管了，她要回家，回家找她的娘。

"几个外甥女来看老人不？来得勤不勤？"

改香撇撇嘴："也就是元芬吧，一个月来个两三回。芸芬她自己的事还忙不过来嘞！小词就更别提了，一年也不打个照面。"

"你管她恁多，按月能把工资给你就行了。"

"唉！局长唉，你以为这一月两千块钱好挣啊？！"似觉不妥，马上又转了话头，"咱也知道，谁都有个家，谁不忙？！老大、老二都不歪，就是这老三，唉……"

"人家在省城嘛！工作更忙，回来一次也不方便。再说了'隔一步，差千里'。这要是她妈，你看她回来勤不勤?!"

"哼！天生不孝顺吧！她妈在那会儿，她也回来得少……"

这时，小娃忽然过来插话说："春兰咋没来？春兰嘞？"众人面面相觑，副局长俯身悄声问改香："她还不知道吧？"

"不知道！没敢给她说。芸芬、元芬也嘱咐了，让千万不要说漏了嘴。"

副局长马上就接了嘴哄小娃说："春兰忙嘞，改天就来看你呀！"

"你认得春兰?!"

"哎呀！我们县有名的妇产科医生，谁不认识啊?!"

旁边几个人也随声附和，争着讲起了坊间流传的几个与方春兰有关的故事，无非都是夸她医术如何如何的高明。刚开始小娃还瞪着眼听，听着听着忽然就问了一句，"谁是方春兰啊？"大家便又面面相觑，想这老婆子真是糊涂了，连自己的闺女都记不得了。

小娃在过了百岁寿辰不久之后，就来了一次"假死"。当时小娃明明是断了气的，侄孙小涵赶快跑出去找村里的主丧和大撑掇，跑到门口了，又返回来大声嘱咐媳妇把送老衣拿出来。他边一瘸一拐地小跑着，边把手机掏出来，要给宋家的三姐妹打电话。

当一伙人手忙脚乱地给小娃穿上寿衣时，她"哼"地吐出一口气，人又活过来了，把围着她忙活的人吓了个半死。

平躺在土炕上的小娃，身子一侧，然后借助一只手掌的支撑，就稳稳地坐了起来，脸上的神情像刚睡醒的小孩子一样，她朝站在屋里的人挨个打量了一圈，然后就朝改香招了招手："过来，过来。"

改香忐忑不安地挪步过去，站在了土炕前。

"转过去。"

改香很听话地把身子转过去，背对着小娃。

"你瞧你把这身皮穿成甚了!"

改香便赶忙拽自己的衣服,拽了前襟,拽后襟。

小娃又说:"瞧你把这身皮穿成甚了!皮镶爷看着了,能不生气?!"

众人被这话唬得不轻,面面相觑,却谁也不敢先开口问个究竟。

起死回生后的小娃,拉着人的手,嘟嘟囔囔地说着她到阴曹地府的一些事,她说她碰到了好多的亲人,有娘,有方德、方明轩,对了,还有方子垚。"我一眼瞧见方子垚,就上去拽住他的衣襟说,'冤家唉,几十年了,我总算又见着你了!'正在这时候,我看见春兰走过来了,我就松开了方子垚,扑过去问春兰,'孩儿呀!你咋在这里呀?'边哭边去搂她,谁知道我搂了个空,兰子一下子就不见了。我就站在那里大声喊,'兰子,春兰!'这时我娘一溜小跑过来,抬手就给了我一掴,说'谁叫你来这种地方了?!还不快回去!'就在这时候,腾起一股烟雾,我的那些亲人,就一下子都不见了。"

就这样阳寿未尽的小娃,被送到了城隍老爷那里。城隍老爷给了她一个差事,让她到皮镶爷的殿里帮忙,具体就是管给人发"皮"、收"皮"的。

在小娃的叙述里,众人终于恍然大悟,原来他们以前日日叩拜的皮香爷,不叫皮香爷,叫皮镶爷。

小娃告诉大家,每个人在转生之前,灵魂都要到皮镶殿里领一身皮,也就是身体。然后,灵魂把领到的这身皮穿上,在红尘烟火里享用,直到去世之后,再由灵魂还回殿里,皮镶爷负责修复,腿坏了修腿,眼坏了修眼,然后再把"皮"张挂起来,等着下一轮的灵魂来挑选。

太阳明晃晃地照着,这老婆子的话却让人感觉阴风阵阵,个个脊背发凉,毛发直竖。

就在这时,宋元芬顶着新潮的鸡窝头,气喘吁吁地拎着大包小包进了院子,藏青色的西服袖管高撸至肘部,就露出了白胖的胳膊,以及左手腕上黄灿灿的金镯子。

阴气顿时被冲淡了，众人暂缓过来，原本吓得脸色煞白的主丧这时终于找到了救星，干咳了两声说："人都好好的，没事了，大家都散了吧！该忙甚忙甚吧！"众人一听，赶紧骑驴顺坡，客套话也顾不得说了，似猎犬追着的野兔一般，甩腿四散而去。

原本酝酿了一路的伤心与悲痛，一进院子，倒被眼前的情景惊得不知所措，元芬抬胳膊擦着脖子上的汗。改香也看见了她，一路小跑过来帮她拎东西，嘴里说着："阿弥陀佛，又缓过来了，谢天谢地！"

元芬似反应过来了，把手里东西递给改香，掏出手机要给芸芬和宋词打电话，因嫌院里信号不好，边拨号码，边返向了大门口。

电话还没拨出去，妹妹的电话倒先打了进来。

"二姐！你别急，我已上高速了……"

这一声二姐，还有那种掩饰不住的焦灼，让元芬心里立刻安暖了许多。亲情就是这样，平日里不显山不露水的，但在关键时刻，却能彰显出它强大的魔力。

元芬就赶紧安慰道："慢点开车啊！别急，千万别急，姥姥已经缓过来了。"

"甚?！姐！你说甚?！"

"我说姥姥又缓过来了。"

听筒里传来宋词如释重负的舒气声，然后就是长久的沉默。

"喂！喂！"

"二姐！"宋词又舒了一口气说，"你知道，我这边很忙的，压了一堆的事，所以……"她犹豫着，想迅速找一个委婉的词儿，表达自己的歉意。

但那边，脾气火暴的宋元芬却等不及了："宋词，你甚意思?！你忙?！是忙你那只破猫吧！"人一激动，声音的分贝就提高了，元芬白胖的脸涨得像红苹果，新近刚烫过的头发，也随着节奏，一颤一颤地抖动。

宋词极力想避开这个话题,可还是没躲过,她扭头看了一下窝在副驾驶座椅上睡觉的梅花,到底还是没有控制住自己的情绪,声音不高,但语气决绝,"二姐!我再说一次,它叫梅花,不叫猫,更不叫破猫……我到下一个路口下高速,就这样吧!"

电话再打下去,姐妹俩肯定又要吵架了,所以宋词果断地挂断了电话。

不出所料,元芬的电话又迫不及待地打了过来,宋词伸手就把电话挂断了。再打,再挂!

宋词好看的小V脸,一下子凝重起来,变得冷若冰霜。

当今社会,又有哪个不忙呢?!但真的有自己说得那么忙吗?她有点心虚,其实,是离开那个生她养她的小城太久了,空间的阻隔和生活环境的改变,让她和亲人们的三观也产生了差异与分歧,这才是她最不愿意面对的,于是她抬出了"忙"的理由来搪塞。

宋词原先并不叫宋词,父母给她取的名字是宋芸丽,自从上初中之后,她就觉得这个名字老土,所以自作主张,费了一番周折,改成了宋词。她是一个有主见的人,别看外表柔柔弱弱的,但做事向来干净利落,不拖泥带水。就像她当年报考的是医科大,毕业后,分配到省附属医院,上班不到半年,却改行跳槽到省城的一家杂志社做了编辑。

没人能阻挡她的决心,她是一个80后,她时常想自己虽然是1982年出生的,但终归是80后,她和元芬就像两条生活在不同水域里的鱼,无疑,她觉得自己是生活在深海里的那尾,而姐姐元芬则不过是浅溪里的一尾草鱼。

"快四十岁了,你还不打算要孩子?!"

"打住!打住!我说过多次了,我和凌浩是丁克一族,这是我俩共同的决定。"

宋词觉得这话委婉多了,因为并没有把她的心里话说出来,她对二姐颇有微词。"你除了会养孩子,你还会养甚?!大姐还养花、养鱼嘞!你嘞?！连个屁都不养!"这话,好多次都冲到喉咙眼了,又被她硬生生咽了下去。

宋词很烦二姐,尽管有时候在两人拌嘴之后,她也会有短时间的内疚,但内疚过后,终归还是烦。宋词由衷地感慨,遗传因子,这种物质的结构真的是太复杂了。尽管小时候两个人同吃过一碗饭、同钻过一个被窝,在她受到同学的欺负或和玩伴闹别扭时,都是二姐第一个站出来替她讨要公道,但随着时间的流逝,姐妹俩还是逐渐地陌路殊途了。

元芬不是春兰亲生的,是当年她在医院的女厕所里捡到的,确切点说是一个私生女。据说是一个知青与村里的女孩好上了,两个年轻人把持不住,结果女孩怀上了孩子。没多久,知青便回城了,这一走也就再没了音信。女孩靠着棉衣的掩护一直把孩子怀到了七个月,最终被家人发现,又是打又是骂,又是用土法堕胎,终是没有成功,父母嫌丢人,便弃之不顾。至孩子足月,女孩一个人到县医院生孩子,在寒冷的冬夜,女孩恐惧、伤心、绝望,最终没敢找医生,一个人偷偷在女厕生下了一个女娃,然后脱下自己的棉衣把孩子裹好放在墙角,自己偷偷离开了。那晚春兰值班,听到女厕里有孩子的哭声,进去一看,不见大人,只看见地上被棉衣包裹着的孩子面色青紫,春兰似被电击了一下,她想到了自己的身世,于是毫不犹豫地把孩子抱了起来,这一抱就再也放不下了。

春兰把女婴抱回了家,那时她和丈夫宋国强的女儿宋芸芬已经六岁了,她也就取"缘分"的谐音,给这孩子取了元芬的名字。

"你要气死我呀?!"

"二姐!你真没必要生这么大的气。"每次宋词都要耐着性子解释,"我和凌浩也不是一时冲动,不要孩子这件事,我们也是经过深思熟虑的。"

"你!你早晚会后悔的!就等着那只猫给你养老吧!"姐姐的态度却强硬起来。

宋词也被激怒了："二姐，都什么年代了，我后悔甚?！你觉得你用养儿防老的理由来说服我生孩子，不可笑吗?！"

"要是旁人，我才懒得管这号闲事！"

本想说一句，那你把我当旁人好了，但这话，宋词终是说不出口，因为这话太伤人。

几次电话被拒接后，元芬便感到是被妹妹羞辱了，有种被打脸的感觉，一时悲愤交加，站在姥姥家的院子里捶胸顿足地号啕大哭。

元芬正哭得伤心，丈夫田大宝的电话就打了过来："检查结果出来了，医生说田静儿是性早熟。"

"甚?！她才五岁呀！"

"甚甚嘞?！都怨你，给她乱七八糟买那些吃的！"

"哎！哎！哎！你没买?！"

那边电话早挂断了，元芬不哭了，一咬牙，把新买的苹果手机朝着小院里的菜畦甩过去，砸折了几棵嫩生生的春韭。

咋啥倒霉事都摊到自己头上了?！元芬的身子簌簌抖动着，我做完乳腺癌手术，这才一年啊！

在元芬一岁多不到两岁时，家里人便看出这孩子的与众不同，慢慢地邻里亲朋见了她也只有摇头叹气的份儿。她实在不应该是个女孩子，更不应该是方春兰的女儿。走路会带翻椅子，吃饭会碰掉饭碗，玩具到她手里不消半天就缺胳膊短腿了。再大点上学后，就开始顶嘴、说脏话，往往是一个学期不过半，书本就撕烂了，学习成绩却总是排在班里最后的。每天放学后，甩着脚丫子冲回家，把书包往床上一扔，就和一群野小子爬树、翻墙、掏鸟窝、偷果子去了。

打、骂、感化、引导，春兰使尽了各种法子，还是没有改变元芬骨子里的倔强和桀骜不驯。

春兰的性子就这样给磨没了，心想着正常将她养大成人就行了。

但秃人有秃福。元芬在读完小学后,便再也不肯迈进校门一步了。幸亏她有个好姥爷,虽然两地之间隔着几个省,可还是能通过遥控,给元芬把工作办妥了,让她端上了铁饭碗。

元芬后来嫁了做电力工程的老板田大宝,日子过得舒坦了,人也就丰腴富态起来,穿着打扮上却很趋于中性,常着西服、夹克装,穿大头皮鞋,头发剪短了,再烫得蓬蓬松松的,脖子上挂着粗链子,手腕上套着金镯子。

11

二十年前,元芬还是一个不谙世事的女孩子,却已参加了工作,在XX乡任计生助理员。那时的她就像当年刚加入牺盟会的方子垚一样,被活跃的多巴胺鼓舞着,浑身上下每个毛孔都充满了对生活的热爱、对工作的激情。

她至今清晰地记得,第一次到村里动员孕妇做引产工作的情景。那户人家住在一个叫杨树沟的沟里,后来元芬才知道,那孕妇已经生了两个闺女,是为了躲避计划生育,才和男人躲到沟底的破窑洞里的。

那天,元芬跟在村里的计生员身后,沿着田间阡陌上了一座平缓的小山坡,然后两人又蹚着荒草,一前一后朝杨树沟走去。

杨树是从半坡上一直漫长到沟底的,计生助理员宋元芬的目光穿过落光叶子的杨树林,看到了对面刀劈似的黄土崖,三孔窑洞是在土崖上凿出来的,很有些简陋,更重要的是还没有窗户。她判断这窑洞应该是前些年放羊汉在土崖上挖的,供羊群躲避风雨的简易窑。

窑洞前的空地上堆放着一些玉米,再往外是一圈木篱笆,几丛白的、黄的菊花,开得正好,给小院平添了几分家的暖意和味道,篱笆的外围,则是一个椭圆形的池塘,水里,几只鸭子悠闲地游过来游过去。

二人穿过树林,快走到小院时,从篱笆院里忽然就冲出一只大白鹅,"嘎嘎"地叫着,朝她们扑了过来。

元芬被计生员拽了一把，两人躲到了栅栏门后。许是听到了声响，这时从窑里走出了一个中年女人，她脸色蜡黄，眼泡浮肿，头上包着一块老式的绿格子方围巾。看见栅栏门边站着的两个人，她的脸骤然变了色，眼睛也在瞬间蓄满了敌意。

"你们可真会找地方啊！恐怕老鼠窟窿也能钻进去。"

元芬一眼就瞥见了她微微隆起的肚子，所以立即满脸堆笑，说："嫂，你何苦受这罪嘞？！闺女、小子，还不一样？！多一个孩子，就多一张嘴……"

"用你管？！我生下了，我自己作务，又不吃你家一口饭，不喝你家一口水！"

"不是！嫂，你这是违法嘞！"

"违个屁法，我和我家老汉怀的，咋就不能生了？！和野汉滚炕头怀上的？！"

到底是工作经验不足，元芬一时不知如何应对。那个女人已快步冲了过来，说："走走走！滚你妈个X，X毛还没长全嘞！倒学会祸害人了！"

元芬的脸一下子就涨红了，她扭头对身边捻玩着一枚杨树叶子的计生员喊："妈个X，给我打，打死我负责！"两个人都被她的话震晕了，尤其那个计生员，愣在那里不知道该怎么办，没容她多想，元芬已一把推开她，冲到了那个女人面前，照脸就是"啪"的一巴掌，并从齿缝里迸出来了威胁的话："再嚷！再嚷！"话音未落，又要抬腿踹那女人的肚子，女人往旁边一躲，转身逃命似的跑回了屋子。

要不是计生员拉着，元芬也跟着冲进屋里去了。

两人一前一后循原路返回，元芬余怒未消，一路脏话不断，把人家祖坟里的刨出来羞辱了个遍。计生员走在后边，她的心擂鼓一样跳个不停，想自己以前真的是太低估元芬的工作能力了。

当真是，无知者无畏！只有小学学历的元芬口头禅就是，"长这么大，甚都知道，就是不知道甚叫怕！"

乡政府的人都揣测过元芬的身世和背景，因为以她的学历顶多混个单位看大门的吧！后来才有消息传出来，说是她那个远在福建的姥爷，那个元芬从未谋过面的姥爷，通过关系竟给她找了份铁饭碗的工作。

后来那个女人终究被拉到计生服务站做了手术，当元芬听到屋里传出撕心裂肺的哭喊声和咬牙切齿的咒骂声时，她竟然有一种报复的快感。

自那之后，近十年的时间里，元芬见多了绝望的眼神和一道道泪痕的脸，也就越来越漠然、越来越熟视无睹了，她觉得领着国家的工资，就得好好干工作。

性格泼辣的元芬，像踩了风火轮一样，忙着上传下达、发传单、写标语、送避孕套、填统计报表，一天到晚忙得脚不沾地。一张张奖状、一本本荣誉证书，以及领导的夸赞和表扬，让她干工作时精力充沛、激情满怀，一到晚上一挨枕头就睡得死沉死沉的。

十年后，元芬终于卸下了重任，担任了乡里的人大常委会主任。时间一天天过去，计生工作也疲沓下来，空气似乎不那么紧张了，那些被憋坏了的村妇，便又冒着罚款的危险，偷偷怀孕生娃了。

2016年国家终于放开了二胎政策，得到这个消息，元芬自己都没想到，她会那么激动、那么兴奋，从酒柜里拿了一瓶酒，就着半碗咸菜，一个人喝了个酩酊大醉。

那时她已结婚，儿子斌斌也上小学六年级了，她想这政策真是及时雨啊！按她的年龄，还可以再生一个，要生就生个闺女吧！大宝整天忙得不着家，斌斌也越来越叛逆不听话，在年近不惑后，元芬越来越羡慕别人家乖巧温婉的女孩子了，她想有一天，她如果生个女孩子的话，就给她穿公主裙，给她扎小辫子，还要黑明白夜把她抱坐在膝盖上，给她念童谣，给她讲童话故事。

后来，元芬和大宝抱养了田静儿，虽然，虽然距离她的期望值有点远，但她毕竟是有了女儿呀！她越想就越觉得，三姐妹中学历最高的宋词，是读书把脑子读糊涂了！读得一点不明事理，也不懂人情世故了。

百岁老人小娃,去阴曹地府转了一趟,起死回生之后,也添了嗜睡的毛病。每隔一段时间她就要睡个三五天,这期间怎么叫也叫不醒。按她的说辞是,她是去皮镶殿里干活去了,除了收皮、发皮,小娃还给皮擦拭灰尘,给皮上油。

这话听起来让人头大,好在一直并没有奇怪的事发生,时间长了,大家也都见怪不怪了,任由她一个人神神道道了。

有时候,小娃也会说起她的男人,她说他叫方子垚,还说方子垚原先是定过两门亲事的,但他都不满意,自个儿搅黄了,最后才娶了她。这话让晚辈们很是难堪,上前阻止一下,劝一劝,暂时不说了,可隔天似乎又忘了,老话重提。一而再,再而三地,家人也懒得管了,再见小娃拉着别人唠叨,就说:"人老了,脑子糊了,瞎叨叨嘞!"

方子垚在五岁时就定了娃娃亲,但直到退婚,他都没见过他所谓的媳妇,只知道那个岳父姓连,是县里有名的大财东,还知道岳父的哥哥在县城里开着唯一的一家斗捐局。(当时的老百姓买粮、卖粮都要通过斗捐局计斗。)岳父有个很牛气的职业——"刮斗"。交易时刮斗会将粮食倒进斗里,粮食冒尖,算一斗。然后刮斗拿一块木板把冒尖的粮食刮下来,刮下来的粮食就归斗捐局了,然后每过一斗,双方再出一份斗捐税。这样做本来就有失公允,而黎亭由知县李宪白托付给豪绅连发管理的斗捐局则更是李逵卖煤炭——黑上加黑。

连发在斗捐局里准备了两种斗,买时用大斗,卖时用小斗,大斗进,小斗出,获得的利润,暗中和李宪白牛蹄分两半。

1928年的寒假里,在太原和潞安府读书的学生们,组织成立了学生会,他们打着洋鼓、吹着洋号,查封了连发的斗捐局,并在县城的衙门前召开了群众大会,贴出了"打倒劣绅、实行民主、改善民生"的标语口号,最后学生们还把连发的劣迹编成了剧本,在衙门前搭台公演。

舞台后来被人在夜里一把火烧去,几个学生也在学潮中被连发暗藏的打手打伤。但这次学生运动，还是让连家颜面扫地，自此以后，行事就收敛了许多，人前人后，说话也不及先前那般张狂了。

虽然不是组织者，但方子垚也确实参加了这次反斗捐税的活动，而那个连发则是连宇光的亲哥哥，如此，方、连两家也就撕破了脸闹翻了。因祸得福，子垚暗自得意，终于和那个从未谋面的连家小姐解除了婚约。

子垚的脚有毛病，其实也不是啥大毛病，就是生下来的时候，右脚多出一个脚趾。小的时候，天天有人抱着，倒也看不出什么，后来一天天大了起来，穿了鞋走路时，右脚就在地上一点一点的。所以家里人才着急给他定了娃娃亲。可谁也不知道脚却成了他一辈子的心病，虽然他从来没见过连家小姐，但他断定她一定是缠过脚的，一想到小脚女人走路的姿势，他先是脸发烫，然后憋气，继而干呕起来，这是多年来深埋在他心里的秘密，从来没对任何人讲过。

闪过年，方德就得病了，有人说是被孙子方子垚气的，更多的人在背后悄悄议论说是他在寿辰上给自己唱了"摆八仙"的戏，得罪神灵了。

"摆八仙"一般是用于庙院里敬神的，但那一年做寿时方德却忽然犯浑，叫了戏班子的人唱了给神唱的戏。三乐班里的全班人马分别扮演"福禄寿"三仙及"八仙"中的吕洞宾、铁拐李、韩湘子、张果老、何仙姑、曹国舅、汉钟离和蓝采和。诸"神仙"手持各自的法宝，随着仙乐且唱且舞，然后将手里的法宝挂在"寿"仙的云板之上，拼成一个大红的"寿"字，最后才由何仙姑恭恭敬敬地献给方德。

乡村里的特色，好事坏事只说三五天，然后一切照旧，只是多少年过去了，板崖村的人对方德那场盛大的丧事依然记忆犹新。

方明轩给父亲办丧事是下了血本的，四块瓦的柏木棺材被漆成了朱红色，四围刻的是暗八仙，中间用金粉绘的是明八仙，棺材用条凳支着，放在灵棚之内，十多对"童男""童女""金山""银山"围簇在棺材四周。别的人家办丧事，顶多做两三对纸幡，方明轩给父亲做的是布幡。几十对布幡像硕大的经筒，悬满了整个灵棚，布幡四围一溜儿垂下来的是用绢扎的白色、红色、黄色花朵。山乡里哪里有过这样的场面，招引得十里八乡的人都成群结队来看稀罕。那些不谙世事的小孩子，在人群里钻进去钻出来，时不时跳着脚儿够一下布幡上垂下来的绢花，总是引来大人们的几声呵斥。

大家低声议论着，说方明轩这是要把他爹生前享受过的，都给带到阴间里去了吧！

方明轩不在意别人说什么，他觉得给爹办丧事，再奢华也不为过。爹是个慷慨豪爽之人，一辈子给村里修道路、筑村墙、建麻池、办学堂，花钱如流水，偏偏就是这样一个人，对家人、对自己却小气吝啬得很。俗语讲：盖棺论定。方明轩的意思是，好歹在盖棺之时，把爹这一生该得的都给补上。

"我的后事，简单操办一下就行了，让主丧和大撑拨定夺……家里人不要过多掺和……"

这是方德最后留下的话，他一生固执、武断。自小在这种环境中长大的方明轩，也渐渐适应并依赖了这固执和武断，但他真正的臣服，应该是从长子方子垚落地的那一刻开始的吧！

其实当初方明轩并不乐意娶刘素云为妻，虽然她有着较殷实的家境，但她长得实在不敢恭维，单看脸盘倒也不丑，只是那身板过于高大、壮实，像个男人一样魁梧，这让方明轩心里很是膈应。

刘素云过门一个月，方明轩没有碰过她一下，不冷不热、不瘟不火，就那样晾着。后来这事让方德知道了，叫去打了两拐杖，还罚站了一个晚上。用方德的话说，"腰粗咋了？屁股大咋了？壮实的女人旺家，能生养，你懂个屁！"

挨打和罚站之后，方明轩终于服了软。直至有了儿子方子垚，他才隐约觉得父亲的话有道理，也就逐渐认可了父亲的武断和固执。

方德临终前，嘱咐老妻徐引娣与儿子方明轩，他的丧事一定简单操办。

当下有句话："一个成功的男人，背后一定有一个成功的女人。"这话往前穿越一百年同样合情合理。方德之所以能把生意做得越来越大，如日中天，绝对有引娣的一半功劳。夫妻两个的组合简直可以说是珠联璧合，一个勤劳、一个节俭。

引娣的节俭，想来很匪夷所思。一个有钱人家的太太，与丰腴和富态这些词儿一点不沾边。她身形如枯木，一张脸像是被岁月榨干水分的梨果，面色疲惫，不苟言笑，所有的日子里只剩下精打细算，厨娘炒菜多放了一勺油，都心疼得像割了她身上的肉一般。她的苛刻致使她自从生了明轩之后，便再没生过，也不是没怀过，总是在坐胎几个月之后，下身就见了血，然后就是小产，孩子被家人扔进村外的婴尸沟。

至于纳妾，方德不是没想过，但是按他现在的家境和背景来说，找个粗笨的，他心有不甘；找个俊俏点的吧，又怕不省心。自己已渐入老境，对于节外生枝的事，已经疲于应付了。所以纳妾的念头也就渐渐打消了，只把全部的希望都寄托在娲山的奶奶庙了。

方家大院有个女娃叫小米，干瘪、羸弱，常被不明底细的人误认为是引娣生下的，其实她不过是方家的使女。这孩子是庶出，从小长一头细黄的软发，别人都叫她黄毛儿。娘生下黄毛儿就得病死了，大娘带着她和两个哥哥、一个姐姐，一路逃荒至此。几个孩子一路走一路卖，等走到板崖村，就剩了这么一个干巴黑瘦的女孩儿，人人看着可怜，但又都不愿意收留。最后是方德用三升青米把孩子换回家的，并给她取名叫小米。

大娘临走时，把黄毛儿拉到了怀里："记住，以后人家打你，你就躺地下由人打，嚹你，你就由人家嚹，不能还嘴！"

引娣只要一瞥见小米瘦小的身影，就觉得心里膈应，她认为小米在方家是多余的，她的存在，不过是平白无故添了一张吃闲饭的嘴。

对于老妻的抱怨，方德总是不正面应对，他挖空心思为自己找到了一块挡箭牌。每做一件大事前，他都会对引娣说，"老奶奶给我托梦了，让我……"

方德出资给村里修水池、办学堂……甚至答应儿媳出嫁时，可以带着教书先生这样荒唐的事。引娣颇有微词，但总是不等她把这"微词"发泄出来，方德便搬出老奶奶，说这是老奶奶授意的。

一提到老奶奶，引娣立即就不作声了，她会狐疑地盯着方德的眼睛，确认这话的真实性，然后在得到"肯定"的答案后，就变得一脸的惊恐不安。神的旨意，无人敢违抗，尤其在这穷乡僻壤，尤其是一生依附于男人的女人，他们更加相信这世间有鬼神的存在，自然也就对鬼神心存敬畏。

让引娣立马闭嘴的还有一个原因，那就是她心虚地觉得只给方家生下一子的事实，成了她这辈子最短的短处和把柄。

方德太了解他的老妻徐引娣了，他知道，即便他不嘱咐丧事简办，她也会简办的。只是他没想到，儿子方明轩当时含泪答应得好好的，等他一闭眼，方明轩就反悔了，就变卦了。

在为父亲办丧事这件事上，方明轩只对引娣说了一句话："娘！我爹这一辈子……太亏了……"

引娣吃惊地望着儿子，嘴张了张，最终还是合上了。她知道，方明轩和他爹一样，认准的事，十头牛也拉不回来。

还有一件事，是方德生前没有想到的，他绝不会想到儿子方明轩不仅把县里有名的"三乐班"请来唱了三天戏，还把范家庄的老师父请来给他做超度法事。在他看来，方家的发迹以及明轩的妻子刘素云能连生二子，这都归功于娲山的老奶奶，连小奶奶都不沾边，因为方家的高祖——方奇在决定修娲山奶奶庙的时候，根本还没有小奶奶。至于寺院里的和尚和他们供奉的那些菩萨，方德秉承的法则是，不烧香也不招惹。

但方明轩对佛与道是没有概念的，甚至可以说是混淆不清的，这也怪不得他，他原本读书不多，认不得几个字，方家虽办有义塾，但那是方明轩和刘素云成婚之后才办起来的。因为当时刘素云带着一份特殊的嫁妆嫁到了方家，正是这份特殊的嫁妆让方德萌发了办义塾的念头。这特殊的嫁妆是刘家的教书先生——陈全会。

刘素云是赵店镇刘洪德的长女。刘家在镇上开着一个大香铺，名曰"西享里"。这是一个相当有名气的香铺，据说"西享里"产的料香，曾远销北平和顺德府。

料香的配方用料很讲究，要选用山黄、藁本、苍术、桂枝、大黄、陈皮、甘草、麝香、黄连、黄芪、良姜、冰片等二十多种中药，再佐以柏木屑、榆皮沫等制作而成，只因料香成本高，所以卖的价钱也高，普通老百姓用不起，所以生产量并不大。

"西享里"出产最多的还是大黄条与小黄条，价格比较低廉，也很耐用，所以当地的香客赶庙会、求神拜佛都习惯用这两种香。

刘家香铺还出产柏木香、捏尖香、盘香、青香，各有配方，即便是店里的老香工，对各种配方也是只知皮毛，而无法掌握其精髓。

刘家和方家也算故交，论经济实力，刘家肯定比不得方家，但要论文化底蕴与实力，刘家远在方家之上。

12

也许方德早有预感，所以会在临终之前主动卸任，把国民县政府的参议和板崖村维首的头衔一并给了儿子方明轩。

方家以后的路该怎么走，他其实一直在跟进规划，早在几年前，他就让学堂里的陈先生按金木水火土相生相克的阴阳五行之说，给选了二十个字，作为家里字辈的排序：

垚钰涵杓灼

堂镛法相煌

垣钧洵懋烈

增锡泳荣丼

能把一个大活人作为嫁妆陪嫁，这对于刘家来说绝对是一份荣耀。别人家嫁女儿，嫁妆无非是吃的、穿的，或者是生活用品，再排场点也就是陪嫁一个丫头，这丫头多数是陪小姐长大的，小姐的脾性和生活习惯也了如指掌，一起随小姐嫁到夫家是继续服侍饮食起居的。想想自己的陪嫁竟然是一位有文化、有学识的教书先生，让刘素云也觉得风光无限。

说起这陈全会是有些故事的。他自幼失去双亲，由哥哥陈天升抚养成人，虽出身贫寒，但饱读诗书，凭着天资聪颖和行苦志坚，他早早立下了"蟾宫折桂"的夙愿，并顺利通过了院试、乡试。正当他踌躇满志，准备大展宏图时，清政府一纸诏书，废除了科举制度。

"学而优则仕"的梦想破灭了，对于新式学堂，陈全会始终认为那不是正途，再就是眼下他连吃饱饭都成为一种奢望时，别的就只能束之高阁了。为了维持生计，他拜师学了易学，学了增删十易、麻衣神相、奇门遁甲和阴阳宅等，之后便在县城摆了一个卦摊，以算命相面为生。因他博学多才、谋略超群，所以不久就赢得了一个"赛诸葛"的美名。

一天早上，陈全会刚开张，便见一少妇提着一个醋瓶子神情恍惚地走了过来，犹豫了半天才说："先生，我想请你给我解个梦。"

陈全会问道："解梦？甚梦？"

少妇说："先生，昨夜三更，我梦见我家的房子突然就塌了，露出了青天，我吓得半死，要不是我靠着的那根柱子顶住，恐怕我也被砸死了。以前常听人讲，房子忽然倒塌，主凶。靠着柱子，是靠木材（棺）过日子……我担心我家男人凶多吉少。"说着竟哽咽起来。

陈全会见状，连忙安慰她："没事，没事的，你家男人肯定没事。"

少妇又补充道："我家男人外出经商，三年未归，我日盼夜盼，人没盼回来，却盼来场噩梦！"

陈全会道："谁说是噩梦？！你梦见的房子忽然倒塌，露出了青天，那是说你能见到'天'了，天指的就是你家男人，你靠着柱子，意思是你有靠山了。这么好的梦，你咋说是凶多吉少呢?!"

少妇惊奇地望着陈全会说："真的呀？"

陈全会笑了："快回家吧！你男人快回来了。"

少妇闻言，立即破涕为笑，欲离去，忽然又停住了脚步："那他甚时候回来？还请先生给个准日子。"

陈全会说："那还需测个字，方能算得准。"

少妇红了脸："先生见笑，我打小一字不识。"

陈全会说："那这就不好办了。"

少妇急了，说："先生万勿推辞，人人说你是'赛诸葛'，怎能没办法?!"

陈全会说："那你说个字也行。"

少妇还是很为难，一时间不知道说什么好。

陈全会就提示她："你手里提的甚？"

少妇如有所悟，她本来是提着醋瓶子上街打醋的，因看见了陈先生的卦摊，想起昨夜的梦，就无心打醋了，想请"赛诸葛"先给自己解个梦。这时陈全会一问，她才想起打醋这档子事，于是随口说了一个"醋"字。

陈全会念道："醋……"他沉吟了一下说："那就是二十一日酉时，你回家等着吧！"

少妇一听，立即眉飞色舞地说："真的呀？明日就是二十一日，我男人真能回家呀？"

陈全会说："放心吧！错不了。"

少妇跑了两步，又返了回来，说："不好意思，我还没付钱给先生呢！"

陈全会笑着挥挥手，"回去吧！不着急，你男人回来会来找我的，这钱让他付。"

少妇施礼谢过，一溜小跑着去了。

陈全会刚一摆开卦摊，便让人给围住了，从早上一直忙到天擦黑。他正准备收摊回家，这时一个青年慌慌张张直奔了过来。他手里提着裤子，系裤子的长巾还叼在嘴里。

陈全会一惊，说："冒失的男人，家里要出大事了，快回家去。"

男人被陈全会劈头盖脸的一句话镇住了，但心存疑惑，他一边用长巾系裤子，一边问道，"昨天，我媳妇……"

陈全会大喝一声："快回去！家里出大事了，你媳妇上吊了，快回去，再晚就没命了！"

围观的人大都认识陈全会，就都催着男人赶快回家。男人这才撒开脚丫子往家跑，嘴里却喊着，"你不要走，你等着，我回头找你算账。"

陈全会微笑着回应他："你放心，我不走，就在这里等着你。"

天越来越黑了，围观的人却迟迟不肯散去，都等着看好戏。

约莫半个时辰后，男人领着媳妇和父母一起来了。

一到卦摊前，小两口双双给陈全会跪下了，男人的父亲在身后大骂，"你这个半吊子货，还不赶紧给陈先生磕头！要不是陈先生提醒你，你媳妇就没命了。"

陈全会连忙起身扶起小两口说："好了，好了，快回家吧！时间不早了。"

男人先打发父母和媳妇回去了，自己却不肯离去，围观的人也不肯散去，都想问个究竟。

陈全会清了清嗓子说："其实也很简单，小娘子盼夫心切，得到准信是二十一日酉时男人可到家，于是她就早早地备好了酒菜，静等丈夫回来。到了酉时，丈夫果然按时归来，小媳妇赶快给男人端上热腾腾的饭菜，丈夫一看，疑窦顿生，觉得媳妇肯定是勾引上野男人了，准备好的饭菜本来是要给野男人吃的，于是，男人不分青红皂白要打妻子。媳妇被冤，急忙解释算卦之事，盛怒之下，男人甚也听不进去，匆匆来找我问个明白，结果还未开口就被我赶走了，我说的有错没错？"

年轻人连连点头："是！是！是！先生说的句句属实。"

有人趋上前问道:"那先生怎么一见这后生,就知道他媳妇要上吊的?"

陈全会说:"当时,这男人的姿态就是一卦。"见众人疑惑不解,就继续说道,"他口中叼一方巾,这是'上口下巾',分明就是一个'吊'字,这一卦象告诉我,他家有人要上吊寻短见,所以催他快回去。"

男人羞怯地说:"是呀!我来找你时,你的卦摊前围满了人,我不好意思上前,只得躲到一边的茅厕里,假装解手。直到看到人散了,我怕你也走掉,所以口衔裤带,手兜裤子就跑了出来。"

谜底解开了,青年男子付了钱,拜了又拜,千恩万谢之后,才急急忙忙回家去了。

陈全会刚要收摊,有人却上来摁住了他的手。那只摁他的手,手指粗壮,手掌厚实。陈全会抬起头看,看到一个男人和善的大方脸,还有他眼里溢出的认可与笃定。

这个男人就是赵店镇开着"西享里"大香铺的刘洪德。

陈全会跟着刘洪德去了刘家,开始给刘素云当私教。教她学习四书五经,也学习女德,这刘小姐虽说长得粗笨了些,但很聪慧,陈先生甚是赏识,师生关系也很好,等到刘素云出阁之时,刘洪德问她要什么嫁妆,她张口就说,不要钱、不要地,也不要庄(住宅),只要陈先生陪嫁。

13

方明轩的两个儿子,一曰子垚,一曰瑞垚,取的就是陈先生给的二十字中的第一个字"垚"。

拿到这二十字的时候,方德在祖先牌位前烧了香,命令方明轩和他一起跪下,禀告先祖说,以后这二十字即为方家世次字辈的排序表。

陈全会随刘素云"嫁"到板崖村后,被方家好吃好喝地款待,终日被奉为上宾,时间一久,他就有点坐立不安了,询问方德还有什么心愿未了。

"有什么心愿未了?"这一问,倒把方德问醒了,是啊!有什么心愿未了?儿子娶媳妇了,媳妇现在也怀孩子了,那么孩子生下来,是男是女都得让他(她)读书认字、识礼节,于是方德有了办私塾的想法。

客位院在方家也就是个摆设,时间长了就成了堆放闲杂物品的场所。方德让人把几间屋子腾了出来,拾掇干净了,在堂屋里放了数张桌椅,西厢房也收拾打扫了一下,放了寝具和洗漱用品,就成了陈先生的起居室,同时为了孩子们上下学方便,又在院子的西侧开了一个角门,这样客位院就成了一个像模像样的私塾。

原说好的办私塾,到真正实施时却变成了义塾,方德的决定和举动,村里人见怪不怪了,方家人也默然接受了,不接受又咋样?!谁能拗得过这一村之主、一家之主?!

义塾一办数年,陈全会在传道授业解惑的空闲里,不忘著书立说,夜晚他幽居斗室,伏案劳形,"学仙学佛,俱臻妙境而不穷",还写了《中宿记言》《蠲吉分惑》《步步知踪》。

他会观天象,每年立春的这天,四更未到,他就会叫方德起来,两人一起登上看家楼。陈先生背着手仰天看一会儿,然后就告诉身边的方德今年的年景如何,收什么作物,不收什么作物。然后方德会写一张告示,早早贴于方家大院的外墙上。

到了农历二月二这天的子时,陈先生会把一根高粱秸秆从中间劈开,然后把挑好的饱满无损的十二颗黑豆,摁到秸秆中间的瓤内,然后再把高粱秸秆用麻绳绑住,浸泡于水缸之中,第二天把秸秆拿出来打开,按顺序数过去,哪枚黑豆膨胀得最大,就说明哪个月的雨量充足、雨水充沛。

但随着时间一天天过去,陈全会还是觉得这生活离他的宏愿和初衷越来越远。是啊!想当初他是抱着蟾宫折桂的心愿读书的,后来那个梦破灭了,但他的人生理想也不是仅限于在山沟里当这么一个教书匠的。

没有人知道,陈全会有一天会"觉醒",这觉醒指他忽然就想报国了,怎么报,他还没想好,但是他得走出去,不能老在这山沟里耗着了。

他找着主家方德"辞职",态度坚决,让方德再找一个先生代替自己的职位,不过他也是有情有义的人,说在离开之前,再满足东家一个愿望。那时方德已是疾病缠身了,因为总也不见好,不免心灰意冷些,况见先生去意已决,也就叹了口气说:"那就劳烦先生为方家觅一块好坟茔吧!"

数千年兴下的土葬,兴下的叶落归根,让人们相信地下的事连着地上的事,地下的兴衰连着地上的兴衰,牵连着子孙的兴衰。

于是,陈全会简单收拾了一下,便带着罗盘独自一人踏上了为方家寻找好茔地的征程。

半年之后,陈全会来到娲山与赵店镇之间的马鞍山下,当他站到一个名为小角儿的地方,先是大吃一惊,旋即涕泗纵横,仰天长啸:"天意哪!此乃天意哪!"他一时悲欣交集,进退两难。他知道"天机不可泄漏",但更知道,方家对他陈某人不薄,况以他的个性也做不了那背信弃义之人。

据说,陈全会为方家觅得的这块风水宝地,名为"金线吊葫芦"。葫芦是地形,金线是一条山间小道,道往山的两头延伸,一头通往板崖村的方向,一头连着的恰是那只"大葫芦"。

完成任务后,陈全会回到了方家大院,他对方德说,那坟茔能保方家十七世三百年,代代出官,世世兴旺。后世传言,方家墓地刻有石楹联"十七世书香门第,三百年官宦人家"。

茔地是好茔地,但要想占为己有却不容易。方家便以自家的地换临界之地,再以临界之地换临界之地,就这样经过数十轮轮换,才将地倒到那块葫芦形地界。

谁知不等在觅好的茔地里砌墓葬,方德的病情就加重了,不吃不喝,数日后竟合眼、咽气、西去了。

当年方德是在知道儿媳素云又怀上第三胎的时候,就做好了抽身而退的打算,他准备含饴弄孙、安度余生了。恰在这时,又传来了孙子子垚在县城里闹学潮的事,这坚定了他"卸任"的决心。孩子们一天天长大了,翅膀一天天也硬了起来,有些事他真管不了了,是该放手了!

方德卸任后没多久,就病倒了。刚开始方家人也没在意,家里有银子,心想着只要钱花到了,病就治好了,毕竟人的年龄也不算大,刚交上七十,谁知道,一直吃药也只不过维持了一年多,最终方德还是撒手西去了。

安葬了方德,陈全会也离开了方家,离开了板崖村,他自知自己泄漏了天机,要被折寿的,于是把自己写的几本书以及《大学》《中庸》《论语》《孟子》《易经》《天工开物》等整齐地摆放于书橱之内,就背着一个破褡裢不辞而别,独自上路了。他像一个游僧,或者说更像济世的活佛,一路走一路乞讨,一路给人卜卦问诊,每遇乞丐或是揭不开锅的穷苦人家,他也会从布褡裢里摸出几文钱接济他们。

几年后有消息传到板崖村,说陈先生后被日军抓去,因爱慕其才华,企图奴役他,欲让他去××县任伪县长。陈断然回绝,敌人威逼利诱,仍不为所动,最后被日军持利刃刺穿腹部而死。

14

给方德做法事的老师父一共来了九个,有吹笛子的,有吸笙的,有拉板胡的,有打云锣的,有拍镲、拍铙、拍钹的,大家背着各自的乐器,排成一个纵队,缓缓地迈着步子,走进了方家大院。

负责诵经的来未走在最后,肩上背着他离开板崖村时的那个破褡裢,一张长脸也如从前那般清癯。

村人看见来未来了,就都高兴地和他打招呼,王水生更是甚时候也不忘奚落他两句,"你可是稀客呀!以前听你念段'焰口经',比吃顿肉面还难嘞!这次我瞧你念不念?!"来未讪讪地笑着,不知道如何接话。

刚好就有人替他接上了:"今晌午就有肉扯面,你放开肚,好好吃哇！"

因为是办丧事，方明轩已命人在前院里搭起了棚子，支起了大锅大灶。做法事的僧人来了之后，他特意安排给炒一锅素菜，并在阴凉处放了几条懒汉凳。

至晌午，刚一开饭，苍蝇们便闻风而来，趴在锅沿、碗筷上不肯离去，人们边盛饭，边用筷子撵苍蝇，并大声呵斥道："去！去！"

唯有那些僧人埋头吃饭，对碗沿的苍蝇视而不见。便有人打趣说："听说出家人不吃肉，嘿嘿！这是想吃苍蝇肉了吧？"

来未淡淡地说："这是饭苍蝇，不脏的。"

"饭苍蝇？！"众人愕然。

"就是专趴锅沿、碗沿的苍蝇，不脏的。"

王水生就插嘴说："就你们出家人说话颠来倒去的，咋说咋是，苍蝇就是苍蝇，还分个三六九等啊？！是苍蝇就脏，就不干净！"

本来大家觉得来未的话挺在理的，王水生这样一说，又都觉得还是王水生说得对，就随声附和，"是啊！苍蝇飞来飞去，这里趴趴，那里趴趴，咋能光趴锅沿、碗沿了？！还是脏！"

王水生说："对！就是脏！就是不干净，见了就得打死它！"

僧人们就一脸惊觉，放了饭碗，低声诵着佛号："阿弥陀佛，阿弥陀佛……"

王水生便从鼻子里哼出一声，说："甭给我说你们不杀生。苍蝇不咬人是真的，换了蚊子和蝎子试试！蚊子咬你、蝎子蜇你，我看你们杀生不！"

这次不等来未说话，龙桂师父却接了话，"蚊子咬人、蝎子蜇人那是本性，心怀慈悲也是我们出家人的本性。"

众人一时语塞，气氛也就尴尬起来，偏在这时候，方瑞垚跑了过来，把来未放在凳角的一串手持佛珠拿起来把玩。

来未就说："你待见，那就给你了。"

跟过来的方明轩便呵斥瑞垚："跟你说过多少次了，别人的东西不要碰。"

来未说："不值钱的，让孩子拿去耍吧！"

众人便借机转移了话题，说起了这桃核的神奇，又都争相拿过佛珠来看，一粒一粒转着珠子，说哪哪是佛陀的眼，哪哪是佛陀的鼻子。

15

按当地习俗，凡丧家办丧事期间，村中老百姓都要前去吊唁，死者为大，所以无论男女老少，都会头蒙孝布到灵棚下烧个纸、磕个头，以抚慰亡灵，其实也是做给活人看的，毕竟是乡里乡亲的，以后还要来往和走动的。

方明轩大方，凡是来烧纸吊唁者，他都会塞以半吊子铜钱。这样一来，孝子的数量就迅速增加了，特别是一些半大小子，穿着白色孝衫来，直接加入孝子的队伍，本是八竿子打不着的关系，一夜之间就姓了"方"。

对于这种荒诞的行为和举动，方明轩并不介意，更不会往心里去，他甚至在其中找到了一种心理安慰和毫无来源的满足感。

做法事的第一步是"上桥"，意为亡灵已过了鬼门关，到了奈何桥之上。传说桥下为汹涌的血河，河中布满了虫、蛇，有罪之人会被桥两头的牛头马面推入血河之中。

丧家的"桥"是用桌子做桥墩，门板做桥面，临时搭建起来的，桥的长度由孝子的数量决定。"上桥"开始后，诵经的师父要站在桥上，为亡灵念经做法布施，这样亡灵就可以顺利通过奈何桥。待诵完经之后，师父要下桥，跟在其后的孝子们要边走边做"财布施"，也就是撒钱给那些穷困无依之人。

本来这"财布施"散多散少，是由丧家决定的，但散着散着，"财布施"在乡村里就逐渐变了味。"桥"下围观之人,为了多得些"财布施",会伺机抽掉门板,使"桥"断开。

这次丧事中,反复抽门板的是王水生,他抽门板的动作干净利落,与脸上痞痞的笑配合得可谓完美无缺。在众人的起哄声中,王水生一次次抽着门板,他的情绪也被鼓舞得空前高涨,似乎自己并不是在参加一场葬礼,而是在做一项什么壮举,耳畔悲怆的音乐也成了这壮举的伴奏。就在王水生抽最后一块门板时,方家的一个女仆刚好低头打此经过,木板的一头不小心撞到了女孩的腰部,女孩一个趔趄,当即跌倒在地。而王水生全然不顾,他在别人的鼓掌和口哨声中,又一次找到了与那次"意外事件"相似的感觉。

所谓的意外事件,是那次他和娲皇社的扇鼓手在一起练习"跑功"时发生的。为了在祭祀活动上大显身手,每年的朝顶仪式前,扇鼓手都要聚在一起练跑功,也就是一群人围成圈子跑步。但是为了一争高下,行内人常会借此机会"斗法",因此会有心术不正的人故意使点儿坏。

王水生正是在别人使坏中,脱颖而出成了"马童"的。那次,一群扇鼓手在练习跑功时,后边的人老踩王水生的脚,鞋总是被踩掉,搅得他总也跑不快。后来,王水生索性甩了脚上的鞋,光着脚板反而更利索了。他跑着跑着,不知道咋的就想到了儿子石头儿,想他们王家也有后了,不觉得低人一等了,人也就兴奋起来,越跑越快,越跑兴致越高。别人看到王水生光着脚越跑越快,觉得异常,就都认为他是神灵附体了。等"跑功"一完,王水生刚想坐下来歇歇,却不料众人"哗啦"一下全跪倒在他面前。从那以后,王水生便披上了一件神秘的外衣,身价也高了起来。

因为有"神灵附体"作外衣,王水生就直接晋升为老奶奶的马童了,也是从那时起,他就像寓言故事里那个守株待兔的农夫一样,每天躺在炕上,蒙头睡大觉,等着有人找他去给房子谢土,给小孩招魂,或者有人找上门来让他相面、测字,那样的话,他就能像隔壁的李嫂一样,即便赚不到钱,但隔三岔五也能赚几个白面馍馍吃。

但他没想到的是，方明轩的老婆嫁过来时，竟然带着一个叫陈全会的能人，这是一个极具传奇色彩的人物，王水生认为是陈全会的到来把他的生意全给抢去了。他就恨得牙痒痒，啥他娘X陈全会，明明就是陈全毁。他心里的恶气又没处出，只因为这陈全会是方明轩的老婆带来的，他这账就顺理成章地记到了方家的头上。

16

王水生是十八岁那年，从河南盘阳一路逃荒至此的。当年他推着一辆独轮车，堂弟王水亮肩上搭着用破布拧成的一把粗细的布绳在前边拉，弟兄二人拉着他们的全部家当，吱吱扭扭地上路了。

在很小的时候，王水生就听人说王家祖上是发过一笔外财的，具体什么外财大家又都说不清，口径一致说是明朝正德年间的事，只是由于时间太久远，连自家人都怀疑其真实性了，只有王家的深宅大院，证明王家曾经辉煌过。

又有一年，一个阴阳先生打此地路过，水生的爹领着他去看了王家的茔地，那人只看一眼，就大呼了不得，说将来王家是要出一个皇帝的。

岁月像漳河水一样流去，王家的日子始终也没有起色，除了那个虚无的帝王梦，和别的人家一样，也缺衣也少食。盘阳这地方地处山西、河南、河北三省交界处，石崖由沟底一层一层高上来，人住在崖上，漳河水则在沟底日夜奔流，一路向东，正应了那句传了上千年的顺口溜："水在沟底流，人在岸上愁。"这鬼地方十年九旱，田地干得冒烟，一旦遇到洪涝灾害，地块又被洪水淤为平地，终年颗粒难收。

在离开盘阳镇的时候，王水生不停地回头望，他的眼里全是痛楚和不舍，直到站在圪梁上爹娘的身影越来越小，他才咬咬牙，掉转身子，一脸悲壮地上路了。父母年龄大了，禁不起折腾了，留在了盘阳，只盼着王水生、王水亮弟兄两个能寻条活路。

王水生管王水亮的爹叫大伯，只是大伯和伯母去世早，所以王水亮从小就一直跟着叔叔、婶子一起生活的。

逃荒的路上，他们遇到了讨饭的"吹火嘴"，这闺女眉眼长得还算周正，只是长了一张吹火嘴。卦象上说长这种嘴的女人，话多、嘴碎、爱说三道四，属于福薄之相。所以她从小不受父母待见，也没给起个正经名字，只吹火嘴、吹火嘴地叫，后来家里日子一天比一天艰难，爹娘便商量着想把她卖给人做小妾，吹火嘴偷听后，就连夜从家里逃了出来。

王水生脾气暴躁，听吹火嘴说了自己的身世后，气愤地骂她爹娘不是东西，然后便拍着胸脯说："你以后跟着我好了，有我一口吃的，就绝不让你饿肚子。"

到了板崖村落脚后，王水生租了方家几亩地，本来打算要安心过日子的，只是他没想到吹火嘴和王水亮合不来。

老婆和叔伯兄弟合不来，老顶牛，这让王水生在中间很是为难。

当听说赵店镇上有一个叫"三乐班"的戏班子时，王水生思谋再三，把王水亮叫到跟前说："虽说手心手背都是肉，但到底是手心的肉厚一些。"王水亮听出了弦外之音，说："没事，哥，我愿意去当戏仔。"

王水生送王水亮去了赵店镇的"三乐班"，一见班主便夸弟弟嗓子如何清亮。班主并不接着他的话往下说，只是说戏班里暂时少个"箱倌"，顾名思义一听就明白，这就是负责保管戏装、道具和布置舞台打杂的营生。但王水生还是连连点头道谢，说箱倌也行、箱倌也行。班主这才又给他交代，说戏班子里有规矩，对三种意外不负责任，即：河冲走了不管，狼吃掉了不管，师傅打死了不管。王水生一声没吭，用颤抖的手在立好的字据上签下了名字，按下了手印。

自此以后，弟兄两个见面就少了，也不是完全见不上，每年娲山娲皇庙举办朝顶仪式时，都要请"三乐班"来唱戏，戏要唱三天，王水生总是在打完扇鼓之后，卸了妆，赶忙到戏班子里见王水亮一面，问他能吃饱饭不？还缺啥不？王水亮话不多，问一句答一句，或者只是点头和摇头。

刚到板崖村的时候没吃没喝,是方德借给王水生一石青谷,并租地给他,日子虽过得半死不活,但总算是把家安住了。

王水生以为这下总可以安心过自己的小日子了吧,谁知日子一天天过去,老婆的肚子始终瘪塌塌的。吹火嘴能吃、能喝、能睡,体格胖大,除了丑点,看着一切都正常啊!

吹火嘴也学着入乡随俗,带着香烛、供品到奶奶庙去许愿求子。去过十多次后仍不见怀孕,别人就说她是烧了哑巴香。吹火嘴就按照别人教她的法子去做,上香后赶紧下跪,报村子的方位,报男主的名讳,人家说这样老奶奶送子时就能找得见路,不会出现纰漏了。

如是多次还是不奏效,别人就又分析说她可能是烧了断头香,要不就是没"偷"送子奶奶脚下的布娃娃。吹火嘴说我"偷"了呀,我还是"偷"的双份,老奶奶、小奶奶脚下的布娃娃我都"偷"了。别人马上找到了事情的"症结",说怨不得你怀不上孩子,你到底求哪个呢?脚下踏着两只船,不闪你闪谁呀?

吹火嘴就又上了娲山,这次学精了,只在老奶奶脚下堆得像小山丘一样的布娃娃中"偷"了个布娃娃,这里讲的偷其实不算是偷,就是想要男娃的拿一个男娃娃,想要女娃的拿个女娃娃,然后用红布裹好抱回来,在被窝里放三个月。若怀了孩子并顺利生下,要在孩子满周岁前,去奶奶庙还上曾经许下的愿,并缝一个新的布娃娃送回原处。

别人说的,吹火嘴都照着做了,但到最后,还是没怀上孩子,别人就又说是哪里哪里出了问题,总之是说吹火嘴心不诚,不能打动娲皇奶奶。

后来吹火嘴又悄悄地去庙里"坐夜",结果"呵呵",灵不灵的先不说,却被王水生逮住,摁在地上好一顿打。

原来,在四月女娲庙会期间,当地有为奶奶庙守夜的习俗,俗称坐夜。早年,凡善男信女夜里都要到庙里为女娲娘娘守夜,女人在寺庙里边,男人在寺庙外边。求子的女人尤为虔诚,三五人扎堆,点一蓬篝火,说着悄悄话,彻夜不眠。"坐夜"在经过一千多年的漫长演变中,不知不觉，竟成了滋生男女野合的温床。时过子夜，月影西斜，坐夜的女人会悄咪咪地走出奶奶庙，也总会有男人紧随其后，二人似有某种默契，也不言语，走到僻静处，无声地宽衣解带，两人既不问姓名，也不管丑俊，更不用担心有人捉奸，行完事，穿戴整齐，各自归去。这种事其实就是借种生子，不过，凡经这样怀孕的女人和出生的孩子，都不会受人歧视，因为他们有一个"光明正大"的理由：孩子是送子奶奶赐给的。

但王水生不信这个邪，他认为那就是不正经的男人和不正经的女人，趁着机会干不要脸的事。

凡事都是有第一次就有无数次，自从那天开始后，王水生打老婆就顺了手，动不动就把吹火嘴摁在床上打一顿。这种事又多发生在半夜里，搅扰得住在隔壁的两口子不安生。王水生的隔壁住着白医生和白李氏，白李氏当时已怀孕六个月了，因有孕在身，一有吵闹声就睡不安稳，要不停地翻身。

白医生就苦笑道："你说这送子奶奶咋就不开眼啊！这是成心让王家断子绝孙啊！"

白李氏就说："也是怪了，吹火嘴可没少往奶奶庙跑。"

白医生就嘿嘿地笑，说："老奶奶嫌他和她抢生意嘞！"

白李氏半天才反应过来说："唉！也是哦，你说他这马童当的。"

事也凑巧，前庄有户人家，先前已经生了俩儿子了，谁知道女人这次又一下生了一对小子，当下是奶水不够，从长计议是养不起，所以俩孩子一落地，男人就哭丧着脸说："这是要我的命嘞！你俩转生也不说转生个好人家。李嫂啊！你好歹给咱留意着，寻户好人家，给人一个算了。"

"我慢慢碰吧！你也知道，咱这山沟里苦焦，日子过得瓷实的人家还真不多。"

"唉！哪敢攀怼高嘞?！找个有口吃喝能糊住嘴的人家就行了！"

那时候王水生刚从老家盘阳回来，一下子就变得阔绰起来，村里就有了传言，说王家是发外财了。这样的人家，孩子跟着肯定受不了罪的，白李氏也就乐得做个顺水人情，给两家人在中间搭了桥、牵了线。

得了消息，水生两口子可高兴坏了，赤脚忙慌地跑去前庄抱孩子。到了人家家里，一见着孩子，吹火嘴心里欢喜得不行，又担心人家反悔，就想随便搂一个马上走人。抬头却见王水生拿眼睛剜她，知道是嫌她沉不住气。

王水生坐在板凳上哧哧溜溜地抽旱烟，一袋接一袋，后来才知道他在等着看女人给俩孩子喂奶。喂过奶后，俩孩子都放到炕上，一个安生生地躺着，只睁着小眼睛看人；另一个就不行了，往炕上一搁，就皱眉闭眼扯着嗓子哭。

水生看准了，才从板凳上站起身来说："就要这个哭的。"两口子抱着孩子出了门，吹火嘴才说，"这么能哭，磨死人嘞！"

王水生说："你懂个屁，连哭都不知道哭，那不是个半迷（白痴，傻子）？"

孩子抱回来后，第二天一早，两人就抱着孩子去给认干爹。老辈人留下来的习俗，担心孩子难长成人，要么去奶奶庙带锁儿，要么给孩子认干爹。戴锁儿讲究多，要主家备了金锁或者银锁（也有自制的木锁或者布锁）到奶奶庙请师父举行个上锁仪式，这样娲皇奶奶会代为看管孩子，一直到十三岁为孩子开了锁为止，这期间老奶奶会护佑孩子健健康康的、无病无灾。

水生两口子好不容易得了这么个儿子，自是视为珍宝，决定先认干爹，再上锁，来个双保险。

当地风俗，出门碰到的第一个男人即为孩子的干爹。如若碰不上，就找要饭的、唱戏的、骗猪的，反正是干爹的职业越贱，孩子越好成人。

两口子在村子里跑了一圈，一个人都没碰上，后来出了村，在村外碰到了一块大石头，王水生说，就认这石头为干爹吧！两人抱着孩子给石头磕了头，说你是孩子的干爹，这孩子就取名"石保"吧！孩子他干爹，你这干儿子以后要仰仗你给好好看护了啊！

事情就是如此蹊跷，谁也没想到，石保抱回来不到百天，吹火嘴竟意外坐胎了。王水生能掐会算，认定老婆肚子里怀的是个男娃，于是两口子又心生诡计，死乞白赖地把石保给退了回去。数月之后，白李氏生下了女儿小娃，之后吹火嘴也生下了儿子石头儿。

小娃生下来的时候，白胖白胖的，三天里，白李氏熬了花椒、艾叶水给孩子擦身子，擦完后拿出秤一称，足足九斤重。

白李氏笑着对男人说："咱家小娃就叫白九斤吧？"

白医生说："小娃不比九斤好听？！"

"也好，也好。从古至今不都这么叫的？！"当娘的眼睛就笑成了弯月牙。

是啊！在黎亭，管三岁之前的男娃娃和女娃娃都叫"小娃"。

小娃的名字就这样被叫出去了。白医生只要一有闲暇就把小娃扛在肩上屋里屋外地转一圈，白李氏也不抚摸她的葫芦了，忙着给孩子缝肚兜、缝围嘴。

手里忙活着，倒嫌男人惯着孩子就说："哪有你这样惯孩子的？！不说还是个女娃。"

男人就说："女娃咋了？！你不也惯着！"见媳妇不解，马上接一句，"哪有女娃穿虎头鞋、戴虎头帽的？！"

白李氏就眼一眯，抿嘴笑了，她的脸红红的，继续低头缝着一顶虎头帽。夫妻两个都喜欢正话反说、耍嘴逗趣，这也是他们表达爱意的特殊方式。

17

把小娃送上娲山之后，白李氏就觉得日子凭空长了一截，她感到迷茫，一时间找不到对抗空虚和排遣寂寞的方法，她只能一次次从箱底拿出那个靛蓝色的布包，把里面的东西一样样摆在土炕上"瞻仰"。

一个大肚子葫芦、一把用红布裹着的黄铜剪刀,还有几根一拃长的银针,这些都是她吃饭的家什。

由于经常擦拭,剪刀在日头下闪着一抹迷人的暖金色,她怜惜地抚摸着它,似乎剪刀上仍留有余温,留有她捧接过的那些新生儿的温度。

银针是用来正胎的,但因为长时间不用,就氧化发黑,生了一层灰黑的银锈。山里人粗拉,觉得女人生孩子,就像是瓜秧子上坐胎结瓜,是再正常不过的事,所以生孩子就是瓜熟蒂落,他们听天由命,不相信胎位正与不正之说。

以前,每到初夏,白医生家临街的石墙上就会爬几茎葫芦蔓儿,绿色心形的叶子中间缀着白色的花朵,花谢之后,就会吊几个大肚子葫芦。从葫芦坐胎开始,白李氏就操了心,每天过去瞅几回,挑三五个品相好的、长得匀称的,然后用线绳把它们吊起来。吊时,葫芦要左右保持平衡,并且不能挨到旁边的葫芦和枝叶。这样再长一两个月,白李氏会戴上棉布手套,每天轻轻抚摸甄选好的葫芦,慢慢地,它们表皮细细的绒毛就被磨干净了,而且葫芦皮会越长越厚实。秋天的时候,两口子把秧子除去,白李氏再把她的宝贝们一个个摆放在青石窗台上晾晒。

几个葫芦中,最后会遴选一个,是白李氏用来练习给人调整胎位的。

女人怀孩子有各种各样的,正常情况下,胎儿即将临盆时,是头朝下,双腿蜷曲朝上的,这样才能顺产,但有很多的产妇会出现立生(也叫站生),就是先伸出一条腿的,还有的是叠生,就是先出来屁股的,还有绕脐生,就是脐带缠住孩子脖子的,每遇到这些情况,大人、孩子都很难保住性命。

冬闲时,白李氏会把葫芦用棉被包起来裹紧,然后用两只手一点一点摸着调整,直到葫芦在棉被里调个个儿。

她的手细长细长的,绵软有韧性。多少年了,她养成了个习惯,每晚睡觉前,都要用热水把手泡一泡,然后抹上猪胰子仔细揉搓一遍。渐渐地,白李氏就有了两项技能。一是把手抻展了,然后慢慢向后折,直至手指弯曲成九十度，从侧面看形似阿拉伯数字"7"。二是把胳膊伸平，手掌朝内，手臂带动手腕朝前左右摆动，手指灵活柔软得如一尾戏水的金鱼。

在黎亭这后半个县，白李氏的正胎术是相当有名气的，她的手很神奇，怀孕足月的妇人，胎位正不正，她只要用手一摸就知道。如若不正，她就会用手给产妇调整胎位，若偏得厉害，还得用银针配合针灸足小趾上的至阴穴，一般要隔天正一次，连续数次才能成功。

但是来找白李氏正胎的人却不多，倒不是别人信不过她的技术，最主要的还是舍不得花钱。在她的记忆里，板崖村也就方家找过她，把她叫到方家大院里，给刘素云正过两次胎。

她又想起，男人告她的神女峰石碑上的几句话，"夫人以从夫成志，适足依门，宁忘举案之恭，岂乏齐眉之敬……"不管怎么说，我这手艺不能丢。她一个人喃喃自语着。

18

办了一场丧事，就把刘素云给累得小产了，先是下身见了红，方明轩急忙差人去找白李氏。

白李氏匆匆忙忙赶来了，看过之后，给开了安胎药，可几服药下肚，孩子终究还是没保住，生下一个早产的死胎，方明轩让人用夹衣裹了，趁夜丢到婴尸沟里去了。

小产等于坐月子，得人服侍，而小米的腰又受伤了，于是素云的叔伯妹妹刘美云就被人由赵店送过来服侍姐姐。

人来了，方明轩当然得做做样子，陪着一起吃顿饭。

这个美云，方明轩早年也是见过的，只是那时候小女孩还没长开，青皮柿蛋一般，他也就没放到心里，没想到仅仅几年的工夫，这闺女竟出落得胸是胸、腰是腰，颇有几分女儿态了。

美云比素云先是胜在身材上，削肩、细腰、胸却大。再就是胜在肤白上，脸是瘦长脸，嘴略外凸，但眼睛长得有特色，细长的单眼皮，眼尾上挑。

见姐夫用异样的目光盯着她看，美云就假意害羞地把头一低，却又挑逗性地偷抛了一个媚眼过来。方明轩便感觉浑身酥麻，无法自持，一中午忙着献殷勤，又给倒水，又给夹菜的。一来一往地，两人眼睛就对上了，一顿饭没吃完，就你有情我有意地眉来眼去了。

素云全然没有注意到自己男人和妹妹之间的那种微妙，此时此刻，她还沉浸在小产事件的窃喜里，沉浸在报复性的快乐里。在方家大院里，她虽也是个主子，却明显是主子里的老末，没人把她当主子，她自己也就知趣地放下了身段。

记得她刚过门的九天里，想绣一块真丝手帕，刚拿出针线笸箩，婆婆看见了就开始唠叨："快收拾了吧，做那些干甚?！老话说，'描龙画凤不算巧，纺花织布做到老'"素云默默地把摊开的东西收拾了，她知道她现在是方家的媳妇了，不再是未出嫁时的那个刘家小姐了，方家人不会因为"赛诸葛"是她的老师，就可以任由她每天琴棋书画无所事事，毕竟陈先生是陈先生，刘素云是刘素云。

引娣一天到晚盯着素云，让小米教她纺花、教她织布、教她裁衣、教她做鞋。她除了有一个"少奶奶"的称谓以外，其他的其实和下人是一模一样的。

这倒也罢了，更难的是，她从迈进方家大门的那一刻起，心就一直在半空里吊着。

每天清晨，她一睁眼，就能看见架子床两侧刻着的那几个镂空的大红石榴，她就觉得生活沉重而了无生趣。她其实和别的女人无异，不管是坐轿，还是骑驴，被谁家娶进门，就是谁家传宗接代的工具。但在方家，女人所担负的这个使命尤为沉重，不然也不会在婚床上刻这么扎眼的石榴。

后来她生下了子垚、瑞垚，所谓母凭子贵，她误以为这下她在方家的地位会有所提升了，但婆婆对她的态度却丝毫没有改变，甚至对她说的话变得像刀子一样，更为凌厉尖刻："你觉得子垚、瑞垚是你的孩子？！借你的肚子生了生，就成你的了？！别忘了孩子姓方，不姓刘。"婆婆说这话时，脸拉得像鞋拔子一样。

尤其是婆婆知道素云怀上第三胎时，更是经常替素云找一下优越感："你知道板崖村多少女人眼馋你吗？你睡的这雕花床，她们有的一辈子都没福气见着，她们天生就是睡土炕的命，炕上只铺一张席子，生孩子的时候，当婆婆的会在破席片上放一个装着柴火灰的枕头，临盆时，婆婆把这个柴火灰枕头剪开口子，塞在女人身下就不管了，只要孩子好好的，大人是死是活，才没有人管嘞！"

正是婆婆这最后一句话，让素云萌发了堕胎的念想。既然无法母凭子贵，她又何必再受苦受累呢？她已经有了子垚、瑞垚，还担心无人给她养老送终吗？所以素云借着为公公办丧事受了累的理由作掩护，成功堕胎。

方家的太太房原先一直闲置着。闲置归闲置，但毕竟得有，方德认为这是权力和身份的象征。

和别的大户人家设计的一样，方家的太太房也是分里外间，主人住里间，丫头住外间，平时端茶倒水或者夜间起夜掌灯，主人就会唤丫头进去服侍。

只是方家一直没有服侍饮食起居的丫头，早先，由于引娣一直和方德住在一起，所以太太房也就一直空着。

这次素云小产之后，方明轩提出，为了夜间美云服侍方便些，让两人搬到太太房里去住。

方家的太太房占用的是解胸楼底层的右厢房，中间为会客厅，方明轩住左厢房。方德去世之后，引娣就一个人搬到解胸楼的二楼居住了。

出事之前，没有任何征兆。只是那天晚上素云因为要起夜，喊美云进去掌灯，喊了几声没人应，她就自己起来点了灯，开门出来见美云并不在外屋，就兀自坐在椅子上等。半个时辰后，美云回来了，见素云在外屋坐着，倒把自己吓了一跳。她脸红红的，胡乱撩着耳后垂下来的碎发说，吃坏了肚子，一黑夜老泻肚。素云笑了笑，一言未发，转身进里屋睡去了。

素云偷偷到后院见陈先生，那时陈先生已经萌发了离开方家的念头，只是安慰她，"不必担心，她的面相里没有。"没有什么？陈先生没把话说透，素云聪慧，她的理解是美云的面相里没有大富大贵。但即便是这样，她仍然无法释怀，执意要算一卦，卦不算自己，偏要算方明轩的。

陈先生说："那只能你替他摇卦了。"他找了三个铜钱给素云，"摇的时候，要平心静气，心无杂念。"素云接过来，闭目合掌，把铜钱用双手拢至胸前，摇了几摇，撒在了桌子上。先生看了一眼，拿笔记了下来。素云摇了六次，撒了六次，先生都一一记了下来，然后又拿笔在纸上画来画去，边画边给素云讲，什么坤卦、艮卦，什么山为止象。素云听得云里雾里的，最后先生给出的卦象是，方明轩命里有两个妻财。妻财即妻子、老婆，也就是说他会娶两个老婆。

素云呆呆地站着发癔症，并用无助的眼神望着先生。

陈全会安慰她说："有心者有所累，无心者无所谓。小姐呀，只要你把心放平了，这世间的人和事都伤你不得。老朽担心的是，最后伤你的恐是'执念'二字哪！"

"那我眼下该怎么做？"

"坐等。"

素云一言不发，给陈先生施了一礼，转身离开了。

已经月上中天了，却从太太房里传出了琴声，先生披衣下床，仔细倾听，才听出素云弹的是《酒狂》。

19

有了石头儿后，吹火嘴就不挨打了，人也就舒展起来，一天比一天张致。渐渐长大的石头儿吊脚眼、朝天鼻，生性顽劣，一天爬高上低的，不安生。

隔壁的小娃一天天悄咪咪地不说话，就是捏泥人。

吹火嘴见人就咋咋呼呼地大呼小叫："老天爷呀！我家石头儿，活脱脱一个土匪，要人命嘞。再瞧瞧白家的小娃，稳稳当当的多好！"话虽这样说，却掩饰不住一脸的自豪，尤其是知道小娃不会说话后，她说这话时，脸上的表情就更为得意和生动了。

或许是风水轮流转吧，王家的时运说来就来了。

远在盘阳的父母忽然就给王水生捎了信儿过来，说家里有急事，让他回去一趟。

王水生安顿了老婆孩子后，只身一人回了盘阳，他做了最坏的打算，这么远捎信儿过来，一定是家里出了大事，父母年事已高，他家的大事，那肯定是披麻戴孝的白事。

一去一返，王水生走了二十天，回来后就变了个人。走路时也学着方明轩的样子，使劲往前挺着肚子，双腿悠闲地迈着外八字；站着或坐着和人说话时，总是跷起一只脚，嗖嗖嗖地抖腿。

回盘阳的路上，王水生情绪低落，以为自己这辈子再没出头之日了。进入镇子时，刚好是黄昏，他低头匆匆赶路，生怕碰见个熟人，更怕乡人不经意的一句话、一个眼神就验证了他的猜测。

大老远看见娘弓了腰在门外的柴垛边抽柴火，王水生眼里瞬间蓄了两泡泪，他喊了一声："娘！"

娘猛然回过头来，丢下柴火，揉着眼睛向他迎了过来。王水生快步跨到了娘跟前，拽开她揉眼睛的手，娘的眼睛湿湿的，但脸上分明带着笑，那些皱纹挤到一起，生动成一朵花。王水生吊着的心，终于放下了。

原来，王家有一藏书阁，近三代家里没出过一个读书人，那些书也早被卖的卖、扔的扔，不知去向，到最后只剩了几个空书架。

那天老两口心想着把这些书架也卖了，卖一个钱算一个吧，总比空搁着占地方好。当老两口费力地挪开一个书架时，却发现半墙上有两扇木板门,打开木门,发现青砖砌的平台上放着十多个瓦罐,一个一个搬出来看,才发现里面全是银圆。垒好的银圆,一枚压一枚,一圈一圈盘旋到了罐口。

王水生往黎亭县返时,肩上扛了一个带有绣花顶的长条枕头,里边除了银圆,还有布包装着的一小袋子罂粟种子。为了做到绝对的万无一失,赶路时,他把枕头扛在肩上,投宿、打尖时就把枕头塞在颈下,就这样他风餐露宿赶回了板崖村。

进村时,王水生碰到了方家的收租队。方家现在的财力实在是不容小觑了,不但雇有专门管账的,还雇有专门放账、收租的。一到秋后,收租队便赶着马车,浩浩荡荡地到周边的村子里收租、讨债。

马车一辆一辆从王水生身边驶过,他由于心情格外好,就冲着车夫咧嘴笑,但那些车夫对他视而不见,把头仰得高高的,似乎正眼看一眼水生就掉了身价。

王水生就觉得脸上挂不住了,收了笑,在心里骂道:"狗眼看人低的东西!"看着收租队走远了,他使劲颠了颠肩膀上的长枕头,继续往村里走,在路过方家大院时,他看到高大的门楼上悬着的"敦厚尚实"四字,觉得格外刺眼,忍不住往地上"呸"地吐了一口唾沫,唾沫吐出去了,却又冷笑道:"我还偏要攀一攀方家这高枝!"

自从来未离开鳌山寺后,寺下的三十多亩梯田就一直闲置着,没有了人经管,地里就长满了草。王水生悄咪咪地一个人把地里的草都拔了,然后又带着吹火嘴在山地里撒下了罂粟的种子。

鳌山寺被毁之后,这里就人迹罕至了,所以王水生的发家致富梦,做得秘而不宣、酣畅淋漓!

那一年他每天独自往鳌山数次,忙得脚不沾地。对别人的疑惑以及打听询问,王水生只是轻描淡写地说一句:"没啥,我种点大麻!"

原来是种大麻呀!那不稀奇,当地人管蓖麻叫大麻,炒菜时习惯用铁丝扎一颗蓖麻,在烧红的铁锅里转着圈抹一抹,毕竟没有谁家可以像方家那样炒菜时,往铁锅里舀两勺核桃油或者荏子油的。所以一溜一溜的山地里除了种青谷、玉茭和山药蛋外,也种点棉花和大麻。这里地势高寒,不论种甚作物,一年只能种一茬。庄户人家过日子,那得吃的、穿的、用的,都考虑周全了才行。但众人却不知道此大麻非彼大麻。

第二年的夏天里,王水生忽然一个人背了一口铜锅就上了凌云崖。

凌云崖即神女峰的"发髻",崖上松柏蔽日,长有野党参和许多名贵中药材。凌云崖虽不及娲山海拔高,但要比它险得多,崖壁如劈,巍峨险峻,所以当地有"家有半分钱,不上凌云崖"一说。

村人都知道凌云崖上有一个坍塌的"兴真观",但真正见过兴真观的人却寥寥无几。后来只要有人问起,吹火嘴就说,水生到道观里炼丹去了。

王水生每隔一段时间回来一趟,却神神秘秘的,肩上背一褡裢,早上进城晚上返回,然后连夜都不过,直接又上凌云崖了。王水生的神出鬼没就衍生出了许多离奇的故事,有人就说有一次上凌云崖采药材,走累了就想去兴真观找口水喝,当时王水生正在熬粥,只见他脚倒钩在梁上,身子吊下来,手里拿一根木棍气定神闲地搅着锅里的粥。还有更神奇的,说是有人见他坐在火塘前烧火,火塘里没柴,他的一条腿伸在火塘里被烧得正旺……

直到事发之后,村人才知道,原来水生在道观里炼的是"金丹"。

20

小娃记得她第一次去方家大院,是给美云送安胎药的。也就是那次她碰到了戴着眼镜、穿着一身灰色中山装的方子垚。

方家大院为三进院,依次为仆位院、主位院和客位院。当地人管这种院落叫"月"字院,但站在大门外平视过去,整个院落却呈"凸"字形。

中间高起的部分是位于前院和中院之间的看家楼，下边住人，上边为岗楼，为青砖建筑，四面设有瞭望哨，夜晚有家丁轮流值守。岗楼下面有一个精巧的青石碹洞，打此可进入中院，即主位院，北面为解胸楼，东西为厢房，是主人饮食起居之所。北楼西北角下是第三道门，由此进入后院。后院原是客位院，本来是给亲朋好友提供的临时住所，陈先生来后，后院就被腾了出来，办了义塾。堂屋里摆了十多张桌椅，是先生给学子们授课的地方，而先生的饮食起居被安排在了西厢房，东厢房里则堆放着一些农具和杂物。

当时，小娃正从方家的主位院出来，当她从刻有"居仁由义"的青石碹洞出来时，差点与迎面走来的方子垚撞个满怀。

小娃窘红了脸，她迅速低下头，垂着两条胳膊，往后退了退，给对方让路。方子垚也吃了一惊，他拽了拽自己灰色的中山装，又扶了扶眼镜，这才端详起眼前的这个女孩子。

这是谁？以前没见过，他判断应该不是方家大院里的，就在他转身进碹洞时，却无意中瞥见了小娃的大脚板，他有点讶异，回过头来盯着小娃又看了几眼。

两人的这次相遇，都没认出对方，小娃也是从着装和年龄上判断，这应该是方家的大公子方子垚。

小娃是在十三岁那年忽然会说话的，谁也没想到当年梦先生刘二利随口的一句，"到娲山服侍老奶奶八年，哑病就能好"竟一语成真。

八年的时间，说长也不长，说短也不短，这期间过得最纠结的可能要数吹火嘴了，男人王水生借炼丹为由，天天不着家，风流韵事不断不说，只要回来就是四仰八叉地往炕上一躺，甚也不干，老婆要是多一句嘴，他就鸡巴乱屌地瞎噘人。结果是有样学样，儿子石头儿也照着他的模子来了，是越大越不听话，越大越难管教。当初王水生曾送他到方家的义塾里去读书，可没几天就吵吵着不想去了，在课堂上吹口哨，或者是趁先生不注意，偷偷扔土坷垃打人。石头儿的恶行引起了方瑞垚的不满，恨得牙痒痒,一天放学后纠集了几个人,跟着石头儿出了方家大院,上前就把他按倒,狠狠揍了一顿。

石头儿就骑驴就坡,借机不去义塾了,回家后,缠着他娘给他买几只羊,他要放羊。吹火嘴说:"放你娘个×!和你爹去鳌山种地吧!"

"我才不去,他种的东西,能吃?能穿?都好活他自己了。"

这一句似戳中了吹火嘴的痛处,她从炕上抓了笤帚疙瘩:"快悄悄你娘×吧!给我抪柴火去,烧火做饭。"

"不去,不去,要去你去!"石头儿边说边赌气出了屋子,杵到了院当中。

吹火嘴拿着笤帚疙瘩追出来,他却纵身一跃,从院子里半人多高的篱笆墙跳过去跑远了。

吹火嘴追不上,就把笤帚疙瘩甩出去:"吃饭嘞!吃你娘个×吧!"

石头儿回过头来,跳着脚朝他娘吐舌头:"不好吃!不好吃!"

王水生再回家时,吹火嘴就嘟嘟囔囔给他诉苦,王水生坐炕上左腿一压右腿就搭起了二郎腿,左腿仍不安生,一荡一荡地说:"这才是我儿子嘞!挤脓没脓、挤血没血,我要儿子有屌用?!"

"真是冤家!气得我肚疼!"

"吃两颗'金丹'就好了,这东西好,能止肚疼。"

"我不吃!当初你说炼丹能赚大钱的,现在也不见你赚的钱在哪儿,你家小子说得对,都让好活你自己了。"

王水生就瞪了眼:"是冻着你娘儿俩了,还是饿着你娘儿俩了?我看啥也不是,是你皮紧了,又该给你松松皮了!"

吹火嘴受了抢白,便背过身子呜呜地哭,又说自己是倒了八辈子霉了,遇上这么一个半吊子、二百五。

王水生不胜其烦,地上转了两圈,拽过炕上的布褡裢往肩上一搭,转身"嗵嗵嗵"出门走了。

发达了的这几年,王水生一直没闲着,有钱了,身边自然不乏女人,但山村里的女人大都长得人高马大且皮糙肉厚的,他打心眼里是看不上的。

可是王水生又管不住自己体内活跃的雄性荷尔蒙,他和板崖村里的好多女人睡过觉,但那仅仅是为了发泄自己的兽欲罢了,提上裤子后他都懒得再看她们一眼。

后来他就认识了巧儿,一个住在城郊的女人,她的男人是个银匠,两年前得痨病死了。巧儿长得娇小玲珑且面皮白净,她虽然也是个寡妇,但她这个寡妇和白李氏那个寡妇是不一样的,最起码在王水生看来是这样的,白李氏长得也好看,但她的好看,让人没有邪念,也没有接近的欲望,但巧儿不一样,她和方明轩的那个姨太太有一拼,身上有一种东西,撩拨得男人心痒痒。

巧儿的炕上到底睡过多少男人,恐怕她自己也记不清了,她不管那些,她只认银子,腰包掏空后,就再甭想碰她的身子了。

其实一开始,巧儿根本不搭理王水生,任他把窗棂磕得"嘭嘭"响。直到有一天,他是捅破了窗户纸,往进塞银圆,一枚接一枚,一直塞到第十枚的时候,屋里有了动静,然后"呼啦"一声,巧儿把门打开了。

一开始王水生也只是想和巧儿耍耍的,没想到睡过几次后,他倒离不开巧儿了。巧儿不但长得好,最重要的是她会做金丹。她说没出嫁前,娘家村里经常有人种大麻,她还帮忙到地里割过花球。

"要想会,先和师傅睡!"所以,王水生制金丹的所有程序,都是在土炕上得来的秘传。

当年,王水生在鳌山寺的荒地里播下罂粟种子后,很快就出苗了,但没几天叶子就开始发黄。种这个他是没经验的,以前只见过熟鸦片,以为只要撒下种子就不用管了。

巧儿说叶子发黄应该是山地气温低,加上土壤黏重和缺少肥料的缘故。王水生便依照巧儿的嘱咐,扛着锄头给罂粟苗松土。开了春,等罂粟苗开始返青时,巧儿又催着他每半个月追一次肥。

在王水生的精心照料下，山地里的罂粟逐渐长得植株健壮，并擎出了一朵朵艳丽的大花朵，诱人的香气也在鳌山沟里飘散四溢。

罂粟收割的时候，也是巧儿用木板、铜片和细绳子自制了一个割花球专用刀。

王水生看着巧儿在罂粟地里穿梭忙碌，像一只飞来飞去的蝴蝶。巧儿先把收好的罂粟汁晾干，捏成圆饼状。之后，王水生便背着圆饼上了凌云崖，将熟鸦片制成黏性十足的烟膏。

王水生把熬好的烟膏又背了回来，交给巧儿，让她盛进一个陶罐储藏起来。要吸食的时候，巧儿会剔一块烟膏，放到一个圆形的盒子里，然后她盘腿坐在炕上，从脑后的发髻上拔下麻花簪，用簪子尖挑一撮烟膏，在烟灯上烧一下，然后把"哧哧"作响的烟泡放在手心里揉，如此反复几次后，烟膏就被揉成了绿豆大的小金球，这就是所谓的"金丹"了。巧儿把金丹塞入烟枪口，王水生接过来，噏着嘴，对着烟灯窣窣地抽，当地管这种吸食鸦片的方法叫嘣金丹。

王水生并不是一个瘾君子，他吸"文明烟"（当时对吸烟片的雅称）一开始只是为了炫富，他甚至在城里高价买了一杆紫檀烟枪，但终是上了瘾，之后的几年里，他炼的金丹，一半换了钱，一半被他吸食了。躺在巧儿家的炕上，醉眼迷离地看着她翘着兰花指，用纤巧白净的小手给他一粒一粒揉金丹。这一刻他的脑子里只有巧儿，烟雾缭绕里，石头儿和吹火嘴被飘浮的多巴胺挡在另外一个世界里。

王家的日子就在水生的烟枪中，在吹火嘴和石头儿的打牙磨嘴中悄然逝去了。

吹火嘴叨叨着日子不好过，但也终于到了石头儿开锁的日子。这天她起来洗涮收拾停当了，领着石头儿上山了。

当进了奶奶庙看见小娃时，两下里一对比，吹火嘴就对比出了优越感。是啊！比起白家不会说话的小娃，石头儿确实要强出千百倍了。

几年过去了，小娃在奶奶庙还是日复一日重复着一成不变的工作，拾柴火、添灯油、拂泥塑上的灰尘，再就是有人来庙里上锁、开锁时，她需要候在一边，给师父们递一下柳条束。

当时，方九仙拿一把柳条在石头儿的后背，边轻轻拍打，边唱着《开锁歌》：

> 天开门，地开门，子孙殿里开锁来。打头上面要伶俐，
> 打打中间富贵来，打打脚下长命贵，连打三次永无灾。
> 天开门，地开门，娲皇送下钥匙来。打开三簧锁，
> 一打天晴，二打地宁，三打长命富贵好前程。

唱完嘴里又念念有词："开，开，开锁来；开，开，开锁来……"

没想到，小娃也跟着念了出来："开，开，开锁来；开，开，开锁来……"

小娃的声音并不高，却把站在一边的吹火嘴吓到了，她像见到鬼一样，张着嘴巴，厉声大叫一声："啊……"

刚好头一晚，白李氏做了一个梦。她梦见月色的清辉下，她正在一片白色的杏林里缓步赏花，忽然一个年轻女子策马而来，女子下了马，朝她微微一笑。她有些吃惊，这女子长得咋这样像她的小娃，她就问，你是谁？从哪里来？女子又是抿嘴一笑，说我叫白冰玉，从东边来的，然后指了一下东边的娲山。她还要问什么，女子已纵身一跃，翻身上马，只见一道白光划过去，杏林里就只剩了银色的月光。

小娃会说话了，白李氏便上了娲山，要把她接回板崖村。

得了消息，小娃便早早候在了奶奶庙外，她身穿青灰色的道袍，头发全部拢至头顶，挽一个圆圆的发髻，上插一根桃木簪子。

在母亲的授意下，小娃撩袍跪地，磕了三个头，道别两位师父。

下山时，小娃的背上多了一个荆条背篓，里面装着她从庙里移植的桔梗、柴胡、瓜蒌、马鞭草、岩败酱、野党参。朝夕相处，她已经深深喜欢

上了这些开着细碎小花的中草药,她要把它们带回板崖村,把它们种在白家小院里。

对于女儿的古怪行为,白李氏一点儿不吃惊,她怜爱地抚摸着孩子的脸、孩子的头,这世间还有什么事能比小娃会说话了,让她更加开心呢?!

最后她又抚摸女儿的手,软软的、绵绵的,她觉得她的衣钵是时候传给小娃了。这应该是天意,她想,难道不是吗?不然长了一双大脚板的闺女,哪个好人家会愿意要呢?!

回家后,白李氏就从箱底取出那个蓝花布包,递给了小娃,说:"女靠娘,靠不住;娘靠女,靠不起。人终归还得靠自己!还有,你一定要记住,没有菩萨心肠就不要吃收生婆这碗饭!"

21

方德去世了,子垚去潞安府求学了,瑞垚到县城读书了,方家大院一下子就少了温情,多了沉闷,这让方明轩很有些不适应。幸好又来了一个美云,这个见谁都喜欢笑着打招呼的女孩子,走路喜欢扭杨柳小腰的女孩子,就那样不由分说地,打破了方家人按部就班的沉闷与平淡,同时也搅动了方明轩体内沉睡已久的雄性荷尔蒙,于是,没多久,这美云就怀孕了。

纳妾之俗,古来有之,但大多数并不是缘起色欲之心,多是因为正房没有生育能力,无法为夫家延续香火,又或者是多年未为夫家产下男丁,致公婆丈夫不满,最后不得已而为之的。

素云一连为方家产下两个男孩,怎么说方明轩都不应该觊觎自己的堂妹……这才是素云的心结。

引娣终是向了素云一回,她把方明轩叫到屋里来,阴沉着脸训斥道:"老话说得好啊,'娶妻莫娶翘翘嘴,嫁汉别嫁天庭垒'。孩儿呀!这些老话都在理哩!……"

方明轩正和美云处得热络,这些话哪里听得进去,踌躇了半晌说:"娘只管保重身体,孩儿的事,就不用操心了!"

引娣两边嘴角向下撇:"你以后不落后悔就行。"

当地习俗,一个大门,在百天之内,往出抬过棺材之后,是不能再往进抬花轿的。所以美云出嫁的时候,就冷清得可怜,虽然她娘也早早给她准备了绣着牡丹花的红缎子嫁衣,但她最终却没穿上。

过门那天,她只是把脑后的那根独辫,绾成了一个圆圆的发髻,然后插了一根银簪子。就因为她时运不济,还因为她是偏房,所以她忍了,就连堂姐的冷漠、白眼、爱搭不理她也忍了。她拎得清,这点屈辱,比起姨太太的名分,实在算不了什么。她还知道,如果没有肚子里的孩子,她连做方家偏房的机会和资格都没有。

她的嫁妆是一对藏青色的长枕头,枕头顶子分外惹眼,是用五色丝线绣了牡丹和莲花。娘说:"男枕牡丹女枕莲,生下小子是状元。"

啥世道了,还状元!不过美云摸着自己微隆的小肚子,心里还是有几分得意的,她想只要为方明轩生下一子,就能巩固她在这大院里的地位。

有了陈先生授意的"坐与等",素云在美云嫁过来之后,便搬出太太房,住到二楼引娣的隔壁。她回娘家转了一趟,带回了一本《般若波罗蜜多心经》,于是她把以前纺花、织布、做衣服、纳鞋底,以及喂蚕、煮茧、抽丝的时间都用在打坐和诵经上了,当然她也打香篆、弹古琴和抄《心经》,特别是最后一项,那是展示她书写功底的一部分,她怎肯放过。只是在做这些事的时候,她都把房门闭上,甚至有时候连吃饭都不下楼,要小米直接给送到二楼上。

她一日日变得冷若冰霜,人也就憔悴下来,她所有的热忱以及饱满的情绪,已经在前十多年里被耗尽熬干了,她冷漠地对待每一个人,包括引娣。她已经没有心思去照顾引娣的情绪了,也不想再用乖巧听话,去争取引娣的好感了。而引娣似乎也识趣了很多,对于素云的反常行为,非但没有指责,反而像躲瘟疫一样躲着她了,有时候实在避不开了,引娣会冲她咧嘴笑一笑，但这讨好的笑过于僵硬和敷衍，让素云同样感觉难受和不自在，所以两个人就互相躲让与回避了。

素云以为婆婆会把以前对她的责难都转嫁到美云身上，但是却没有。素云的小产让引娣心有余悸，于是对双身的美云也是敬而远之了。

素云拿出来未送给瑞垚的那串念珠，开始诵经、打坐，她原想是平复心境的，没想到复仇的良机却自动送上门来了。

在美云看来，素云所有的行为和举动，都是在显摆，特别是她装模作样地抄《心经》，更是想显摆一下她被老师赞不绝口的行楷。美云原先也跟着陈先生上过私塾的，但不到一个月她就受不了了，她娘也说她不开那一窍，她就借机再不去了。

隔天，那个蓝眼睛、高鼻子的洋人神父就来她家游说，让美云入天主教。她娘一听，说啥也不肯点这个头，这很正常，老百姓对突如其来的新生事物总是心存疑虑和恐惧的。没想到，美云却高高兴兴地应了下来，她娘伸手要打她，却被那个洋人护住了。她不懂甚天主、甚耶稣的，更不懂那些教徒嘟嘟囔囔念的《圣经》是啥意思，她当时脑子里只有一个念头，她要有一样刘素云没有的东西，那样的话，至少在刘家可以多少为她赚回点面子！但当神父带她要去教堂做洗礼的时候，她又怕起来，死活不去了，最后那个神父还是送了一本《圣经》给她。

美云是动弹惯了的人，如今好吃好喝地被人供着，时间一长，心里便变得很空，总想着干点什么打发时间，可她又不知道干什么，她什么也不会。美云觉得自己还不如那个小米，至少小米还会绣花，还会写字，还会算数。

绣花倒是平常事，只是这后两样让她心里膈应。听明轩说，早些年，小米初到方家时，方德曾教她数小棒识数，后来又教她打算盘、写毛笔字，所以小米在方家一直是半仆半主的身份。

美云的嫉妒心根本够不着素云，人家的那种爱搭不理，不出招，只用一个鄙夷的眼神，就已经把她打到尘埃里了。美云就把心里的怨气都转嫁到小米身上了。

近十年过去了,小米仍旧瘦,头发依旧黄,除了个子蹿高了,别的变化并不大。在美云看来,她长得没自己好看,但她娇小而精致的胸和微翘的臀却让自己妒恨。

小米发质细软,所以没有留刘海的习惯,却总是在两边鬓角各垂下一绺淡褐色的细发。美云说不上她哪里好看,但也说不上她哪里不好看,尤其小米在仰头、转身,或者是不经意地做某一个动作时,那垂在脸颊处的两绺细发便会轻轻地飘那么一下,很魅惑的样子、很撩人的样子。这让美云很不舒服,她想方明轩既然能背叛素云,有一天也可能会背叛自己,而小米很可能会成为这背叛的诱饵,毕竟小米正值妙龄,长得也不难看。

美云的心,就像进了沙子的蚌,那种磨心的难受,只有她知道吧?为了缓解这种疼痛,她经常手持一面铜柄小镜,歪着头左照右照,另一只手抹着鬓角,又或者是拔下簪子来剔牙,然后斜睨着眼睛,指使小米给她叠被子、送尿盆、擦桌子、递茶水,或者倒洗脸水,似乎只有这样她心里才能平衡一些。

小米随叫随到,把交代的事做完,然后悄无声息地掩门走人。

有一次,美云有意刁难她,偏就叫住她:"我是老虎呀?我会吃人?!"

小米也不说话,只是转过头来,与美云对视,那眼眸里似落入了两颗棱角分明的寒星,冷峻而凌厉。

美云便感觉很不自在,忙挥挥手里的帕子:"走吧!走吧!"

解胸楼的斜前方砌有一个青砖小花圃,里边栽了两架老株蔷薇,枝丫顺着墙体蔓延上来。于是,每年从暮春到深秋,明黄的花儿和粉色的花儿,一朵撑着一朵开,把太太房的墙,开成了一堵花墙,也在屋里凝一团浓重的花荫,以至于每天晨起洗漱时,美云总疑心手脸洗不干净,要一遍一遍地用香胰子搓洗。

秋凉之后,美云恶心、干呕的次数反而稠了,她脸色蜡黄,病恹恹的,一副风吹即倒的模样。她却又不愿意在屋里待着,总是搬个绣墩坐在廊檐下看书、看花，一本《圣经》翻开来，摊在膝盖上，但心又总不在书页上，把两只胳膊肘支在书上，手托腮帮子望着花丛发呆。

一只粉白色的小蝴蝶，调皮地在花间逗留，然后像被风吹着的一片花瓣，飘飘落落地朝美云飞过来。她便伸手去抓，蝴蝶一闪，侧身飞远了。美云扑了空，却笑了一下，待要往回收手时，她的笑凝住了，她发现自己的无名指上少了一样东西。

美云的金戒指不见了。她有个习惯，每天早上洗脸时都要把戒指撸下来，放在铜脸盆的盆沿上，洗漱完毕，再戴上。她清楚地记得那天的洗脸水是小米帮她倒的，于是就笃定是小米顺手牵羊拿走了她的戒指。

她从腋下抽出她的绯色洋绉手帕一甩，就出溜到地上捶着胸脯号啕大哭："早就瞧你不是好东西，不承想果然手脚不干净，眼皮薄的，八辈子没见过个金戒指是吧?！有娘生没娘养的东西……"

方家大院的主仆便都被惊动了，纷纷跑了过来，却又不肯靠前，只远远地看着。

方明轩最担心的当然是美云肚子里的孩子，他一言不发，阴沉着脸在廊下来回踱着步，审视的目光一遍一遍在小米身上扫过来扫过去，那神情分明是给她定了罪、下了判的。

小米首先绷不住了，虽然抿紧着嘴唇，但眼泪还是不争气地掉了下来，最后，索性用手掩面，抽抽搭搭哭了起来。方明轩低吼道："哭！哭！若能哭出个戒指来，也算是本事。"

受了奚落的小米就不哭了，却边抬胳膊擦泪，边转身"腾腾腾"下了石阶。

待众人反应过来时，小米已跨入了青石小花圃中，俯身在花叶中翻找着什么，只一会儿她就直起了身，右手似攥了东西，她舒了口气，朝美云和方明轩投去意味深长的一瞥。

原来，小米也有个习惯，每次给美云倒洗脸水，出了太太房她就顺手把水泼进院子里的小花圃内。美云还曾经抱怨过，说洗脸水里有香胰子沫,这是成心要把我的花给浇死啊!

美云在双身四个月后,下身忽然见了红,方明轩让小米去叫白李氏。

白李氏在进入太太房后,就闻到一股奇异的香气,而且愈近床香气愈加浓烈。这香味如此的特别又如此的熟悉,她以前肯定接触过的,应该是一味中药。白李氏想把这香味再具体化一些时,脑子却出现了短暂的失忆。这时她发现床侧的小几上放着一茶碗,她凑近一看,里面竟然泡着一块褐色的麝香。她心下一惊,原来是这东西在作怪。麝香是女人怀孕期间最忌讳的东西,以前有人找白医生看妇科时,他就经常嘱咐,孕妇忌碰麝香,因为此物会引起女人子宫收缩,继而堕胎。白医生还举例说明,说×××的老婆在闻过麝香之后,小产了不说,后来怀孩子再坐不住胎了。

白李氏不动声色地为美云号脉,又简单询问了近两日的饮食起居,之后,她说:"没什么大碍,随后我让小娃送几服药过来调一调吧!"走时,她让小米找了一块布,把麝香包起来带走了。

听说,后来方明轩夜审小米,才得知麝香来自素云那里。

美云丢了戒指那日,素云把小米叫到了自己房里,说要抄《心经》,让小米给她研墨。

进屋的那一刻,小米瞬间有些恍惚,她闻到一股扑鼻的香气。

闲下来的素云是越来越讲究了,每次抄《心经》前她都要先打香篆。

松灰、压灰、扫灰、放篆、填粉、提篆,每一个步骤她都做得精细且有条不紊。小米进屋时,素云刚把打好的莲花状香篆点着。

小米发现素云的脸不知道何时竟变得这般洁白、静气了,略显疲倦的面部像撒了一层白月光,她的目光清澈如泉水,却有一种无形的震慑力,令小米踌躇着不敢靠前。

素云却已走了过来,抬手把小米鬓边垂下来的一绺细发轻轻压到了她耳后说:"来,我先教你研墨吧!"

素云把一小盏准备好的专用水倒进砚台里,她说用这种专用水研好的墨抄出来的《心经》，不仅气味芳香，而且还可以长年防蛀。

素云手捏了墨碇转着圈研磨，隔一会儿又加了几滴水，然后才把墨碇递给小米。刚开始小米不得要领，研磨的速度很快，墨碇硬得像石头，磨出的墨色淡如烟，还研得手腕酸困。渐渐地，她掌握了力道，速度慢了下来，研出的墨也浓黑如漆了。

素云抄经用的是硬黄纸，她告诉小米，这个硬黄纸是彩笺的一种，是用黄檗染的。黄檗又叫黄柏，是一种中草药。麻纸用黄檗染过后，也是可以防蛀的。

小米漠然地点头，她不知道太太为什么给她讲这些晦涩难懂的东西，首先是她根本听不懂，再有就是刚刚发生的"戒指事件"，让她心绪低落，打不起精神来。

素云说完了，就不再看小米，也没再说一句话，只安心抄她的《心经》。

素云抄了三天《心经》，小米就研了三天的墨，最后一天素云收拾了笔墨，无来由地就对面前的女孩说："一切有为法，如梦幻泡影，如露亦如电，应作如是观。"这是《金刚经》里的句子，她自己的解读是，世间的事，并无定性，没有好坏之分，好可以转坏，坏也可以转好，好与坏都不长久。

小米愕然，初是云里雾里的，但马上像是顿悟了，心绪竟在瞬间静若止水了。于是，她就微笑着点了点头。

最后素云包了一小块麝香给小米，告诉她这个是她们"西享里"产的料香，不过这个料香，不能放熏香炉里，要用时直接把它泡在水里就可以了。

"西享里"料香的名气，小米当然听说过，只是没福气亲自看一眼。这么贵重的东西，小米哪里舍得用，再说她也想用料香来缓解一下"戒指事件"带给她和美云之间的尴尬，于是她把麝香带到了太太房，用茶碗泡了放在床头。

小米没说一句话，美云也没说一句话，但隔阂却也慢慢消融了。那段时间，美云妊娠反应得厉害，有时候一端碗就恶心、干呕，但自从在房里放了这块香料，所有的不适就没有了，没事的时候，她就把茶碗端过来嗅着把玩，心里自是万般纠结。同是"西享里"刘家走出的女儿，这种远销顺德府和北平的料香，她亲见一眼的机会都没有，而对于姐姐刘素云来说不过是寻常之物，可见人和人的差距之大。

22

美云的症状和几个月前素云的症状如出一辙，白李氏便觉得这不是巧合，而应是人为的。想起男人以前常说的一句话，"医者之悲，难医人心"，她便感觉难过，是那种无能为力的难过，而这种心事，偏又是与人说不得、道不得的。

小娃坐在院子里看书，青石围着的小花圃里种了她从娲山带回来的中草药，开蓝色小花的桔梗、开黄色小花的柴胡和岩败酱、开紫色小花的马鞭草，还有开白色小花的野党参，在阳光下明明灭灭，像许多彩色的小星星。

这些日子，白李氏已经教会她认识治感冒用的紫苏、治嗓子疼的白毛夏枯草……

此时小娃正捧着那本破旧的《白氏女科》低声背诵：女贞子，调经利水。用于妇女胎前产后诸疾，本品入心肝血分，辛行苦泻，活血调经、祛瘀止痛，为妇科经产要药。多用于治疗血瘀闭经、痛经、经行不畅，产后恶露不下，产后腹痛等。

小娃不识字，但她真的喜欢这一行，又或者是不想违背娘的意愿，所以书永远只翻开一页，然后闭眼蹙眉，靠回忆娘的复述，一遍一遍地鹦鹉学舌。

白李氏便觉得真是委屈这孩子了，忽然她萌发了一个大胆的决定，她想或许可以试试的，但眼下却是给美云开方子安胎要紧。

自从白医生去世后，家里日子自是越过越拮据了，现如今更是连张开药方的纸都找不上。于是就远远地喊小娃："不要看了，你先去院外给摘片蜀葵叶子，娘给人开方子用。"

药方开了川续断、杜仲、桑寄生、菟丝子……写完后，白李氏又反复看了两遍，才递给小娃，让她送到方家大院去。

小娃从中院出来时，就碰到了方子垚。那个在潞安府读书的大男孩，他当时并没有认出小娃，只是注意到了她的脚，以及她淡绿色鞋面上绣着的粉色缠枝莲。

麝香事件，让方明轩感觉颇为棘手，一妻一妾，这两个女人是叔伯姐妹，而且这两个女人一个给他生了俩儿子，一个肚子里怀着他的骨肉，所以他左右为难，伤了哪一个，对方家来说都是有百害而无一利的。

恰在这时，学校就放了秋假，子垚、瑞垚弟兄两个相继回到了家里。于是，方家上下，除了美云照旧拉着一张脸外，所有的人似都达成了一致，大家都得了选择性遗忘症，方家大院又恢复了它该有的肃穆与庄严，行事接物，上下有序、内外有节，的确，好像什么事都未发生过。

方明轩明显感觉子垚这次回来和以往不同，这孩子内秀、不张扬，但他的内心是潜着一条河流的，多年来，河水一直静静地流淌着。最近这条河终于有了变化，似被什么激起了浪花，雪白雪白的浪花，被一种情怀激荡着，笑着、跳着，你追我赶，奔向远方。

素云也觉察出了儿子的变化，以一个过来人的经验判断，这孩子长大了，进入青春期了，是该留点心，给他寻个媳妇了。

对于潜藏在心中的秘密，子垚自然是不肯说的，因为说了父母也不会懂，他觉得现在和他们已经有了"夏虫不可语冰，井蛙不可语海"的鸿沟。

这次回来，子垚身着中山装，鼻梁上架了一副眼镜。也就是这副眼镜，让别人看他不顺眼，他看别人更不顺眼了。母亲身着粗布禅服，深居简出,脸上的表情极其淡然,家中的任何一件事,无论大小都牵扯不出她一丝悲喜,成了一个真正的居士。而父亲少了壮年的盛气,多了老年的颓废,脸上的法令纹更深了,现在又添了颧中纹,脑后的那根辫子是剪了,后来又留得垂肩长了,用头绳扎了一下,像一个倒扣在脑壳上的马勺,毫无魅力和男子的英气可言了。再有就是那个涂脂抹粉的小妈(美云要求他们弟兄两个这样称呼她),一天吊着个脸,一脸的刻薄相。

子垚总是在嫌弃完父母之后,又可怜起他们来,心想如果父亲不送他去上党乡师读书,又或者学生们没有联合起来驱逐那个腐朽、顽固的校长,再或者学校的新校长、新老师没有给他们成立"学生自治会""鲁迅读书会"……他的世界、他的眼界也不会有多大的变化,他会照着父亲的模式生活下去,活成父母喜欢和期望的样子。

但现在不一样了,他已经是一个被唤醒的人了,一个胸中有丘壑、有革命理想的人了。学校成立了"世界语学习会""哲学研究会""讲演竞赛会""巡回演剧团",办了《吹毛求疵报》,图书馆的书架上摆满了《呐喊》《彷徨》《母亲》《大众哲学》《西行漫记》《西北印象记》《解放》等书籍、杂志……

现在的上党乡师已经变成了一所生机勃勃的革命学校了,而方子垚也在书籍中认识了鲁迅、郭沫若、茅盾、艾思奇、丁玲、高长虹……他已经完全脱胎换骨了,变成了一只沐浴春风高翔的鸿雁,每时每刻,心里都充盈着激情、充盈着豪情壮志。

23

俩儿子一走,方明轩就板着脸,把素云晾了起来,话也不说了。这有点出乎素云的意料,她原想着应该有一场猛烈的暴风雨的,没想到却是这种结局,令她尴尬的是,这次她还必须得向方明轩低个头,找由头把这个疙瘩解开,倒不是为了自己,而是为了儿子方子垚,以一个母亲的细腻和敏感判断，她总觉得这孩子最近会折腾出点什么事来。至于美云，她现在懒得和她计较了，毕竟美云现在也是方家的人了，吃方家的、穿方家的，姐妹俩一个大院里进进出出的，爱恨情仇夹杂在一起，想撇都撇不清了。她知道，美云肯定还会怀、还会生的，不生出一个男娃来，她是不会死心的，倒也不全是争宠，而是为了巩固她在方家的地位。

美云在受过一次惊吓之后，也变得杯弓蛇影起来。每天送过来的茶和饭，要小米先尝一口她才能放心，而且饭前，要低头小声祈祷，这本是她早已废弃了的仪式，现在又重新拾了起来。感谢上帝的恩赐，祈求上帝保护她肚子里的孩子。即便在院子里走路时，不小心崴一下脚，或者是伤风感冒了打个喷嚏，她也要用两手捧着肚子，诚惶诚恐地反复叨念着："感谢主，主保佑！感谢主，主保佑！"

春天很快来了，杏花开、杏花落，桃花开、桃花落。当院子里的梨花开如雪时，有天傍晚的掌灯时分，美云的肚子先是隐隐作痛，后来这痛便一阵紧似一阵了。

方明轩慌忙差了人去请白李氏。

暗红的帐子低垂着，美云乌发散乱，她在床上翻滚着，大声呻吟着。白李氏脱鞋上床，搂着她的腰担在半空里，柔声安慰："不着急的，不敢乱使劲，孩子使劲，你也使劲，孩子歇息时，你也歇歇。"

折腾了一个多时辰，孩子终于露头了，白李氏慌忙喊小娃把油灯端过来，又嘱咐小米赶快去冲红糖水。

孩子一滑出产道就"哇"的一声爆出了洪亮的哭声。只见白李氏右手一抖就把孩子的脚腕抓了起来，并把孩子倒拎在空中，她似自言自语，又似对身边的小娃说："这样做，是怕孩子喉咙里有痰。"说完又在孩子屁股上拍了两下，刚把孩子放床上，美云却撑着身子"噌"地坐了起来，"男娃还是女娃？"

"是个女娃。"白李氏接过小娃递过来的黄铜剪刀在火焰上烧了烧，才俯身给孩子剪脐带。她抬手擦了擦额头上的汗水，喊小娃把孩子的衣胞收拾了，放入脚盆里，让小米端出屋外，然后才抻展单子细心地包裹孩子、她脸上带着笑说："是个红孩嘞！人说红孩变白，白孩变黑。这闺女长大了肯定和她娘一样白！"一抬头就见美云双手捂脸，呜呜地哭得伤心。

"你这是干甚呀?!"白李氏边劝慰着，边把包好的孩子捧至她面前，"看这妮儿，粉嘟嘟的，多好看。"

美云不理她，一把拽过孩子，就扔到了床上。小妮儿受到惊吓，越发哭得厉害，美云也不管，从床头随手拽过一个小枕头，朝孩子脸上捂去。白李氏赶紧扑上前去夺美云的枕头，床下站着的两个女子也吓得不知所措。

白李氏说："你不要了，我抱走就是，好歹是条命嘞！"

美云见地下站着的两个女孩子，正用惊慌失措的眸子盯着她，就负气地扔了枕头，复又扑倒在床铺上，一边失声痛哭，一边用颤抖的手在胸前画着十字。

吵吵闹闹中，方明轩就进来了。白李氏见状，拽了拽小米的衣角，然后又拉了小娃，赶快出了太太房。

女儿终究还是留了下来。方明轩膝下已有二子，所以美云的这一胎，无论是儿是女，他都觉得无所谓了，反过来倒安慰美云说："闺女多好，方家现在就缺个闺女。"他给女儿取名垚垚。

时间一天天过去，大家发现，方家的这个小千金很懂事、很乖巧，只要吃饱了，头枕在小枕头上，瞪着乌溜溜的眼睛，这边看看，那边看看，或者是吮着指头玩，不哭也不闹。

即便如此，美云仍催着方明轩给孩子找奶妈，等出了满月，奶妈一来，美云便把垚垚交给奶妈，从此再不过问。美云是极会察言观色的人，已看出引娣逐渐显露出对她的不满，也看出素云不动声色的得意，所以她来了一个彻底的"洗心革面"，一边和小米抢着做家务，一边心心念念地开始了她新一轮的备孕工作。

美云里里外外忙活起来的时候，引娣也就见风使舵，撺掇明轩打发了厨娘。没过几天，她就又把儿子叫到了房里："小米也年龄不小了，老在咱家当使女也不是个事。"

方明轩知道娘抠门的毛病又犯了，也就顺着她的意思说："娘，小米肯定不能在方家待一辈子的，只是这找婆家的事，又不是买白菜、买馍馍，随便找一家就能成交的。"

引娣叹了一口气说："我也就是这样一说罢了，也知道这事心急不得，你好歹把这事放心上，别扭头忘了就成。"

方家上下，最难堪的是素云，不知为什么，她每次看见垚垚，心都会那么骤然一紧，眼前的小人儿多招人待见啊！粉嘟嘟的脸盘、黑眼仁、红嘴唇，而且见人就咧着嘴儿笑。素云就被搅得心动，想从奶妈手里接过来，抱到怀里好好亲一亲、逗一逗。但每次她都会临阵脱逃，倒不是担心被美云或者方明轩看见了，骤然出现的那种尴尬，而是她不敢直视垚垚清亮的眸子，那双眼睛仿佛有透视世间万物的功力，包括内心的，包括过去的，包括那些秘而不宣的。

24

白李氏去找方明轩，询问能不能让小娃去学堂里读书认几个字，也没别的意思，主要是想她以后给人开方子时方便些。她说这话时，心里是惴惴不安的，因为在这偏远的山村里，还没有女孩子读书的先例。她是识几个字的，但那也是跟着男人采药、制药、抓药，时间久了，识得几味药，并照猫画虎地会写它们的名字罢了。

方明轩思忖了一下，就点头应允了，毕竟父亲在世时说过，方家办的是义塾，而非普通的私塾。来学堂里读书的孩子，家境好点的出点纸笔费，穷苦人家的孩子笔墨纸砚都是方家免费提供的。方明轩想，既是义塾，不应单单只是没门第之分，也应该没有男女之别。

于是小娃就去义塾读书了，她穿着土布黄色小衫，背一个蓝花布书包，脑后垂一条长长的麻花辫，一天两趟，来往于白家和方家。

两家之间隔着一条"Z"字形的青石小巷。女娃也读书？这就成了板崖村最新鲜、最稀罕的事，于是头几天里，每次小娃穿过巷子，都有小孩子或者是小脚女人涌到大门口看。小娃报以羞赧的一笑，绣花鞋踩着油亮的青石板走过，留一个清瘦的背影，辫梢的红头绳一颤一颤地跳动着，宛若盛夏山坡上初开的山丹丹，红格艳艳的动人。

方家的学堂，已经送走了三四茬修满学业的学生娃，有的被家人送到县城继续求学，大部分的则被送去跟人学了石匠、木匠、油匠、铁匠、泥瓦匠。总之，在乡村里半大小子是不能坐着吃闲饭的，有门手艺最好，如若实在寻不到师傅学艺，那最后也得背羊铲或者像水生家的石头儿一样扛镢头。

住在石头房子里的山里人，对读书的事是淡漠的，那些古书上说的举人、状元离他们实在太遥远了，把孩子送进学堂，上一两年学，不是睁眼瞎就行，再念下去就是浪费光阴了，要把这时间节省下来，学一门技能，然后短平快地落实到穿衣吃饭上。比如前庄村的刘二利，之所以急于和张有良结为儿女亲家，无非是想让张有良把祖传的点笙技术传给儿子忙蛋，毕竟在这方圆几十里，这算是独门手艺，一年到头活儿不断，更重要的是不用遭受风吹日晒。

谁知定亲后不久，张有良就抛给他一句话："张家的点笙手艺，传男不传女。"刘二利说忙蛋是闺女？！张有良梗着脖子嚷，你是真傻还是装傻？！"男"说的是小子，女婿不作数。刘二利紧跟一句，那女婿入赘了作数不？张有良说不作数，但声音明显是低下去了，隐约透出了内心的底气不足。刘二利说，不作数也得作数，改天给你把女婿送来啊！张有良就不吭气了。张家就一个闺女，传"男"，传谁呀？分明就是想让忙蛋入赘的。刘二利偏不点破，心想，把我当二半吊呀？！我也就这一个小子，先把手艺学到手再说。

没几日，刘二利就领着儿子送到了板崖村，路上反复嘱咐忙蛋，眼活点、嘴甜点，入赘是假，学艺才是真的。

"半大小子，吃塌老子。"这是来张家混吃混喝来了吧！但忙蛋是准女婿，再就是张有良也确实有招他入赘之意，也就任由他闲住，只是并不谈点笙的事。

一开始忙蛋确实眼活、手勤，忙里忙外地帮着张家砍柴、挑水、推磨，但还没过"考验期"就泄气了，毕竟是孩子心性，玩心重，得空就跑到水生家找石头儿玩去了。

忙蛋和石头儿是前几年在学堂里认识的，反正两人都不是读书的料，没几日便混成了铁关系，如今算是故友重逢。忙蛋一来，石头儿便会拽了他从村子的北门出去，爬到半山腰说话，两人商量着干点啥大事好。

"当孙子好几个月了，五色石里的绿石长甚样我都没见过！只说是这石头不能见日头，还要用陈醋泡三个月……"

石头儿被逗得嘎嘎嘎嘎地笑："让你当女婿、当儿嘞，谁叫你当孙子了，肯定得不到真传。"

石头儿接着说："我觉得放羊就最好了。我就想买一群羊，撵着狗日的上山，想撵哪里撵哪里，这一座山都是咱的，满坡的羊也是咱的，真比当皇帝还过瘾！"

忙蛋撇撇嘴说："放羊有啥出息，还不如跟着你叔去唱戏！"

石头儿说："下三烂才去唱戏嘞！"

忙蛋又说："那要不和你爹上凌云崖炼丹吧？！哎！你说你爹炼的丹，吃了能不能长生不老？"

石头儿又是一声骂，随手抓了一块石头甩下山去了。

这个时候，王水生正歪在巧儿的炕上，脖颈下塞一个破旧的绣花枕头，脸上只剩了蜡黄的皮，绷紧了，裹着凸出来的两块颧骨。巧儿半卧在他的身旁揉金丹。王水生忽然抬起胳膊一下抓住了巧儿的手："你心里有过我没有？"巧儿愣了一下就笑了："咋想起问这话了？"

王水生说："咱现在这条件，配不上你了嘛！"

巧儿就阴了脸不再说话。王水生也就没了言语，现如今，对巧儿他是又爱又恨了。他知道，当初若不是贪图他的银子，这个女人是不会和他上床的，这本来就是明摆着的事，两个人都心知肚明。可不知道从什么时候起，他竟然心存幻想了，他希望这个女人看上的是他的人，而不是他的钱。但他又对自己的想法感到可笑，即便是，那又怎样？他觉得他是爱上她了。当他面色萎黄、腰膝酸软，房事越来越力不从心，但这个女人仍殷勤地给他揉金丹时，他就知道她是个没"心"的女人，但是他还是想亲口证实一下。

结果两人话赶话，就说"撑"了，巧儿就把王水生拽下了炕，并把他推出了屋子，瓜子脸一瞬间就冷若冰霜了，告诫王水生以后再不要登她家的门。

王水生万分沮丧地回到了板崖村，刚走到街中心，就见围了一群人，嘈嘈切切地议论着什么，王水生便挤进人群去看。原来是几个半大孩子在山坡上玩时，碰到了一条拇指粗的白蛇。那条蛇长得很特别，通体雪白透亮倒也罢了，更奇的是，它的头顶中心长了一颗绿豆大小的红痣。孩子们觉得稀罕，把蛇拦住逗着玩，后来几个孩子起哄，把白蛇给打死了，还用棍子挑回了村。

这群孩子都是十五六岁的半大小子，正是说懂事也懂事，说不懂事也不懂事的年龄。父母认为他们闯了祸，在乡村里蛇被喻为"柳仙"，是打不得的，更有人在一旁添油加醋，说蛇有灵性、记性好，会记仇的，大家都担心蛇来复仇，但是谁也不敢说破，只是又打又骂把自家孩子拽回了家。

人群散了，王水生才看见自家的石头儿也在，就破口大骂，石头儿梗着脖子和他吵："你个绝户头，你冤枉你爹！冤枉你爹了！"王水生气极，脱下鞋来追着石头儿打，不想自己却身子一歪，摔倒在地。

其实王水生还真是冤枉石头儿了，当时石头儿和牤蛋在山坡上说话，看着几个男孩子追着一条蛇跑了过来，就帮忙拦了一下。

被冤枉了的石头儿，便和水生赌气，不说话了。水生弥补的方式是给石头儿买了九只羊,他说不能买十只,十的发音不好,还是九好,是长长久久的意思嘞!

25

如今,方家的学堂里有几个男孩子,有本村的,也有附近村庄的,对于小娃的加入,他们也感到很新奇,但他们却不愿意靠近并主动跟小娃搭讪,一来是因为男女授受不亲,再就是因为白李氏的职业,最重要的是,他们知道小娃在娲山当过八年的道姑。这些男孩子,大都被家里人领着去奶奶庙开过锁,那是一个神秘的地方,但它带给孩子们更多的却是一种阴森森的惶恐和不安。他们常会把这种感觉,很具象地安到小娃身上,自然而然地躲着她、避着她了。

对于小娃来说,在方家大院有一件事比读书、认字更有趣,那就是抱着小垚垚逗她玩。那个孩子似乎和她也特别有缘,每次看见她就咧开小嘴,两条胳膊也抻起来呼扇着,像一只急于等待妈妈喂食的小燕子。小娃每次看见,就疼不够、爱不够的,所以,每个课间休息的时间,她都会跑到前院来,从奶奶怀里抱过垚垚,亲昵地逗她玩一会儿。

方明轩和刘素云终于结束了长达半年之久的冷战,其实两人心里的恩怨早放下了,只是碍于面子,谁也不愿意先低头罢了。眼下最当紧的事是大儿子子垚的婚事,孩子眼看着一天大似一天,这婚事真的不能再耽搁了,得尽快给他寻一门合适的亲事,这是两个人共同的心愿,所以夫妻间的冷战自然而然也就结束了。

这次的媳妇不能去县城找了,上次方、连两家翻脸的事弄得动静挺大的,所以这次子垚媳妇的目标就缩小到了镇上。

素云回了两次娘家,就在赵店镇给子垚物色了一个中意的媳妇。女子叫腊月,是"李家酒坊"的千金。据传,李家祖上从明朝末年就开始酿小米酒。清朝中期,在顺德府举行的一次晋冀鲁豫赛酒会上,李家的小米酒拔得头筹,一举赢得了"扳倒盅"的美誉。

两家也算世交,素云这两趟没白跑,是得了口风,觉得十拿九稳了,才让方明轩找了个媒人说合,想当然的,婚事顺理成章就给订了下来,单等子垚一回来就可以成婚圆房了。

于是乎,方明轩在家掐指算着儿子放假的日期,但从7月等到了8月,仍不见子垚回家。方明轩心急火燎地就去了潞安府,一路走一路问,终于找到了学校,一打听才知道子垚是和同学跑到太原玩去了,美其名曰:见世面。方明轩那个急啊!又马不停蹄地转道去了省城,几经周折,才找到了他的不肖子,连拖带骂地带回了板崖村。

方子垚回到家之后,才知道父母又给他定了亲,这次更荒唐,要他即刻完婚。

咋又是一个未见过面的未婚妻?!

长期憋在方子垚心里的怨气,便喷薄而出,什么教养、什么风度、什么斯文,也全然不顾了,他指着父母厉声斥责,指责他们包办婚姻的荒唐,又说什么婚姻自主之类的,最后他表明了自己的态度,那就是绝不妥协,抗争到底!

儿子这异常的举动,以及从他嘴里冒出的那些闻所未闻的新词汇,让方明轩震惊又愤怒,他当真如捧着一块掉入灰堆里的豆腐,拍不得、丢不得。盛怒之下,他甩了儿子一耳光,让人把子垚关在了客位院的西厢房里。为了防止子垚逃婚,还派人把他看管了起来,除了一日三餐按时送饭外,不许任何人进子垚的房间。

事情闹到了不可收拾的地步,子垚也只能用绝食来表明他的决心了。老两口也是愁肠百结、一筹莫展,为了探明儿子的心迹,方明轩打发素云找子垚谈心。

在母亲的再三催问之下,方子垚只好袒露了心声:"能有甚?!我就是不想找一个小脚女人。"

不想找一个小脚女人,那言下之意就是想找一个没缠过脚的女人了?

素云不敢多问，生怕再问出什么麻烦来，却也心里有了底，回屋原话学给了方明轩，然后两人马上把这话给具象化了，没缠过脚的女人，这个人肯定不是小米，那不就只剩了小娃了?!

对！一定是小娃！

子垚没想到他这一句话，却给父母发送了一个错误的信号。

终归是吐口了，管她是大脚女人还是小脚女人，能为方家繁衍子孙、传宗接代就行了。夫妇两个就忙里忙外张罗起来，又是找媒人，又是下聘书。

至于跟李家的婚约自然也是不能解除的，好在那个腊月和瑞垚年龄相仿，就又找媒人撮合了二人的婚事。

这都哪儿跟哪儿啊，自己可是在潞安府上过新式学堂的，那识得几个字、勉强能读懂八股文的小娃，根本就入不了子垚的眼。现如今，他只能怪自己草率了，其实他的目标一直是潞安府女校里那些穿月白色小衫、黑色长裙的女学生，那些朝气蓬勃的女孩子，即便扎辫子，也是在脑后扎两个，辫梢系着荷粉色的缎带，不像山沟沟里这些土里土气的村姑，扎辫子还习惯用扎眼的红头绳。

子垚也知道这个梦被他做得有点宏大、有点绚丽了，但不到迫不得已，又有谁愿意退而求其次呢？

对于父母的误判和一连串自作主张的操作，子垚选择了沉默。多说无益，只会越描越黑。硬碰硬似也不妥，毕竟他现在的花销和开支还得靠他老子。所以，现在他只想敷衍办过这场婚事，好赶快离开这个家。

男无媒不得娶，女无媒老而不得嫁。

方家差了媒婆去白家提亲，婆子进门说的第一句话就是，"闺女大了，总是要嫁人的"。

待明白过来那男方竟然是方家时，白李氏就惶恐不安起来，她搓着两手从炕沿上站起来又坐下，嘴里喃喃着，"咋会是方家?！咋会是方家啊?！"

"方家咋了?"

"你知道我家小娃,先前在娲山待过几年,所以就把缠脚的事给耽搁了……"

她知道越是大户人家越注重这些,就对媒婆说:"你说的没错,闺女大了,总是要嫁人的,只是这,这实在是门不当户不对的。"

媒婆便笑:"可这方家大少爷,就是看上你家小娃了,听说把自己关在房里不吃不喝,谁都不要,就要娶你家小娃。"

这话越听越让白李氏心惊,傻傻呆滞着不知如何接话。

"你放心好了,大少爷是见过大世面的,又有文化,他说了,就想找一个大脚闺女当媳妇。"

至于小娃自然是说不出什么来的,娲山上住了几年,让她的性子越发沉静和乖巧了,娘说背医书就背医书,娘说上学堂就上学堂,她的大事小事都由娘说了算的。

一件红色的土布夹袄,额前覆了乌溜溜的月牙式刘海,脑后低低地挽一个双心髻,斜插了一枝官红的绢花,白李氏就这样把小娃嫁了。

出嫁前一天黑夜,白李氏在小娃的夹袄里缀了一撮棉花,寓意以后的日子过得厚实,又包了一小包盐巴,给她装在了贴身衣袋里。"盐"通"缘",希望夫妻两个能相互看对眼,缘分且长且久。

至于嫁妆,除了一个放有一对银镯子的梳妆盒,家里实在也没什么能拿得出手的了,原想把几本医书和那套针灸的银针作为陪嫁的,然而媒人很快就捎过话来,说方家的意思,哪怕什么也不陪送,也不要那些晦气之物,因为他们希望小娃嫁过去之后,再不要碰那些不洁的东西了。

晦气之物、不洁的东西,这话刺耳又扎心,让白家的娘儿俩难受了好一阵子。

方子垚和白小娃成亲的那天,天气晴好,当花轿停到了方家大院的大门口时,天骤然阴了半边,狂风劈头盖脸就来了,还不由分说地砸下几个铜钱大的雨点子,众人就被唬得手忙脚乱起来。

小米小跑着过来，一手护头，一手赶忙去掀轿帘子。当那个玲珑的身影刚刚钻出花轿，头顶的红盖头便给风呼一下卷跑了。

素云惊得嘴半张开来，引娣的脸也立即拉成了鞋拔子，并一眼一眼恶狠狠地剜小米，当然是怪她没看护好。下人们见状，都识趣地拧身跑着去追红盖头。

方子垚脸一阴，抬起胳膊大喊了一声："算了！不要了。"

他很讨厌这套烦琐的礼仪，再说了，又不是没见过。

小娃羞得面皮通红，随即抬起胳膊，以袖掩面，亦步亦趋地跟在子垚的身后，进了方家大院。

晚年的小娃得了阿尔茨海默病，说得最多的一句话就是，"闺女长大了，总是要嫁人的"。这话时不时就会冒出来，把人听得一愣一愣的。一次偏巧让芸芬听见了，她就觉得姥姥这话是有所暗示，就无端烦躁起来。

女儿乔乔今年已经三十岁了，对结婚一事好像根本就不挂心，每天该吃吃、该喝喝、该睡睡、该玩玩，像个没心没肺、一直没长大的小孩子。只要父母亲友一催问婚事，她总是要把话题岔开去，实在避不开了，她就说早着呢，我身边这个年龄不结婚的人多的是。

问题是……芸芬一急就结巴起来，问题是，人家不结婚都是有原因的，要不是念书，要不是因为工作给耽搁了，你这……你这甚也不是呀！

以前，因为宋词坚决不要孩子，芸芬觉得长姐如母，曾三番五次，不厌其烦地劝说，如今，却又是自家闺女不找婆家。

"你说这都是些啥事啊？咋啥倒霉事都让我碰上了！"

心情一烦躁，芸芬总忍不住朝男人抱怨，谁知乔木却总是轻描淡写地回应一句，你是到更年期了吧？你说谁家的日子还能没个愁的？

"你才更年期！"

"好好好！我更年期，行了吧？"乔木像避瘟神一样，夺门而去。

"你……"

挥出的一拳，犹如砸到了棉花上，芸芬愤怒、委屈，但她能做的，也只是用手指狠狠地抠抓着沙发巾，然后眼泪汹涌地流。

曾经，亲戚朋友，人前人后说起芸芬来，尽是夸赞，"乔木命真好，娶了个好媳妇，一会养花，二会养闺女。"

芸芬就笑着纠正："应该是一会养闺女，二会养花。养花咋能排到养闺女前边啊？"

是啊！小时候的乔乔，可真听话、真乖巧，文文静静的，说话也柔声细语的，脑后常年吊一根马尾辫，学习成绩在班里也是一等一的好。芸芬曾把全部的精力倾注到女儿身上，一食一饭伺奉得无微不至，虽然每天很累，但她却是满心的欢喜和欣慰。

那时候亲友邻里也很看好乔乔，一致认为这姑娘日后肯定有出息。

真不该让她住校的！芸芬懊悔又自责，常常想，如果乔乔不住校，就不会早恋，不早恋，学习成绩也就不会一落千丈了。

那年高考成绩出来后，乔乔只考了三百六十五分。这让乔木大跌眼镜，但两口子连句高声话也没敢说，只耐心劝慰说，再复习一年肯定可以的。

现如今，乔乔在省城一家影视传媒公司当化妆师，穿衣打扮特立独行得让亲人们难以接受。今天的美瞳是蓝色的，明天就变成咖色的了，头发也是一样，时而卷、时而直，时而绿色、时而紫色，时时变、时时新。

其实她完全不用这样折腾，她有着精致的五官，身形颀长，即便是纯素颜，也能把同龄的女孩子比下去。

对于乔乔性格和行为的突变，芸芬和乔木分析是青春叛逆期，就这么一个宝贝闺女，两个人不忍不行啊！可如今也整三十岁了，再青春期、再叛逆期也该过了呀！

真是要愁死人嘞！

记得有一次乔乔回家过年，进门芸芬就瞧见她脚上穿的鞋，一只是黄色的，一只是绿色的。芸芬说，你瞧这孩子粗心成甚了！又不是色盲，买个鞋还能两只买成不一样的。乔乔说，你懂甚呀！这是鸳鸯鞋。

那年的正月初三，乔木宴请亲戚朋友，到县城的饭店里订了两桌饭。饭桌子上，大家一开始的焦点是斌斌的黄色鸡冠头。那天，宋词刚好坐在斌斌的身旁，就调侃他："看我外甥这发型，新潮的！"边说边抬手欲摸斌斌的头。斌斌头一偏，就躲开了她的手，嬉笑着说："小姨，你别给我摸坏了呀！"然后一眼望见对面乔乔脖子上挂着的"锐克"，就朝她挤了一下眼睛说："我可没我姐新潮。"

乔乔也回应斌斌一个鬼脸，慌忙解释说："这是个新式U盘。是个U盘哦！臭弟弟！"她生怕斌斌不小心说漏了嘴，说出她脖子上挂的是电子烟。在座的这些长辈们思想保守得都快长毛发霉了，怎能接受一个女孩子抽电子烟这样的事呢?！

就在这时，乔乔的姑姑忽然问："乔乔有对象了没？我这里可是有个合适的。"

乔乔抿嘴笑笑，并不作声。

芸芬却把话接上了："快别提了，总说自己小嘞！也不知道要等到甚时候。哼！还不知道想找个甚条件的嘞。"

乔乔听出了这话里的讥讽，站起来在桌子上拽了两张餐巾纸就出去了，别人只当她上厕所了，话题仍然继续着。

"还小啊?！唉！她是属啥来着？"

一旁的宋词赶忙替姐姐解围："不迟，不迟，省城里这么大年龄不结婚的人多了去了。"

芸芬本来有话要说的，被宋词这一句堵了回去，脸就阴了下来，夹了块带鱼，兀自啃了起来。

乔乔的姑姑还欲辩驳，见嫂子冷冷地只顾低头吃菜，也就收住了话头。

等菜都上全了，乔乔还没来，大家便觉出了事情不对头。乔木觉得脸上挂不住，朝芸芬说："给你闺女打个电话，唉！这是干甚嘞？！大过年的一家人吃个饭吧，你说这……"

芸芬就从衣袋里拿出手机给女儿打电话，乔乔没接，直接挂了。

芸芬就说："不用管她，咱吃咱的，她不来吃是不饿！"

饭后，乔木被人叫去打麻将，宋词便开车送芸芬回家，见她仍是绷着脸，一脸的不悦，就说："姐，你也真是的，刚才说乔乔那话也太重了，毕竟是大姑娘了。"

芸芬似被戳到了痛处，眼里瞬间就噙了泪，说："小时候那样懂事听话，你说后来咋就……"

"这些年来，我可是把所有的心思都花在她身上了。你说啊，从她上幼儿园开始一直到高中毕业，哪天早上我不是五点多就起床？烧好水，然后焖小米，再炒土豆丝，隔三岔五的还得换换花样，不是烙烙饼就是炸油条，都说缺了牛奶和鸡蛋怕营养跟不上，我就把牛奶热好，倒进玻璃杯里，鸡蛋也是把皮剥了，再给她放到小碟子里。响午的饭也是一星期不重样，竭尽所能地给她改善。啊！哪天黑夜不是等爷儿俩都睡下了，我还得把他俩的鞋里里外外擦干净，还要把乔乔第二天要穿的、要戴的，从上到下、从里到外，都叠好预备到床头！"

"伺候了这么多年……"

宋词注意到姐姐用了"伺候"一词。为什么不是"照顾"？不知怎的，她就想到了母亲。那么优秀的一个人，面对不公却能逆来顺受、能忍气吞声，那种降低身价的伺候和付出，却最终没有换来父亲的同情和回心转意。

再想想，似乎不只是母亲，那个年代，太多的母亲们隐忍、坚韧，有着绵柔的好性子。年轻时伺候丈夫、公婆、孩子，年老后又要续上来伺候孙辈。但也正是这种看似高尚的品格，把父亲们惯出了毛病，让他们自私冷血了一辈子。

姐姐俨然又一个"母亲"，宋词心里五味杂陈，听任姐姐发牢骚，听任她喋喋不休。她甚至怕姐姐停下来，因为她不知道该怎样安慰姐姐。

宋词自然地又想起了她和乔乔的约定。"小姨，这个事千万不能让我爸妈知道，我宁愿他们骂我忤逆不孝，也不要他们知道真相！"

瞒与说，都有道理，但又都不合适。

"大姐呀！是咱思想落后跟不上年轻人了。"宋词有意用了"咱"，而避开了"你"，是怕刺激到姐姐敏感的神经。

芸芬还是很吃惊："甚？思想超前就是该结婚的时候不结婚？！"

其实，宋词很想说："不结婚也不是世界末日。"但说出来却变成，"我不是那个意思。"

"那你的话是甚意思？"

宋词迅速在脑子里搜集一些恰当的词语。

"我的意思吧，就是现在的年轻人，随着见识的增长和经济的独立，越来越多的人选择了单身。"

"甚？我听不懂你说甚！"

"乔乔是个不婚主义者。"

"甚？！"芸芬愣了两三秒钟，就从包里拿出了手机，要给乔乔打电话。

宋词把她簌簌发抖的手给摁住了："你咋和我二姐一样，变成这火暴脾气了？冷静点，有话，你娘儿俩回家坐下好好说。"

"你叫我咋冷静？！"芸芬把手机摔到了座椅上。

宋词便不言语了，她不明白，两人同为宋国强和方春兰的女儿，为什么只有她能深切感受到一段不幸福的婚姻对女性的伤害和摧残力有多大。所以她挑三拣四，晚婚了这么多年，即便是婚后，她也坚持维护自己在家庭中的权力和地位。她要让婚姻适应自己，而大姐芸芬却是要让自己适应婚姻，确切地说是让女性适应婚姻！

回家一进门，芸芬把包往沙发上一丢，就急匆匆进了乔乔的房间。

乔乔穿着睡衣，头发散乱地歪在床上刷抖音，见妈妈进来了，瞥一眼，懒懒地坐了起来，却把目光转向窗子，望着窗台上一盆开得正旺的鸳鸳茉莉发呆。

"乔乔，你……"

"咋了?!"

"你小姨说你不打算结婚?!"

对于母亲的质问，乔乔似乎早有准备："我有吃、有穿、有事业，自己能养活自己，为甚要结婚呀?"

自己有吃有喝等于不用结婚?! 芸芬活了五十多岁，第一次听说这浑蛋逻辑。这观点肯定不对，但她竟一时找不到反驳女儿的理由。

她憋得满脸通红，冒出一句："你知道外边人咋说你嘞?"

"嘴长在人家的脸上，爱说甚说甚吧!"

"你……"

"在不干扰别人的情况下，在不给别人带来麻烦的情况下，我们真的不需要太在意别人的想法。"

芸芬气得浑身哆嗦："你少给我来这套文绉绉的，觉得我没文化是吧?你妈我好歹也……"犹豫了一下，后面的"当了十几年的图书馆馆长了"的话并没有说出来。

"妈! 这是复旦女神陈果的原话，'我自风情万种，与世无争。'"

"甚陈果，新果的。我倒觉得这话是陈静的调调，要不就是你小姨，我就知道，你跟上她俩学不好。"

"妈! 我的老妈唉! 咱俩抬杠，不要扯上外人好不好。"

"知道她们是外人就行。"芸芬气呼呼地说。

"我现在只想赚好多的钱，吃我想吃的、穿我想穿的、玩我想玩的。为甚要找一个累赘? 给他做饭，给他洗衣服，照顾他吃喝，还得每天看他的脸色过日子。我疯了还是傻了?!"

乔乔边愤愤地说着，边站了起来，拉开柜门，拿了一条牛仔裤，又从衣架上取自己白色的大衣。

"你要去哪儿?"

"我去吃饭呀！我还没吃饭，找陈静去吃个饭。"

"不许去找她！"

"那你把我锁笼子里好了。"

乔乔摔门而去。

留下芸芬一个人，坐在女儿的床上抽抽搭搭哭开了，怎么会这样?! 怎么会这样?! 为了这家，为了这唯一的女儿，她累死累活，到头来咋会换来这样的结局哪?!

有那么几年，小县城里盛行偷偷抱养二胎，这些人大都是夫妻端着公家饭碗头胎生的是闺女的人家。在医院里先找熟人打好了招呼，等有了合适的男婴，就先抱回来，再寄养出去，等待时机成熟了再上户口，慢慢往回领。

那一年芸芬已经三十出头了，见同事和周边的亲友偷偷抱养了二孩，她也有些心动了，但她不想抱养别人的。妹妹元芬让她深受启发，亲倒是亲，但因为脾气和性格上与自家人有差异，生活中为鸡毛蒜皮的小事，生了不少闲气。

夜里，等乔乔睡着了，芸芬试探着和乔木商量："要不，要不咱也再生一个吧？"

"要是再生个闺女咋办?!"

"闺女就闺女吧！两个总比一个强。"

"没把握还是不要生。"乔木于黑暗里长叹了一口气。

"我家几代都是独苗，小时候，爹妈吵架，常听爹说'生闺女踩着金砖上床也不高兴，生小子拖着板子要饭也乐意'。"

"都甚时代了？亏你还是大学生，还受过高等教育。"

"这与受教育程度和学历无关。"

"那与甚有关？"

"我和你说不清，还是那句话，有把握就生，没把握就不要生。"

冷冰冰的一句话，让芸芬没有了沟通的欲望，她背过身去睡，脑海里浮现的却是早年父母吵架的那些细枝末节。父亲的那句"甚肚子，就会生闺女"，让芸芬在暗夜里打了个寒战。

芸芬瞒着乔木，有几次故意没吃避孕药。

芸芬怀孕三个月了，一天晚上做饭时，忽然干呕得厉害。这时乔木走进了厨房，从身后把她抱在了怀里说："芬！听我的话，还是流了吧！"

芸芬挣出他的怀抱："如果是个小子呢？"

"是小子又咋样？你这个样子，能瞒几个月？你想把咱俩的饭碗都给砸了？"

三个月的孩子都已成形了，引产下来，是个男孩。芸芬在产床上哭得撕心裂肺，乔木在一旁阴沉着脸，一言不发。

事后，亲朋都来安慰芸芬："少生一个少受一份罪，也少操一份心。孝顺了，一个就够了，不孝了，你生十个也不顶用。"

慢慢地芸芬也就接受了现实，只是在乔乔不听话或者顶撞她时，她会背地里跟乔木抱怨，"瞧瞧你家这闺女，日后能指望上？真不该打掉那个小子来！"

乔木就拿眼瞪她："说这些干甚？！有用没用？！"

这两年芸芬似乎进入更年期了，越发变得脾气大，爱唠叨。常常是拿着剪刀给三角梅剪枝，刚剪了一枝，却忽然冲着乔木喊："老乔！我说以后闺女在哪个城市落脚，咱们就跟到哪个城市。就这么一个闺女，可不能丢下不管！"

又剪了两剪刀，继续说："你说不是？！住一个城市的话，咋也离得近，小两口晚上吵架生气，乔乔回家也离得近。"

"切！"乔木不耐烦地丢出一个字，心想，你筹划得倒周全，可你闺女可不这样想。

26

新婚之夜，小娃双手掩面，瑟缩在床角。对于方子垚来说，这是个极其乏味又难耐的夜晚。他娶的新娘子，虽说是个天足女子，但距离他的理想和期望值还有着很大的差距。小娃遗传了她娘的姣好面庞，长得其实很可人的，但可能是发育太迟的缘故，红嫁衣包裹着的不像是一具鲜活的肉体，倒像是一截被风干了的木柴桩，那扁平的胸和瘪塌塌的臀部，激不起子垚一点雄性的欲望。

"睡吧！"方子垚吹灭了床头燃烧的一对龙凤红烛，然后脸朝外侧身躺下，裹紧了被子，自顾自睡去了。他有意隔开了两人之间的距离，黑暗里，小娃紧靠着墙，她不敢动，更不敢弄出一点点的声响。夜越来越深，后来她实在太困了，头就渐渐勾下去，身子也出溜下来，就那样窝在床角睡着了。待她醒来，天色已大亮，床上绣着丹凤朝阳红绫被胡乱堆在一旁，已不见了方子垚的身影。

小娃探过身子来，怯生生地在红绫被子上摁了摁，确定里面没人了，才跪着挪了过来，悉心把被子叠好，摆至床头。

过了一会儿，子垚自己端了一脸盆水进来了，他洗了脸，用毛巾擦干净了，对着脸盆架子上的水银镜子整理了一下头发，就戴上金丝眼镜出去了。

小米进来倒洗脸水，看见小娃一个人低头在床沿上坐着，就说："少爷去给老太太、老爷和太太请安去了，你咋没去？"

"唔?!"小娃抬起头来，脸红红的。

"方家人很注重这些的，即便是大少爷这样在外上过新式学堂的，也不敢坏了规矩。"

小娃听了，忙站了起来，拽拽衣襟，边往外走，边抬手抹着额前的碎发。正在这时，子垚已跨步进了屋子，看看小米又看看小娃，说："不用去了，昨儿都累坏了，都还睡着嘞！"

吃过饭，子垚便自顾自坐在书桌前看书，再不去看小娃一眼，仿佛屋里没有这样一个人似的。小娃的脸笼着一层红云，那红一直红到鬓角里去，她羞得一整天里不敢抬头看人。

那一晚，或许是为了打消小娃的恐惧心理，子垚把一个长形的绣花枕头挡在了两人之间，然后又自顾自睡去了。小娃垂着眼呆了一会儿，就兀自从墙上的壁橱里拉出一条桃红色金银花薄被，裹了身子，脸朝里睡了。

就这样过了八个晚上，结婚满九后，子垚便收拾东西，心安理得地离开了家，他要继续完成他的学业，走的时候，他想应该和小娃说点什么的，但却发现，他以往读的书和认的字，此时全都是用不上的，他只是朝她看了几眼，然后就拎着皮箱出了屋子。

小娃知道马车就停在大门外，她还知道，方家的一家老小也早在门口候着了。但她就是挪不动步子，一双大脚板像是被钉在了地上，她使劲咬着下唇，忍着没有让眼眶里的泪掉下来。

马车一出板崖村，方子垚的心立马就解缚了，他又变成了那只沐浴着春风的鸿雁了。

这九天里，小娃像做梦一样，不明不白就成了别人的媳妇，又稀里糊涂地送走了自己的男人。她不知道子垚怎么想的，但她知道既然进了方家的门，就是方家的媳妇了，那就得有一个媳妇该有的样子。所以，子垚一走，小娃就主动下厨房去。娘说过，力气是奴才，使了还会来！临出嫁前，娘还反复嘱咐她，到了方家呀，一定要手勤、脚勤、眼里有活。

于是，小米就成了现成的老师，小娃跟着她学蒸花卷、包包子、做推窝、捏疙瘩……

小米告诉小娃，熬炒米汤时，米不敢炒得时间太长，若是把米炒得开了花，那样熬出的炒米汤会不糊络，汤汤水水的，发寡。

小米还教给她一个做疙瘩汤的好办法，那就是把量好的面倒进簸箕里，先往面上匀匀地洒一层水，然后双手端起簸箕，上下左右颠簸抖动，这样簸箕里的面和水就和到了一起，变成了面絮。小米说这样拌出的疙瘩，省事省力，还匀称。

小娃虽是主子，却没有一点主子的架子。小米虽是下人，却懂世情、识大礼，两人很快就亲密起来，亲姐妹一般，一起里里外外地忙活，形影不离。

一开始美云以为小娃下厨房只是图一时新鲜，装装样子的，没想到她和小米搭起伴来，凡事都打理得妥妥当当的。美云倒也乐得放手、寻个清闲了，反正她现在又怀了方明轩的孩子，歇着也是心安理得了，她又蓄起了水葱似的长指甲，惯常懒懒地斜靠在圈椅上，一手撑腰，一手按在肚子上，打着圈轻轻地抚摸着。

对于方子垚来说，1936年注定是不平凡的一年。这一年，省里成立了牺牲救国同盟会（简称牺盟会）。进入初冬后，牺盟会的特派员宋乃德到上党地区开展共产党组织的恢复、创建和抗日救亡工作。因为上党乡师在当地具有很高的知名度和影响力，自然就成了特派员常来常往的地方。

他给学校的师生们讲国家当前的形势，讲抗日救亡的重要性，教大家唱《九一八小调》《逃亡三部曲》《救亡进行曲》等抗日歌曲，一群热血青年的民族自尊和抗日热情，就鼓动着涌向了高潮。然后，方子垚也被人群夹裹着，和同学们一起涌至宋特派员面前，坚决要求报名参加牺盟会。

27

一天夜里，小娃做了很多奇里古怪的梦，醒来梦里的情景全然记不清了，她只觉得浑身燥热，肚子隐隐作痛。起床穿衣时，却发现底裤上有一片殷红的血。

小娃吓坏了，一时六神无主起来，却又不知该怎么办，只机械地穿衣起床。去厨房里做饭，先是忘了往锅里添水，后来小米喊她取秤量米时，她发癔症了半天才反应过来。

"是不是昨黑夜没睡好？"小米盯着她关切地问。

小娃被问得心里发酸，但还是笑着摇了摇头。她想有些话是应该烂在肚子里的，即便是好姐妹，也不能说。

我应该是得大病了吧？她记得凡是到家里找娘的，不是女人生孩子，就是女人下身见了红。

早饭也没吃，小娃只简单地洗了脸，盘了头，换了身干净衣裳就回娘家了。

一进门，只字未吐，小娃先流了两行清泪。白李氏捣着两只小脚走了过来，声音颤颤的："我的娃，你这是咋了？谁给你气受了？"

小娃便越发忍不住，双手掩面，抽抽搭搭哭出声来。

白李氏的心一下子被哭痛了，眼里也泛起了泪花，拽了闺女的手说："走！娘和你回去讨个说法。"

在她看来，她的小娃乖巧懂事，是不会惹是非的，一定是那些长辈们给孩子气受了。

小娃这才急了，抹了抹泪说："不是！娘！是……"

听了女儿吞吞吐吐不安的诉说，白李氏舒了口气说："你个傻闺女……"

娘说她是个真正的女人了，确实，她的胸不知道在什么时候已变得饱满鼓胀了，连指甲盖都变得绯红绯红了。

小娃羞红了脸，低头说："娘！没事，没事，我就先回去了。"

白李氏笑笑说："你等一下！"她转身去从箱子里取了那本《白氏女科》递给了小娃。

小娃会意地一笑，撩起衣襟揣进了怀里。往回走的路上，她又高兴，又害怕，但这害怕又全然不是早上的害怕了，这害怕里还含有一丝丝的甜蜜与期盼。

28

　　1937年可谓多事之秋，7月7日，卢沟桥事变，日本帝国主义发动了全面侵华战争。10月底忻口失守，11月上旬太原失守……

　　日头费力地翻过娲山的峰顶，把橘红色的光漫铺开来，沟里的村村寨寨便沐浴在一片暖色调的光影之中。冬天一到，山里的日子便越发的慵懒和缓慢了。

　　嫁过来没多久，小娃便赢得了方家上下（美云除外）的认可和赞许。

　　这两年素云习惯让别人把饭送到她的房间里去。特别是晚饭，方家的规矩，长工喝面片汤、疙瘩汤，吃烧饼。家里人却只能喝菜汤，吃玉茭面疙瘩。所说的菜汤，就是在米汤锅里煮上白菜叶子和萝卜缨子。即便是这样寡淡的饭，只要等米下锅里了，刚翻两个滚，引娣就捣着小脚在厨房门口嚷嚷开了，行了！行了！不能再煮了。她有一套怪论：就是米不能煮得开了花，要是开花了，熬出的饭就不耐饥。

　　这山沟沟里产的本来就是青米，口感发涩，所以美云每次端起碗来，总不免嘟嘟囔囔地抱怨。素云也难伺候，给她端到屋里的菜汤，她习惯用筷子搅一搅，稀了她不高兴，稠了也不满意。小娃知道这些后，就亲自给婆婆舀饭。素云还是每次用筷子搅，奇的是，她只要拿筷子搅一搅，就知道这饭是不是小娃舀的，也总是说，这饭舀得好啊！不稀也不稠。

29

　　王水生被巧儿逐出门外后，又眼睁睁看着方子垚骑着高头大马把小娃接到方家了，似才醒过来，想起儿子石头儿的年龄也着实不小了，也想起了他几年前发下的那个誓言：一定要攀攀方家的高枝。

　　咋攀呢？他把仅剩的钱财拢了拢，共四十个大洋，他对吹火嘴说：

"就这些了，拿着去方家提亲，把小米给咱娶回来，给石头儿当媳妇。"

这次吹火嘴悄蔫蔫地没吭气，这是个正经事，花多花少她不心疼，她知道男人的德行，长着一双簸箕手，纵然家有万贯，也不够他泼洒的。

堂屋里，方明轩身穿金青色窄袖长袍，烟灰色一字襟珠扣小坎肩，脚踏棉靴，脚八字式搁着，腰粗膀圆地把自己铺排在一张太师椅上，两手轮换着揉一对文玩山核桃。

他用余光斜睨了一眼王水生。

石头儿想娶小米？！一瞬间，方明轩就觉得有团火焰在胸腔里滚来滚去，他不说话，只把手里的核桃揉得呼啦呼啦响。

真不知道，谁给王水生的勇气和自信，他在鳌山寺下的山地里种大麻，在凌云崖上"炼金丹"，这些方明轩早就知道了。身为板崖村的维首，他之所以睁一只眼闭一只眼，一直没有出面干涉，是因为他太了解王水生了，知道他甚德行，也知道他根本成不了气候。

王水生到底还是被他小瞧了，在方明轩眼里，眼前站着的这个人，只不过是个败家子加半吊子货罢了。

方明轩放下手里的核桃，故作镇定地端起八仙桌上的一只盖碗茶杯，掀开来，一边噘嘴吹着，一边用杯盖子抹着茶水之上的茶沫子，手却簌簌地抖动得厉害，只得把杯子又重重地墩放至原处，从鼻子里哼出一声，便挺着肚子，迈着他的外八字步出了屋子。

王水生便认为是受了极大的侮辱，他恨得牙叉骨痒痒，然而当他悻悻地走出解胸楼时就碰到了美云。

机不可失，时不再来。王水生吹了一声口哨，装作很轻松的样子，却在与美云擦肩而过时，喊了一声"太太"。这可是美云嫁到方家大院后，听到的第一声"太太"，这褒奖让她受宠若惊。

于是事情有了反转。

美云投桃报李给方明轩吹了枕边风，方明轩说其实像王家那样的人家，绝后是最好的结局，美云吃了一惊，你咋这样说？方明轩说，优胜劣汰！连自己日子都过不好的人，即便娶了妻、生了子，能养出好的子孙来?！我觉得他当初娶吹火嘴就是个错误，王水生这一辈子都过得吃了上顿没下顿，还讲究甚传宗接代?！"

"可石头儿能受啊！每天一大早就赶着羊上山，能吃得了苦，不像他爹一样没成色，不成事。"

方明轩最后还是点头了，不单单是因为这枕边风的吹拂，也不是因为美云又怀了他的骨肉，还因为他记着答应过娘的话，最重要的是，通过美云一点拨，他确实觉得石头儿比他爹强得多。

做了决定之后，方明轩还是把小米叫了来，单独说了半天话，他问小米有甚想法。他们俩之间其实是有亲情的，他是看着她长大的，虽然小米和子垚差不多大小，但因为是父亲把他买进方家的，所以这些年来，他一直是把她当妹妹一样看待的。

小米一句话没说。她想起当年大娘卖她时说的那句话："人家要打你，你就躺地下，由人家打；要是嚰你，你就不要吭气，由人家嚰，绝不能还嘴！"

总之就是听话，就是听之任之。

"已经这样了，我认命！"

这是小米的心里话，但没有说出来，她清楚自己在这个家的地位。

自始至终小米低头站着，一言不发，只流了两行泪。

方明轩最后给王水生传话，石头儿想娶小米也行，但有个条件，那就是王家要把鳌山寺下山地里的大麻全部犁掉。

那相当于割王水生的肉，他哪里舍得！你叫我犁，我就犁?！我就不犁，瞧你能把我咋样?！

等了几天，方明轩见王家没动静，就派了两个长工，牵着牲口、扛着犁铧，花了一天时间，把王水生种下的大麻都给收拾干净了。

这下倒把王水生惹恼了，他怒不可遏地冲进了方家大院，站在解胸楼前大骂："方明轩，我日你娘，你给我出来！"

方家院里的老小都被惊动了，方明辕便大步跑上前把王水生拦腰抱住，使劲往后拖拽。见有人拦着，王水生便越发张狂起来，一边叫骂着"放开我！放开我！我日你娘，方明轩！"一边往前扑。

这时方明轩已站到了廊下，厉声喊道："放开他，让他日去！"

方明辕闻言，便悻悻地松了手。王水生抖了抖肩膀，脚立在地上没动，但仍指着方明轩嚷："行！你有种！你给我等着！"

方明轩什么也没等到，数日后，板崖村的村墙上贴了一张"禁毒告示"，文如下：

为严禁吸毒，以清地方事。案据板崖村村民王水生，因吸毒成瘾，乡俗易染，恐有外来无赖棍徒，昼则呼朋引类，夜之开场聚赌，引诱子弟，废时失业……

后来村人才知道这告示的来由，维首方明轩以自己国民参议的身份，出请黎亭县正堂，以行政手段加以严禁。田宪章接报，即以县政府名义专门对板崖村的吸毒歪风下了通知，并张贴于板崖村。

话又说回来了，方明轩这人还挺君子的，一面惩罚王水生，一面也并未食言，张罗着将小米许配给了石头儿。

告示后来被王水生撕了，他还是觉得失了颜面，窝了一肚子的无名火没处发泄。恰在此时，石头儿为了晚上下夜方便，让忤蛋从前庄捉来了一只土狗。

王水生忽就灵光乍现，给狗起了"方明轩"的名字，一天到晚，只拿狗来撒气，不是用棍子抽就是拿脚踢，嘴里还要大声嚷嚷着："方明轩，能得你，瞧我不打死你！打死你个狗杂种！"吓得狗见了他就抿耳缩尾，趴地乞怜。王水生便自觉很解气，也就沉浸此中，天天和"方明轩"制气，也就渐渐断了炼金丹的念头，不沾大麻，身体倒一天好似一天了。

30

初冬，共产党八路军115师地方工作团和129师地方工作团相继来到黎亭县，着手开辟抗日根据地。他们首先成立了黎亭县第一个党组织——中共黎亭县支部，组建了抗日地方武装——黎亭牺盟游击队。工作团的同志找到了国民县长田齐卿，向他介绍《抗日救国十大纲领》，想把他争取过来一同抗日。

但田县长这人太有心机，工作团的人一进屋，他又是端茶又是倒水的，并满口应承得好好的，等人前脚刚走，他后脚就立马召集黎亭县四大乡绅和县里有权势、有影响的人开会。

会开得直截了当，田直言不讳，说自己是外地人，日军来了可以一走了之。至于你们……如果想苟且偷生的话，那么只有一条路可走，那就是投降事敌。

几个乡绅一听，当场乱了阵脚："咋办嘞？！咋办嘞？！"

"能咋办？！投降呗！"

此话一出，大家便都你看我、我看你，不再多话。

当时他们并不知道，参加会议的人当中还有一个地下党员，散会后，这人马上就跑去将这一情况向县党支部和工作团作了汇报。

这还了得！党支部和工作团的领导也立马召开会议研究对策，研究的结果是，先拿掉这个草包民国县长，然后再铲除准备投降事敌的恶霸劣绅。不夺了政府的领导权，黎亭县的抗日战争工作肯定没法顺利开展！

不过是一晚上的时间，工作团就组织和发动了一百多名青年学生和进步群众，他们喊着口号冲进了旧府衙门，收缴了国民政府的印章，并将田县长与积极筹划事敌的四大乡绅一同扣押，送上级处理。

随即，山西第三行政公署就发文解除了田齐卿的县长职务，任命中共党员何公轸为黎亭县的县长，兼任牺盟游击总队的队长。

这事着实让方明轩捏了一把冷汗,他庆幸自己因路远没赶上参加那个会议。但他不知道,他的二儿子方瑞垚却参与了此次收缴国民印章、扣押县长和乡绅的事件。

几乎是同一时间,方子垚也由潞安府匆匆返回了县城,同行的还有几个同学,一群年轻人激情满怀,相约一起去找工作团,他们要参加八路军。

工作团的领导接待了他们,但是给出的答案却是,我们现在主要是在做群众工作,如果你们一定要参加八路军,那么只能先跟着工作团一道工作,边走边看了。听这话还是有希望的,几个年轻人立即点头答应了下来。

子垚想了想,还是应该回家一趟的,于是子垚带着他的激情、新知和全新理念回到了板崖村。一进方家大院,他的心情骤然就不美好了,因为他意识到在这大院中,他的身份已经不单单是孙子和儿子了,现在又多了一个丈夫的身份,这让他感觉头大。再加上瑞垚因为刚刚惹了事而被父亲体罚,眼前种种无不让他灰心丧气。他的那些饱满的思想、观念,以及热情,像一条美丽的抛物线,直滑向沟底。但子垚不得不强打精神面对一切。他告诉父母他在县城找了一份教书的工作,这次回来只能住三五天。

最无法面对的是妻子小娃,白天还好应付些,晚上就难熬了,毕竟两个人是要睡一张床上的,有些事是避不开的,也是无处遁形的。黑暗里,终究还是子垚先开了口,说的第一句话却是,"那个甚,我给你改个名字吧?"

"呣?嗯!"

很突兀,小娃也没想到子垚的第一句话竟然说的是改名字,很意外,继而竟又羞得脸颊发烫,只是轻轻地"嗯"了一声。

"你姓白,不如以后就叫白冰玉吧!"

"白冰玉?"小娃感觉这个名字很耳熟,她想起了娘给她讲的那个梦境。

"嗯！白冰玉。冰清玉洁的意思。"

话说完，没等小娃吭气，子垚忽然心头就涌起一股怜惜之情，可怜的女孩，他并不心仪于她，但也并不反感，既然把她娶回来了……念头一闪，他就感觉热血贲张，一翻身就把她搂在了怀里。

小娃"啊"了一声，子垚就越发慌乱起来，轻声呵斥道："别叫！"疼痛让小娃无法自抑，张嘴衔住了他的肩膀，使劲咬下去，直到嘴里有了腥热的液体。

男欢女爱自然是令人沉迷又黏腻，但人不能一直过晚上，况是方子垚这样的有文化、有追求的人，怎么能受这儿女情长的羁绊？所以他在家里待的这几天里，先是晚上难挨，继而又变作了白天无聊、无趣了。

恰逢腊月，村人的日子便显得愈加忙碌和烦琐，柴得割、米得碾、用了一年的农具得修，被褥、铺盖要拆了洗涮……

方子垚是大少爷，这些事自然不用他沾手的，无事可干再加上报国无门，让他恹恹的情绪低落。每日里吃了饭，只管坐在自家大门内的懒汉凳上，望着那些青石街巷里嬉戏的顽童发呆。

那些天里，一到黄昏，进山打柴的青壮年归来了，一行三五人走在夕阳里，每人肩上挑着两捆干柴，"嘿哟嘿哟"地打方家大院门前经过。有人看见子垚了，就抬手笑着和他打招呼，立马招来同伴的嘲讽，"快走你的吧！你觉得你是方家大少爷？不愁吃、不吃喝！天黑了等不彻明？！天明了等不彻黑？！"

子垚气急，想拽住说风凉话的人理论几句，但是挑柴的一群人早嘻嘻哈哈走远了。他便把手里捏了好久的一颗石头蛋甩出了老远。

幸几日之后，一个同学便捎信给他，让他速到县城。方子垚赶到县城，才知道工作团已接到了上面的通知，说可以在地方上发展直接领导的武装组织。工作队请示了县长和牺盟会游击队的领导后，决定成立一支名叫"漳河游击队"的地方武装组织。

"漳河游击队？多么大气的名字啊！"终于加入八路军的组织了，一群年轻人兴奋得无以言表,他们又蹦又跳,互相击掌庆贺。

"漳河游击队"先从牺盟游击队抽调了二十多个人,加上方子垚他们这一伙年轻人,这支地方武装组织一成立就拥有了五六十个人。再加上前段时间的宣传发动,县城周边的老百姓也心有所动,于是,有送儿子的,也有送丈夫、兄弟的,游击队的人数迅速就增加到了二百人。队员们的衣裤多为自家土布做的,青色、蓝色、灰色,五花八门,却人人腰里系条红布腰带,腰带上别着斧头或者镰刀,呼啦啦地站满了整个打麦场。

就这样,子垚没给家里的任何人打招呼,就参加了革命。

31

很小的时候,春兰就知道她不是娘亲生的,大家都说,她是娘从火车站捡回来的。只是她不知火车站和娘有什么关联,那是和山里人永远不搭界的地方,和娘就更不沾边了。娘除了不是小脚外,她的生活和别的山村女人是一模一样的:黑灰色的大襟衣裳,黑色的大裆裤,脑后挽着圆圆的发髻,插一根银质的麻花簪。她也和别的女人一样,白天跟在驴屁股后头推玉茭、碾米,围着锅台张罗吃食,夜里也在油灯下做针线活。

但娘和别人家的主妇又是不同的:娘似乎格外心灵手巧,比如别的女人补补丁,都补的是长方形或者正方形的,娘给衣服补补丁,要么是桃形的,要么是梅花形的。又比如春兰犯了错,她不会抓着鸡毛掸子或者笤帚疙瘩追着打,也不会高声嚷她,她会罚她背《药性赋》或者是《汤头歌诀》。她们的卧房里放有一个老式雕花博古架,里边搁了针线笸箩、一个装着剪刀和银针的布包,再有就是几摞线装书,有《弟子规》《三字经》,也有《本草纲目》《黄帝内经》。春兰曾经偷偷翻开过,娘在每一本书里都会悉心压几片芸香草。再有,娘常会冷不丁地被人叫去给小孩看病,或者给女人接生,回来时大襟衣裳撩起来,兜一个南瓜,或者是三五根胡萝卜。

娘对于自己的身世，不愿意多说，一开始春兰以为娘这辈子没结过婚，没成过家，因为她没有爹，也没有兄弟姐妹。后来她想想又不对，因为她有姑姑，还有叔叔。

娘儿俩相依为命，娘给她访古也念小曲。有月亮的晚上，娘总是把她抱在怀里摇啊摇地念："明奶奶，高挂挂，爹织布，娘纺花，丢下孩儿没人管，买个火烧哄哄娃，爹一口，娘一口，咬了孩的小指头。"

这是山里女人哄孩子常念的小曲，虽然叫小曲，却没有曲谱，只有说词，所以才叫"念小曲"。

每次娘给春兰念这首小曲的时候，她都会问："娘，我咋没爹？我爹嘞？"

小娃就会阴沉了脸说，你爹死了，早年得病死了。

春兰渐渐长大，也渐渐地从亲朋的口中得知，她爹并没有死，那个叫方子垚的人，是个南下干部，现在居住在一个叫福建的大城市里。甚是南下干部？福建又在哪里？她有一次问了娘，娘的脸一下子就变得狰狞起来，举起正纳着的鞋底子，照脸就是两下，"再问，再问捶死你！"

这是娘第一次打她，也是最后一次，之后春兰再不敢提爹的只字片语。

娘打了她，又心疼了，反过来哄她，说你那个爹是个没良心的，你不要学他，你要学你垚垚姑姑嘞，长大当个医生，咱家亲的后的、街坊邻里的得病了，都能找你看病了。

春兰对姑姑的故事知道的倒是多些，知道她找了做教师的姑父，姑父的爹娘很是开明，知道姑姑一直有读书的愿望，婚后就背了粮食送她到县里上卫生学校。姑姑毕业后就到乡卫生院上班了，没想到"六二压"一场风又把她刮回了村里。但要强的姑姑终究是个闲不住的人，后来不仅做了村里的赤脚医生，还在村大队里兼着妇女和宣传的工作。20世纪90年代中期，姑姑虽已年迈，却还是热心地在村里找了几个老太太，组织了计划生育宣传队，进东家出西家，宣传国家的生育政策，忙得不亦乐乎。

但垚垚姑姑的结局并不好,到老年时三个儿子你推我我推你,谁也不想养活她,最后心高气傲的垚垚姑姑,一跺脚跳井死了。

春兰虽然不是亲生的,但就是这个当年被小娃从火车站捡回来的丫头,后来竟然成了方家最引以为豪的骄傲。至今她的同学说起当年的她,仍是赞不绝口,说她穿着元宝领白衬衣站在碌碡上打拍子指挥别人唱歌的姿势是多么的洒脱自如;说她用筷子当毛笔写出的行草如何娟秀雅气;说她走路是如何的神采飞扬,麻花瓣随着步伐的韵律一跳一跳的,一双丹凤眼美目流转,连女的看了都着迷。俨然方春兰当时在学校就是女神,就是一只美丽的白天鹅,她的光芒太耀眼了,以至于把身边的女同学都衬成了丑小鸭,那些暗恋她的男同学则都成了癞蛤蟆。

春兰后来遵照母亲的意愿上了卫校,毕业后被分配到县人民医院妇产科。曾经有那么十多年,县城里的人在一起闲聊,如果哪个说起不知道县委书记和县长是谁,大家尚能理解,但如果谁要说不知道县医院有个方春兰,那肯定要被人嘲笑一番,并讥讽其孤陋寡闻了。

那年头,凡在县里上班的、有点来头的,媳妇要生娃,预产期不到就都早早到医院打听,妇产科的方主任上什么班呀?如果谁家媳妇刚好是方春兰给接的产,那家人肯定甚时候说起甚时候都是一脸的骄傲与自得。

县医院大门口有家早点小吃店,春兰习惯在那里吃早饭,总是不等她坐下,就有人抢着替她结账,春兰当然是不愿意欠人家的人情账的,推让间帮她结账的人总是说,"这算啥呀?我家×××当时难产,多亏你嘞!"

要不就是她刚一进门,就有人过来套近乎:"方主任,你还记得我不?我家孩子就是你给接生的。"春兰总是笑着摇摇头,搭话的人未免有些失望,但很快也就释然了,想想也是,这其实和老师带学生一个道理,一茬连一茬地,又有几个学生能被老师记住的?

不单单是接生,就连上环、取环这样的小事,别人也愿意找方春兰。坊间传言,女人的环戴够十年就被血丝缠住了,取的时候是极受罪的。就有人因为环戴的时间长了，取环之后，又是输液，又是吃消炎药的，花费了好几百元。又有一个女人戴环戴了十五年之久，到医院取环，刚好碰到方春兰值班，从上产床到下产床不到两分钟，事后连一颗消炎药也没吃。

然而，一身光环的方春兰也自有她的不幸，她的男人宋国强在她生下女儿宋芸丽时就经常夜不归宿了，明摆着是嫌她又生了一个闺女。但谁都知道这不是最大的症结，其实在春兰抱回元芬时，宋国强已经表现出极大不满了，于是，两人开始马拉松式的争吵。春兰深信如果不是她看得紧，元芬早被宋国强抱去送人了。

生下芸丽也就是宋词时，宋国强便越发有了理由，"甚破肚子，就会生闺女！"所以他提出了离婚。

春兰一脸的不屑："生闺女能怨我呀？！"她鄙视男人的浅薄与强词夺理。

宋国强偏也要梗着脖子反击："不怨你怨谁？！"

"不管怨谁，婚是不离！"

"不离婚！你不离婚，我就不回这个家。"

于是就慢慢有了传闻，说宋国强在外边又找了女人。刚开始他隔三岔五还回一次家，春兰心里窝着气，所以总是因为琐事两人你一言我一语地就吵起来。架吵至高潮时，难免要互相揭短。

"拖地、拖地，拖得都照出人影子了，顶屁用？！炒个菜，少醋没盐的，这不能多吃，那不能多吃，照你这样吃，就不死了？！"

"嫌我做的饭不好吃，你不要吃，也别回来！"

"我这就走，再也不回来啦！"

春兰被呛住了，声音里带了哭腔："我再不好，再不好，也没有去外边找人！你这种男人啊……"

"我这种男人咋了？！我的不好都是你逼出来的。你再想想你家祖上的，啊！啥传统，你爷爷找小老婆没？还有你爹，咋就撇下你娘，带了个小老婆去福建了？！"

春兰就有些气急败坏了，拎起床上的笤帚朝宋国强砸过去，"滚！你个王八蛋！畜类！"

"哟！咱方春兰也能说出这种粗俗的话?!"宋国强面带讥讽，皮笑肉不笑。

没过多久就上演了春兰捉奸的闹剧，她在跟踪了数次之后，终于在一条小巷里盯上了正挽着另一个女人散步的宋国强，春兰热血上涌，疯了一般扑上去，不由分说地挥舞着三节的手电筒，朝女人劈头盖脸地狂砸。宋国强见状，一只手护着女人，另一手拽着她踉踉跄跄跑远了。春兰眼看着追不上了，声嘶力竭地喊了一声，奋力把手电筒甩了出去。

从那之后，宋国强回家的次数就更少了。但春兰心里还是有期待的，除了雨天，或者是三伏天，剩下的日子她每天都会把两人的被子抱到院子晒一晒，待到太阳落山了，再收回去叠好，然后把两床被子并排放于床头。男人一回家第一件事就是固执地把自己的被子抱到另一个房间里，然后门一关，不出来了。

春兰的示好被打了脸，但她能忍着一声不吭。

婚姻成了摆设，即便这样也绝不离婚，若离了就不是方春兰了，她就是这般倔强，哪怕知道婚姻已名存实亡，她也硬拉着不松手。单位有个同事，夫妻俩合不来，从小吵到大吵，后来升级到了离婚。女方赌气带着孩子又找了一个，再婚后一年和现任又生了个孩子，时间一长，发现两人三观严重不合，于是再离再结，如是几次，日子越过越支离破碎，特别是几个孩子，本来都该有亲爸爸的，到最后都遭了后爹，加上青春期孩子叛逆，结果都是早早辍学走上社会，成了混混。

这些都是前车之鉴，都是活生生的教材，春兰也就认了死理，觉得离婚真的是有百弊而无一利。

真正撕破了脸，也就不要脸了。宋国强便找他那些酒友、牌友们让他们去做春兰的工作。他倒也坦然，"谁家锅底没有黑？谁家掀了锅盖不冒气?""你们劝劝方春兰，路走成这样了，不如好合好散吧！"

古人都说了"宁拆十座庙，不毁一桩婚"。大家便吵吵起来，你一言我一语地骂他心黑，说老宋啊！你这操的甚心?！这不是让我们替你背黑锅、落不是吗？唡?!

宋国强左拽一个右拉一个，说："不说这个了，走走走！喝酒去。"

酒至微醺，宋国强就抹起了眼泪："春兰好！我知道，大家都说她好，我也承认。可你们瞧见的都是表面啊！门把手用酒精擦拭，我接受了，拖布桶里放84消毒液，我也忍了，可是洗内衣也要用84消毒液泡一泡，我就实在忍不了。你们想想，黑夜身边睡一个身上散发着84消毒液味道的女人，放谁还有心情做其他的?！"

众人默然，很默契地拿了桌子上的烟，互相对着点了火，吞云吐雾地缓解尴尬。有人推说有事，先离开了，留下来的三个人，乘酒兴、带醉意，相约着就去了春兰家。

进门即客。春兰从容不迫地让座，依次给大家倒茶，然后又去取纸烟，但脸上那寡淡的神情，还是让来人感觉拘谨和不自在。

终于有人先打破了僵局："春兰呀！你这家收拾得跟医院手术室一样，别说老宋那邋遢劲了，放个再干净的人，来这家也不行啊！"

"你说说，咋就不行了?！"

"去去去！不会说话，一边悄悄地去。我说春兰呀，是老宋他身在福中不知福，不知道个好歹。可是话又说回来了，他一直不回家，也不是个事啊！你说你还拖着仨孩子，这甚时候就熬到头了?！"

"那你说咋办？"

"你年龄也不大嘞，不能叫他一直拖累你……"

春兰依旧是面无表情："你们要真为了他好，是劝他回来，不是来劝我和他离婚。"

这话干脆利落，噎得众人倒不知道如何接话了。

是啊！他们错瞧方春兰了，以为她见着他们会和别的女人一样，一把鼻涕一把泪的，数说男人的不是。

方春兰就是方春兰,她根本不需要别人的同情。

送走客人,春兰还是流了两行清泪,婚姻走到这一步,她不怪别人,怪只怪自己当初太草率了。

那时娘就一直说:"兰子,你自己可得想好嘞!女人找婆家就是跳枯井,井底下是甚,谁也不知道。"

娘说娘的,春兰抿着嘴,一声也不吭。按说宋国强不过是无数癞蛤蟆中的一只,而且是名副其实的癞蛤蟆,长得矮而胖,大饼脸、招风耳、塌鼻梁。他唯一可拼的就是家庭条件,他爹是公社革委会主任。

春兰不知道登门的一个又一个媒人,都是宋国强的爹找来的。他爹和他娘撺着他给他上课,"妻大一岁,享福一辈"。

小娃则对春兰说:"(找)大汉吃馒头,(找)小汉吃拳头。"

又说:"兰子,你可不敢让钱淹了心哪!这世上没卖后悔药的。"

这话春兰到底是没听进去。宋家找了第四个媒人来家里说媒时,她点了头。

她当初就想赌一把的,后来她赌输了,那么愿赌服输,她没有什么好后悔的。

情意和希望是被一拳头砸掉的。那天春兰和宋国强又因为琐事争执起来,继而推推搡搡。宋国强气愤至极时,就当胸砸了春兰一拳头。春兰当时也没有多大的感觉,两天后疼得厉害了,她才去拍了个片子,"左侧第二肋骨骨折"。拿着检查结果她出奇地平静,没伤心,也没掉泪,她知道她的后半生全靠自己了。

一路往回走,凡有人询问,春兰都说是骑车子摔了一跤,车把硌了胸脯一下。

春兰买了伤科接骨片,因为胸带有钢板,怕硌得疼,她换成了腹带,绑在胸前。轻活还能干点,重活就一律丢下了,在床上养了半个月。只是起躺时费力,仨女儿都上学,即使在身边也指望不上,孩子们不会用力,扶她时反而带得胸口疼。春兰就找了块破床单,剪了后拧成条布绳,一头拴于门把手上，一头拴于床框子上，自己要起时，就拽着布绳子，慢慢先坐起来，再趿着鞋下地。要往床上躺时，先脱了鞋，坐于床边，再拽着布绳子慢慢躺下去。

32

白冰玉这名字终究没有叫出去，因为这个名字是两个人在卧房里取下的，没有第三个人知道，自然也就没人这样叫。子垚一走，别人还管小娃喊小娃。

因为有了夫妻之实，小娃干活时心里就觉得踏实安稳了许多。虽然小米嫁出去了，但好在小娃对方家的日常饭食已经能应付下来了。忙活一白天，晚上她也不肯闲着，总是等家人睡着了，她又悄悄起身，偷点了油灯，披了衣服，坐在被窝里做针线或者看书。那些线装书有些破烂了，都是陈先生留下来的，被她偷偷倒腾到卧房里了。

油灯不敢太亮了，还要用一块板把光遮起来，因为这事要是让引娣知道了，肯定要骂骂咧咧了。

引娣是节省了一辈子的人，容不下这样的浪费。她常说，我年轻那会儿，黑夜点一根香，甚针线活也不误。

点一根香就能做针线活？小娃试了，可她啥也看不见。可这么长的夜咋熬啊？熬过了一个，下一个马上续上了。

她只能偷点了油灯给公公做鞋，给垚垚缝肚兜，给子垚做立领褂子……有时候也看书，看《白氏女科》，也翻看陈先生留下的几本书。翻来翻去，唯有那本《天工开物》她看进去了，而且看得入迷。

小娃扳着指头过日子，因为瑞垚已经放假回家了，她约莫着子垚也快回来了吧？那个在城里当教员的男人，让她一想起来就脸红心跳。

子垚是年三十下午才挑着铺盖卷赶回板崖村的。前晌，方家大院的大门、二门，长的、短的大红的春联已经贴好了，人全不全总得过年吧？！

大家心照不宣地忙碌着。春联是素云写的，美云心里有点不舒服，便抢着说贴对子的事交给她了，小米便提了盛糨糊的桶子，跟在她身后，每贴一副对联，先在墙上抹了糨糊，然后就在美云手里捏着的对联里翻拣，嘴上说一句，"这个是上联，这个是下联。"

面子并没有捡回来，美云便越发不高兴，看看春联都贴完了，只剩了一沓"树大根深""清水满缸"……的帖子，就说："你和小娃去包饺子吧！这些我来贴。"

打发走了小米，美云自觉轻松了许多，在太太房的窗子右侧贴了"春光满院"；石榴树的树干上贴了"硕果累累"……到最后只剩了两张，美云犯了难，擎着端详了半天，把"体肥膘厚"的帖子贴在了引娣土炕上方的墙壁之上，另一张"身体康健"贴在了马厩的板门上。

晌午，小米端了托盘到引娣房里去送饭，看见了"体肥膘厚"的帖子，愣了半晌，却不敢吭气，匆匆放下碗碟，拎了托盘"噔噔噔"下楼，却终是忍不住，掩嘴笑了起来，她就一溜儿小跑，想赶紧把这笑话告诉厨房里的小娃，不想却一头撞进方明轩的怀里。方明轩瞪她一眼，"没长眼?！失失慌慌的干甚嘞！"

挨了骂，小米却不恼，仍旧掩着嘴，边笑边一溜烟儿跑远了。

只一刻，外面就传来了方明轩厉声训斥美云的声音："猪头，真是猪头！传出去，还不让人笑死！"

小米从厨房的门后探出头来，朝外张望着看热闹。小娃讪讪地站在一旁，她心里揣着焦虑、揣着不安，还揣着担心，因为一直惦记着自己的男人，所以眼下的一切都不能让她分心。

就在这时，小米忽然惊呼起来："我的天老爷！"并掉过头来，朝小娃喊："少爷！是少爷！少爷回来了。"

子垚头发蓬乱，脸色蜡黄，嘴唇也皲裂起了皮，此时他正一跛一跛地从青石碹洞里走了进来。

小娃一下子就蹿到了厨房门口，她没有意识到自己的失态，瘦弱的身子像深秋里挂在树梢的一枚黄叶子，簌簌抖动着。

子垚被方明轩叫进堂屋问话，先是一声不吭，再就是嘴硬不承认。父亲的拐杖不由分说就朝着儿子身上乱挥乱砸。方子垚何以惹方明轩发这么大的火，瑞垚知道，素云也意识到了，引娣和小娃是从众人的表情和神态里感觉到了事情的严重性。

众亲人闯进屋子拉架，却触发了方明轩更大的怒火，"都出去！再有人拦，我就把他吊房梁上！打死拉倒！"

众人面面相觑，悄悄退了出来，却又都站在房门口不肯离去，焦灼地等待着，等待着风波慢慢平息。

有了这个不好的开始，方家人过的这个年便有了阴影，方明轩整日拉着个脸，方子垚闷闷不乐，方瑞垚不言不语，至于别人自是提着十二分的小心，生怕说话不妥或行事不周再引发了祸端和风暴。

好在破了五，子垚就又离家去了县城。

临走之前，子垚很郑重地对小娃说："我的事你也知道了，你要是后悔的话，我现在就写个和离书，我走之后，你可另嫁他人。"

小娃咬着嘴唇哭了，她摇摇头："你放心去吧！你敲锣打鼓用花轿把我抬进门的，要走，也得你敲锣打鼓再用花轿把我抬出门。"

这是她对他说得最长的一句话，也是最坚决的一句话。在此之前，她回答他的话，只限于点头摇头，或者是一个简单的"嗯"字。

子垚也被这话勾出泪来，放下行李，把小娃搂在怀里使劲抱了抱。

方明轩望着儿子倔强的背影，心里生了悲凉，也生了无奈，都说儿大不由娘，同样儿大也不由爹啊！

子垚走的时候，天空飘着细碎的雪，他掀轿帘的时候，迟疑了一下，但并未回头，漠然地上了马车。车夫甩动马鞭，车子便走进一片迷蒙之中。小娃的心也被巨大的空茫和不安占据了。

很快地，小娃的不安便被战事扩散开来，成为大家的不安，成为这山沟沟里所有人的不安和恐慌。

正月十五的焰火还没散尽,新春的对联依旧红艳艳地沐着暖阳,山外便传来东阳关被日军攻陷的消息。这消息把人们震晕了,要知道东阳关离县城仅有三十华里,居黎亭县之东,亦称壶口关,自古被誉为山西的东大门。

距危险如此之近,恐慌和不安是没用的,对于大多数的山里人来说,唯一能做的就是自欺欺人了。街巷里碰上了,都要站下来相互打探消息的虚实,又相互辟谣,以此安慰着,让自家的日子不乱阵脚。

板崖村首先乱了阵脚的是方明轩。那些个夜晚,他像一只土拨鼠,摸黑揭开了炕上的方形炕砖,在炕面上挖了几个坑,把几瓦罐的金条、元宝、银圆都藏了进去,然后又重新覆上了土,铺上了炕砖。

藏好了资产,方明轩才让人四处打听他家那个浑小子的消息。人自然是找不到的,因为此时方子垚所处的境地不仅是居无定所了,还外加了风餐露宿。

子垚听说,东阳关之所以失守,是因为汉奸带鬼子走了小路,突然袭击了李家钰的部队,让骁勇善战的川军腹背受敌,节节败退。

在日军进入县城之前,县机关和牺盟会游击队已经安全转移,城里只留下了漳河游击队坚守阵地,他们一边观察敌人的动向,一边掩护群众撤离。

密集的枪声似潮水般由东边朝县城漫过来,国军在撤逃时已作鸟兽散,仓皇之中,有的把随身枪支塞于老百姓家的柴垛里,有的则直接弃于路旁。子垚和战友们一边掩护群众撤离,一边捡拾国军丢弃的枪支,以补充游击队的军需。

此前,游击队一直在忙前忙后地备战,而现在要真枪实弹地参加战争了,英雄终于有了用武之地,这真让子垚兴奋又激动。

能在战乱中感到兴奋的还有另一个人,他就是王水生,但他的感受和方子垚的截然不同。因为此时的方子垚,是怀着民族英雄岳飞收复失地的那种雄心壮志的,而王水生想到的却是乱世出英雄,是农民起义军那样的野心勃勃和荒诞的帝王梦。

人一旦有了野心、有了妄想,身边所有的不利因素,便都成了他的绊脚石。而此时王水生的绊脚石,真的让他难以启齿、哭笑不得。想当年,他和老婆心心念念想生个孩子,费尽周折却总也怀不上,而如今,眼看着要当奶奶了,吹火嘴却双身了,而且和儿媳小米肚子里的孩子月份差不多。

真他娘的,早不怀迟不怀,偏偏他娘的这时候怀!不过王水生管不了那么多了,他要抓紧机会实现自己的梦想,于是便收拾了两件衣裳塞进包袱,背着到三乐班找他的叔伯兄弟去了。这第一步是迈出去了,但抬着的脚该往哪里落,是往左、是往右,还是正中间,他心里其实并没谱,他去找王水亮也是想讨个策略的,毕竟要起事的话,还得是自家兄弟。

日军一进城,三乐班的生意就格外冷清了,大家的心也都吊着,吊着的原因,是连班主都不敢保证,指不定哪天这戏班子就散摊了。

王水生冷不丁地出现,让王水亮吃了一惊,他太了解他的这个哥哥了,凡有异常之举,背后必定藏了大阴谋。

王水生和班主低声说了几句话,就把正在练习"拖腔"的王水亮拉了出来。

"走!快跟我走!"

"去哪里啊,这是?"被拉得踉踉跄跄的王水亮问。

"找个人少的地方说话!"

性格迥异的弟兄俩一前一后走在街上。王水亮没有再问,本来一个话少、一个话稠,一个心眼多、一个缺心眼,再加上这些年聚少离多造成的隔阂,感觉两人间已经无话可说。

两人来到了古渡口。3月的天气,柳枝儿软了,河水开始解冻,泛着粼粼的波纹。河床上一片灰白色的芦花,被风吹着倒下来又涌上去。青灰色的水面上,刚好有几只麻花鸭排着队悠闲地游过去又游回来,很静美的画面,像一幅国画。

王水生说:"你还记得那年那个阴阳先生在咱家坟茔前说的那句话吗?"

"啥话?"

"咱王家要出一个皇帝的。"

王水亮笑了,笑得凄凄楚楚,"已经出了啊!你不知道?!"

"在哪儿?!"王水生给整蒙了。

"在你跟前站着啊!"

王水生吓得后退了一步,"疯了你!你说啥疯话嘞?!"

王水亮没有说疯话,此时的他已经成了台柱子了,在戏班里唱生角,而且多演的是王帽老生,《渭水河》中的文王、《甘露寺回荆州》中的刘备、《骂殿》中的赵二舍、《杨门女将》中的宋王,他在自欺欺人中过着帝王瘾,自己把自己哄得信以为真了。

33

乔乔一直没有来例假,胸部也没有发育,一直是扁平扁平的。但在她满十六岁的时候,芸芬还是给她买了内衣,并教她以后如何去选择合适的型号,她知道对于青春期的教育,学校老师很少有专门讲解的。

那一段时间,芸芬特别注意乔乔是否有初潮来临,平时娘俩交谈,她也会有意无意地把话扯到这事上,生怕突如其来的月事会让女儿措手不及。

芸芬还记得她第一次来例假时,吓得手足无措,怀疑自己是不是得了大病要死了,不然怎么会突然流这么多的血。幸亏有妈妈的讲解,并给她及早准备了月经带,还手把手教她如何折卫生纸,才避免了许多尴尬。那时候,学校经常会发生女孩子经血洇湿裤子的事情,所以,她尽量替乔乔考虑到意料之外的意情况,以做到有备无患。

就这样过了一年,有天乔乔突然要芸芬给她买卫生巾,芸芬马上问她,是不是来了月事,乔乔迅速垂下了眼睑,然后轻轻地摇了摇头。

原来,几个和她要好的女孩都已经来了月经,唯独她没有。

"我买了就是做样子给她们看的,不然,她们会取笑我。"乔乔的声音有点哽咽,看得出她很难过。

作为一个进入青春期的女孩子,她已经隐约感到自己比别人缺了什么,于是,制造个假象为自己遮掩。

芸芬心事重重地去找了母亲春兰,母亲做了一辈子的妇产科医生,由于医术精湛、临床经验丰富,所以退休后又被返聘到医院。春兰听了芸芬的诉说,笑着说,发育晚吧,你不要瞎想,没甚事!芸芬最服的也是妈的这一点,再大的事她也能轻描淡写,再大的打击,她也能保持冷静和优雅。

春兰的窗台上放着一盆君子兰,8月的天气,绿叶中却伸出了一根花茎,擎着几个含苞待放的花苞。君子兰是20世纪80年代初期,方钰从福建给她捎回来的,已陪伴她多年。以前她的办公室窗户朝西开着,一到腊月,君子兰就开得红格艳艳的。那时候小县城的人还没见过在冬天里开放的花,而且还开得这么好看,所以进医院看病的人,都喜欢趴在窗户外,隔着玻璃看稀罕。

退休后再返聘,春兰就换了办公室,窗户朝东开着了,可能是冬日里见阳光少的缘故,君子兰就换作夏天开了。

人和花一样,很多因素能导致花期的提前或延后。芸芬想应该是这个道理。

"你给乔乔增加些营养,饭食上换换花样。再等等,如果还不来,你就让她来找我,咱做个全身检查。"

芸芬也就释然了,她以前也听姥姥说过,她们村里有个女人,从来没来过月经,最后也生了孩子,姥姥说那是民间传说中的藏经。

但乔乔却一天比一天心事重,完全没有青春期女孩子应有的活泼与活力。她是一个内向的女孩子,很小的时候就学会了隐藏心事。从她刚谙世事时，就隐约觉得家人不喜欢她，爸爸是乔家的独苗，所以爷爷奶奶当时一直盼望着抱孙子的，听说乔乔一出生，老两口一看是个闺女，转身就走了，一个月没再登门。

爸爸是个文弱的书生，性格沉稳话也很少，但他那句"生闺女踩着金砖上炕也不高兴；生小子，拖着板子要饭也开心"还是被乔乔偷听了去，这话刺痛了她，从此也在她的心底扎了根。爸爸对乔乔一直是不冷不热、不咸不淡的态度。妈妈则继承了姥姥的完美强迫症，凡事要求家人和她一样尽善尽美。乔乔多次听见妈妈向爸爸抱怨曾打掉一个男孩的惋惜和遗憾，所以逐渐长大的乔乔，只要一进家门，就把行动和心事紧紧收敛和包裹了起来。妈妈收拾得一尘不染的家，甚至是窗台上静静开放的花，都会让她有一种挥之不去的郁闷和压迫感。

乔乔终日惴惴不安，听人说月经是可以通过气味传染的，也就是说天天在一起玩的女孩子，一个来了月事会传染给另一个，慢慢地常在一起玩的女孩子的月经就会趋于同一时间了。知道了这个秘密，如若知道谁来月经了，她会故意找个理由接近人家，但日子一天天过去，乔乔还是没有一点动静。她就焦灼起来，上课也越来越不专心，同时她发现她的焦灼也传染给了母亲，这让她在焦灼里又加了愧疚和不安。

一天早上跑操，发生了一个很意外的事件。先是某个女生"呀"地喊了一声，后来大家都看见了，操场上躺着一叠折成长条形的卫生纸，上边有一片殷红的血迹。看样子它应该来自某个家庭条件不太好的女生，用卫生纸是为了省钱，但它毕竟没有卫生巾好固定，再加上跑步时腿迈得幅度较大，所以它从某个女生宽大的校服裤管出溜了下来，掉在了操场上。

那时天已蒙蒙亮，不知道是谁先看见的，但不到一分钟的时间，跑操的学生们都看见了，包括带操的体育老师，但由于这个老师还是个没有结婚的大男孩，所以他和跑操的男生一样，选择了缄默和无视。但那些女生就不省心了，边跑边悄声议论着、猜测着，是哪个倒霉蛋当众这么丢人现眼。

乔乔脸红心跳，仅仅犹豫了几秒钟，她慢慢停了下来，然后不顾别人的目光，朝躺在地上的那块染满血迹的卫生纸跑去。当大家还没反应过来是咋回事的时候，她已经拎着它跑进了女厕所。乔乔从衣兜里掏出两张手纸把卫生纸包了一下就揣进了裤袋里。然后镇定自若地从厕所走了出去，去水池边冲洗双手。

那天下了早自习，一个叫陈静的女孩走到乔乔身边，痞痞地一笑，说："谢谢了！"

乔乔红了脸，仿佛该说谢谢的是她，而不是面前的这个女孩。她强挤出一丝笑，低声说："没什么，放心好了，我不会说出去的。"

陈静就抬胳膊在乔乔的肩膀上拍了一下："够兄弟！以后咱们就是好朋友了。"

在众人的眼里，陈静是个很另类的人。留着男孩头，走路昂首挺胸的，迈着大幅度的外八字。同样的校服，全校的学生，只有她能穿出那种霸气与不羁。

回家后，乔乔就把那叠有血迹的卫生纸给妈妈看了。她用娇羞的语气把准备好的台词背了一遍："谁知道它说来就来了，那样急，我只得用卫生纸应急！妈！你不知道，可丢人了，跑操时它居然从我裤腿里滑了出来。"

芸芬把卫生纸拿过来看了一下，长长地舒了一口气，嗔怪道："脏！快扔了吧！你看你粗心的，妈妈给你买的卫生巾在床头柜里，你也不知道带上。"

"妈妈！我知道了，以后记着就是了。"乔乔一脸娇嗔，假意撒娇。

这次是蒙混过去了，可是下个月呢？下下个月呢？以后要怎么圆这个谎，乔乔心事重重，最后她终于想到了一个办法，那就是住校。她以功课繁多，放学回家耽误时间太多，导致晚上休息不好为由，向妈妈提出了住校的请求。

芸芬当时也没往别处想，只想着这也是一个很好的锻炼机会吧！可以锻炼乔乔独立自主的能力，毕竟总有一天她得独自面对这纷繁复杂的社会。她还和老乔说："闺女真是长大了，咱俩也该歇歇了，手里攥着的线轴也该松一松了，让她这只风筝自由地飞翔一阵吧！"

乔木笑笑说："你肯歇着？！腾出时间了，你又该侍弄你那些花花草草了。"

夫妻二人答应了乔乔的住校请求。

芸芬就这般轻易地点了头，这也成了她后来一直后悔和自责的原因。

住校后，乔乔和陈静住一个宿舍。

按说两人同岁，但陈静却像个长辈一样，替乔乔打饭、替乔乔值日、替乔乔打热水，甚至连乔乔换下来未来得及洗的袜子，她都会偷偷帮忙洗了。这种事无巨细的照顾，让乔乔感觉温暖，但更多的是惶恐不安。

逐渐地，乔乔也了解到，陈静是单亲家庭长大的孩子，她爸爸酗酒，喝醉后就打她的妈妈，下手又重又狠。所以很小的时候，陈静内心里就滋生出一种责任，把妈妈照顾好、保护好的责任。

终于，在陈静上小学那年，她的妈妈忍无可忍，一纸诉状把她爸爸告到了法院。

陈静对乔乔说："记住两点，一、永远不要相信男人。二、永远不要依赖男人。"

但用住校的方法来隐瞒秘密，也不是长久之计，因为住校也有节假日，也有回家的时候啊！

于是，二人又生出一计，那就是，如果假期碰到了例假，陈静就会"借"一两片带血的卫生巾给乔乔，乔乔到家后，第一件事就是把带血的卫生巾扔进卫生间的纸篓内。

不知情的芸芬一直自责了好多年，她想如果当时不让乔乔住校，自己就能做一个合格的监护人，能监督她的学习成绩和作息时间，也能监督她不早恋，更不至于让她的学习成绩呈现断崖式滑坡，让她考出三百六十五分这么不理想的高考成绩。

乔乔后来还是复读了一年，考上了省里的XX传媒学院。

刚离开陈静，她有点不太适应，但大一快结束的时候，乔乔就谈恋爱了，她给宋词和陈静发消息，告诉她们，说男孩是电影电视美术系的学长，比她高一级。

大一学员很多，但每次社团活动，学长都会过来细心地给乔乔讲技巧，教她如何正确练习气泡音、口部操。没课的时候陪她去自习室学习，在她做家教的路上接送她……

有一次她上完家教课出来已经很晚了，学长站在昏黄的路灯下等她，幽暗的灯光把他的身影拉得很长、很长，那么像老电影里的桥段，只一瞬间，乔乔就萌生了一股飞蛾扑火的勇气。

两人都喜欢旅游，自从开始谈恋爱后，就一起做起了兼职。他俩把赚来的钱，都花在了游山玩水上。

他俩去皇城相府，去乔家大院，一起走虞坂古盐道，一起吹中条山的风……每次回来，乔乔会悉心挑选照片，冲洗出来，贴在墙上，渐渐地，两人的合影就贴满了一小面墙壁。

转眼，乔乔的男友升上了大四。他是四川彝族人，也是同辈里唯一的男丁，家人希望他毕业后能回家乡发展。

乔乔很委婉地暗示说，以她对父母的了解，他们是肯定不同意自己远嫁的。

对于两人的未来，学长很坚决："要不我就留在学校专升本，反正我不想和你分开。"他把乔乔拉进怀里，抱得紧紧的。乔乔没有回应，她身体僵硬，连敷衍的勇气也没有，她已经意识到婚姻是两个家庭的事情，而她的身体不允许她做出任何承诺。

最后一次，两人去了四川乐山旅游。

沿途绝美的春光，曾一度抚慰了乔乔的愁绪与心结。在嘉阳他们准备乘坐小火车时，一个穿汉服的小女孩，跌跌撞撞从油菜花地里跑了过来，一把抱住学长的腿，仰着头，奶声奶气地喊了一声："爸爸。"女孩大约两三岁，小嘴嘟着，长睫毛忽闪忽闪的。

乔乔和学长都愣住了。这个冒冒失失跑过来的小女孩，很快被她妈妈领走了。

母女俩逐渐隐于人群，女孩奋力从妈妈的肩头把脑袋露了出来，用力挥了挥她肉乎乎的小手。

"咱们以后，如果能有一个这么可爱的小公主就好了。"学长牵着她的手，一脸的憧憬。

乔乔旋即背过身子，语焉不详地敷衍："当然，你的梦会实现的，你也一定会成为一个好爸爸的。"她的眼泪控制不住地夺眶而出。

学长握紧了乔乔微微颤动的手，说："你胆小得连幸福都害怕。"

原本乔乔寄希望于男友可以接受她的身体状况，但当男友表现出对生育一个后代的渴望时，乔乔意识到男友的观念里，有孩子的家才算是完整，而她没理由要求男友为了她在这点上妥协。

最终还是乔乔说了分手。男友追问她理由，她只说："我是独生女，不可能跟你回家乡的。"

她不敢说出实情，怕男友会嫌弃她，怕他用异样的眼光看她，更怕男友碍于同情勉强和她在一起。

就这么纠缠了一年，乔乔揣着毕业证回到了县城，这段两年多的感情画上了句号。

这段恋情是乔乔唯一的自由恋爱。

后来电视台、教育局、劳动局、人事局等单位都签字盖章了，却偏偏在县委书记那里给卡住了。乔乔只得先到电视台干上了临时工。

家里却还在暗暗为她的恋情和婚事担心。一天晚上，乔乔听到爸爸妈妈在房间里偷偷说话，好像是说要为她安排相亲的事。

当着她的面，两人从来不提这方面的话题。乔乔这才意识到，只要自己不结婚，妈妈心里就一直有个无法解开的心结。所以，当父母提出给她安排相亲时，她点头答应了。

男的是姨父田大宝给介绍的,他是供电局的技术人员,比乔乔大三岁,是个独生子,据说家境很殷实。见面之前,小姨元芬给乔乔上课:"人长得丑点,可他家庭条件好啊!再说了,男人就是一富遮百丑。没听人说吗,长得大腹便便叫富态,长得肥头大耳叫福相"。

男孩长得很敦实,因为经常出外勤,晒得黝黑,表情也有些木讷,但也给人憨厚、实在的感觉,乔乔决定先交往一段时间试试看。

半年之后,男孩求婚了。

那天正好是情人节,男孩把地点选在了两人第一次见面的咖啡屋。

室内烛光摇曳,男孩的眼神深情款款,乔乔心里很紧张,还有一丝丝尴尬。

男孩给乔乔准备了一束百合,九朵黄天霸,佐以几枝满天星,幸好不是玫瑰,幸好也没有戒指。

乔乔暗自松了口气。她故作镇定收下鲜花,以相处时间太短为由,拒绝了对方的求婚。

回到家,乔乔思前想后,思忖着如何将自己的病情告诉对方。

"我身体出了问题,这辈子不会有自己的孩子了。"乔乔在微信上打出这行字,她想,其实就算男孩不求婚,她也觉得现在时机成熟了,应该告诉对方了。

她劝慰自己,如果对方能理解,家里人就不用为她忧心,如果不成,也不必继续耽误对方时间和精力。

大半天都没有回复。晚上11点多时,对话框一下子弹出了十几条消息。

乔乔点开对方发来的一张张图片,全是搜索截图,上面的问题是她每隔一段时间都会去找答案并早已烂熟于心的。

翻到最后一张,乔乔的心被狠狠刺痛了一下,"什么样的原因会导致女生不孕?"一个答案被圈了起来,"多次流产可能造成不孕"。

圆圈猩红刺眼,在乔乔看来,是对方笃定地给她下了判决。男孩紧接着追问:"你的病历,可以发给我看看吗?我帮你找人问问,万一是误诊呢?"

乔乔的心已经凉了大半,平静地回复他:"谢谢!首先我觉得咱俩不合适,再就是我的人生不需要任何人指点。"消息发出去,她果断删除了对方好友。

也许是不愿意发病例,让男孩觉得乔乔做贼心虚。他把分手的原因告诉了家里人,对方母亲直接就找到电视台来了,泼妇一样,大吵大闹了一番,扬言要让乔乔身败名裂。

乔乔躲在宿舍里,蒙着被子一个人默默地流泪。

那晚,陈静拎了一打啤酒去宿舍找她。乔乔不让开灯,黑暗中陈静看不清她的表情,只听到她的手指不停地在啤酒罐上打转。

乔乔声音喑哑又平静,她说后半生都不会考虑步入婚姻了。陈静就说那我也不结婚,咱们俩抱团养老。

她们俩喝着啤酒,一起憧憬起未来的生活。要有一座带花园的小房子,花园里种满玫瑰花,春日的午后,坐在花园里的秋千上,一边喝茶一边看书。还要有一辆越野车,载着她们满世界疯跑,来一场说走就走的旅行。

男孩的母亲到单位闹过之后,乔乔不能生育的八卦被添油加醋地在单位传开了。乔乔再去上班,感觉周围人的眼神都有些异样。

这种事又解释不得,多说只能是越描越黑。乔乔自觉无法再在县城里待下去了,拖延时间只能捅出更大的娄子。为了及时止损,她给父母留了一封信,直接到省城找小姨宋词去了。

乔乔的不辞而别,让芸芬变得沉默、自闭、郁郁寡欢了。她失眠,她焦虑,后来她自己分析,也许正是这压得她喘不过气来又不能与人道的压力,致使她患上了宫颈癌。

34

  王水亮的态度和回应让王水生很是失望,他怎么会是自己的兄弟?!不过临分手时王水亮说了一句话:"你要想起事,你就去港东村找劳儿吧!"这句话也算给王水生指了条路。

  劳儿官名叫李永祥,1939年他因为家庭纠纷到河北省大名府南乐县的外祖父家住了数月,其间接触了"离卦道"。返乡后,李永祥就开始传播此道,积极发展道徒,并在港东村设立了"离卦道总坛",组织道徒练气修法,声称能躲避瘟疫,并准备在万仙阵上收服万道。说白了他和王水生是一路人,都是想当"土皇帝"。离卦道一开始发展的道徒并不多,机构也不健全,只有总坛,直辖各村道徒。

  王水生加入离卦道之后,由于会收伤和一些巫术,所以马上得到了李永祥的重用,他也就如鱼得水、如鸟投林,彻底摆脱了家的负累,只在过年过节回家点个卯,其余时间都待在总坛。

  在常人眼里,王水生的行为举止确实让人匪夷所思,因为当战争逼近县城时,大多数在外讨生活的人,都选择了返乡,毕竟山沟沟里的安全系数要高得多。

  烽烟滚滚,狼烟四起,死人的事每时每刻都在发生,都是草草埋了了事,连丧事都免了,更遑论做法事了,所以,龙桂师傅创办的庙堂音乐也就寿终正寝了,僧人们纷纷还俗,来未又背着他的布褡裢回到了鳌山寺。

  娲山奶奶庙也一样,虽然方九仙和常守静还在苦苦支撑,但已经没有人来烧香求子了,也没有人带着孩子来上锁、开锁了,一项在当地传承了上千年的礼俗就这样被迫中断了。

  忽然有一天,奶奶庙就来了几个穿灰色军装的人。来人和蔼可亲,一个领导模样的人还和两位师傅拉家常,并在庙外的石桌上摆了象棋,和两人切磋棋艺,临走时他送了两人一包人丹。隔天再来,这次来只是喝茶、下棋，棋下了一盘又一盘，关系也越拉越近。最后领导说，我们看上这地方了，想在此地创办八路军的后方医院，咱八路军是为老百姓打天下的，这后方医院也是看病救人的，就想问问二位师父支持不支持。

人家把话都说到这个份儿上了，哪有不支持的？再说了，战火连天，庙里早断了香火，两人也有了还俗的念头。

于是庙里的一尊尊塑像被请到了山崖半山腰的岩石洞里。方九仙、常守静两位道人也收拾了衣服，背着下山回家了。

庙里没有了神像，更为了破除迷信，娲山就被重新叫回了广志山。

太行山横亘绵延，漳河水奔腾不息，岁月流逝，带走了陈旧的、迂腐的、不合时宜的，世道在山里人的眼皮下，悄然改变着。

广志山下的前庄、中庄、后庄也陆陆续续地进驻了八路军的制药厂、被服厂、鞋袜厂、草帽厂、卷烟厂。

那些工人青春有朝气，爱说爱笑，还经常帮老百姓割个柴、担个水，所以很快就和当地人混熟了。事实证明，当一种新生事物的介入，并不影响原有的生活秩序与质量，反而带来了新鲜与活力的时候，是很容易被人愉快地接纳的。

一夜之间，板崖村就成了板崖区，区长姓段，叫段一萍，是个梳着齐耳短发，干净利落、走路带风的中年女子。她一上任，就积极发动群众抗日，忙着支前筹粮，忙着动员妇女做军鞋，忙着坚壁清野反"扫荡"……

区办公室和特务连一并设在村里的龙王庙里，于是庙里的大柏树上就拉上了电话线。

方明轩依旧淡定地抽他的水烟、揉他的核桃，没事端个小茶壶，吸着壶嘴喝茶。

一日，被服厂两个小伙子拎着秤和口袋来到了方家，说要借青米、借黑豆。

方明辕拦住了："要借，也轮不到我们方家吧？"

"明辕！"

一回头,方明轩已经站到了石碹洞外。"带他们到粮仓里去搣!不用还!"

方明辕"哦"了一声,带着来人走了。

等打发走两个工人,方明辕就来找哥哥,"我心里憋屈!"

"憋屈甚?升升斗斗的,咱方家也不稀罕。"

"我不是说这,这板崖村还是咱方家的天下嘞?还是你说了算不是?!"

"如果维首还算个官的话,这官我早当得够够的了。人老了,干不动了,就得让位,你不让,历史的大钎会把你铲走。别说段区长还没找我,没找我让位,只要她有那个意思,我现在就腾位子。"他懒懒地瘫坐在太师椅上,嘴里嚃着水烟袋,都没正眼看一下他的这个叔伯弟弟。

方明辕见哥哥懒得搭理他,就知趣地退了出去。

甚名甚利的,方明轩早看淡了,现在最能扯疼他肝肠的就是两个儿子了。老大方子垚自作主张参加了游击队,几个月都捞不住个人影。老二方瑞垚,继承了爷爷方德灵活的脑瓜子,却有个怪癖,只喜欢拨弄算盘。他打算盘可以用两只手同时拨珠子,动作潇洒、干净利落,还能做到账目分毫不差。日军攻进县城时,学校就被迫停课了,瑞垚回家住了几天,整日里吃了睡、睡了吃,家中诸事他又插手不得,自感百无聊赖,也就来了个不辞而别。

方瑞垚一声不响就重返县城,直奔自家的德记山货店去了。相比子垚,瑞垚身上少了一些矫情,多了一些自我。子垚出门,近了坐架窝,远了就让家里的车夫送一程。他不一样,不管去哪里,抬腿就走,想做什么一声不吭地就做了,不会和任何人商量。

掌柜的见方家二少爷来了,以为是被他爹派来接替自己职务的。没想到,瑞垚并不屑于当掌柜,他只想当个账房先生。

虽是一母所生,差异却是如此之大。但是说实话,两人都不合方明轩的心意,都不能令他满意。然而他的烦心事还不止这两桩,美云在怀胎十月之后，又给他生了个"垚宝儿"，名字是美云给取的，从中也可以看出她对这个儿子有多疼爱。关键是方九仙已经还俗了，并且把姓氏又改回了张姓，本来也是形势所迫，但美云却不这样想，为什么早不还俗，晚不还俗，偏偏在我生下垚宝儿的时候你还俗?！这分明就是看不起我刘美云嘛！于是整日在方明轩耳畔叨叨，非要他去找九仙给垚宝儿上个锁，不然就是偏心，就是不疼这个小儿子。方明轩被她吵得不胜其烦，只得拿出些碎金子给垚宝儿打了一把如意长命锁，又把九仙叫到家里来，给小儿子举办了上锁仪式，才算了事。不过这张九仙也说了，这孩子命硬，十岁以前好生看着，为了更牢靠，孩子脑后也要留根小辫子，这样才能拴得牢他。

这话把美云唬得不轻。

当地习俗，孩子满月时要刮头发、刮眉毛，名曰"刮百岁"，意为刮干净毛发，可保孩子长命百岁。但刮百岁时，美云却自作主张，说脑后就不要刮了，垚宝儿的头发要及早蓄起来。

当时，剪辫子之风在山村里刚刚兴起，别的小孩子都剪了辫子，只在前额留了小马鬃儿，垚宝儿却是前留小马鬃，后留小辫子，这形象甚是独特。

自从有了垚宝儿，美云对垚垚就更不放在心上了，仿佛那是一个与她毫无瓜葛的邻家女娃，只每日里把垚宝儿搂在怀里，捧着脸儿，在他的两腮上"啵啵啵啵"地亲了这边亲那边。

垚垚在一岁半断奶之后，奶妈也随之被辞去，她就整日跟着小娃了，白天是个小尾巴，晚上就蜷在小娃怀里睡，乖巧得像只小猫咪，小人儿是错把小娃当成她的亲娘了。

35

姥爷毅然决然地参加游击队走了。宋词想，至少他心里揣着梦想和希望，但是姥姥呢？那段日子她是怎么熬过来的？那美丽青春的躯体，是怎么一天天忍受体力透支和精神空虚的双重折磨的?

姥姥的一生稍做加工,就是一部凄美的言情小说。于是,宋词热切地希望把它们变成文字,但是当她每次提及往事和姥爷时,姥姥总不过是轻描淡写的一句,"就是一个很长的梦!睡醒就全忘了。"

婚姻存在的意义到底是什么?宋词曾无数次思考过这个问题,她是在父母不和谐的婚姻中长大的,很小的时候,她就见惯了父亲的恶语相向和母亲的横眉冷对,所以直到青春期来临,她一直对婚姻有着很明显的恐惧和抗拒。

后来她遇到了凌浩,一个大学里的美术老师,留长发、留小胡子,衣着打扮很有艺术范儿的男青年,一个比她小两岁,怀揣很多梦想的男孩子。

凌浩因为兼着杂志社的美编,所以和宋词也就渐渐熟识了,他第一次找宋词搭讪,竟是向她打听黎亭县的彩石滩,因为他听说彩石滩上躺满了大大小小的草花石,他叮嘱宋词,下次回老家,好歹帮忙捡一些回来,他想刻几枚闲章。

宋词一脸疑惑,"彩石滩上躺满了草花石?!你在哪里听来的?如果有,也是早些年的事,现在肯定不好找了。"

"有没有,你都帮忙找找啊!"其实这只不过是个由头,凌浩就是想寻找和他心目中的女神接近的机会。

有了铺垫,凌浩就赶紧趁热打铁,送了宋词两把扇子。

一把折扇,上面画着红色和紫色的牡丹,很雍容、很华贵,也很庸俗,当然这只是宋词的感觉。

另一把是团扇,扇面上是一个花旦的半张脸。宋词说不上喜欢,也说不上特别不喜欢,就像此时她对凌浩的感觉。

后来凌浩常说的一句话就是:"你是我见过的最美的女孩子!"每每闻听此言,宋词便笑,不拒不迎,笑里略带敷衍。这样的话她听多了,当然有真有假,她愿意相信凌浩的话出自真心,但是谁让这个大男孩比她年龄小呢？这是她接受不了的。

父母的婚姻告诉她，哪怕女人只比男人大一岁、大几个月，在男人那里也是底气和资本，在女人这里就成了低人一等，成了不是缺点的缺点。从步入婚姻那天开始，你就得懂事，得学会退步和忍让。

但宋词还是无法抵御凌浩那些溢美之词的轮番轰炸，所以两人就一直不远不近、不咸不淡地交往着。

凌浩说她的骨相很美，高眉骨、高鼻梁、尖下巴、天鹅颈、蝴蝶骨，窄窄的小肩膀，还有她细长的胳膊和腿，往那里一站就是宋瓷，一件宋朝绝美的仕女瓷器，是一件难得的艺术品。

是啊，按模样来说宋词不是一等一的好，但凌浩捕捉到了她的这些美，这些美从俗人嘴里说出来也就三个字——身材好。

心动归心动，宋词还是让凌浩苦追了三年。从暗示到明示，她的意思很明确，这辈子她是不会步入婚姻的，所以两人的关系便一直不温不火的。

后来，是因为宋词迷上了姥姥说的草木染，很神经质地就想用槐米染一条苎麻长裤。

那是条白色的阔腿裤，她早年买下的，一直挂在衣橱里，没怎么穿，现在她想把它染成鹅黄色。

凌浩知道宋词的想法后，大呼默契，说他现在正研究想从花草里边提取颜料作画，因为那些矿物质颜料又贵又不好用。

一下子，宋词的记忆就被勾了出来，她有些掩饰不住的兴奋，话撵着话说，现在正是捋槐米的季节，还说她记得姥姥家门外那棵两个人手牵手才能合抱的大槐树，记得小城的街道两旁都栽满了国槐，小时候，上学放学的路上，在柏油路上走着走着，头顶就会落几朵淡黄色的小花花。

有了这种默契后，宋词就想带凌浩回一次老家，说是想听姥姥传授一下草木染的经验。其实，后来宋词想，大概那时她已经开始接纳他了，并给两人提供了一次独处的机会，所以待重返省城时，两人已是甜蜜的恋人了。

其实在未动身之前，宋词已经给改香嫂了打过电话了，小涵和改香也早早给她捋了一小布袋槐米。

这样时间被省了下来，宋词很开心，就带着凌浩四处转了转，并驱车上了广志山。她还是习惯叫它的官名，再者她之所以带凌浩上广志山，是因为它是当地海拔最高的山，且风光绝美，有高山草甸、有奇松异石，还有很多珍稀的动植物。登上山巅远眺，还能看见白浪翻滚、云海蒸腾、峰峦如聚，似万拳攒动的奇观。

宋词想，这些对于凌浩的创作可能启发一些灵感。

她也知道这是个求子、拴娃娃的地方，她是连结婚都不想的人，遑论怀孕生子。她也知道，早年民间有戒规，严禁未婚女子来此，大约是生怕遭了小奶奶王雪梅的劫难！宋词才不迷信那个，这地方她已来过多次，早已没有新鲜感了，却有了亲切感。就像凌浩于她，那是一种超越友谊，又次于爱情的感情，是一种说不清道不明的感觉。

他们把车停在了奶奶庙的山门外，然后拾级而上，登上山顶处的玉皇殿和老君殿。两棵白皮松树立于殿外，树冠形如巨伞，撑开来笼了半亩地大的一片阴凉，树往外是一圈呈环形的青砖围墙，当时两人就站在翁郁的松树下，宋词的两手托着围墙静立着。

"这地方好吧？"她问。

凌浩仰头看树："好大的两棵白皮松，应该有上千年了吧？"

宋词也仰头看树："年代无法考证，不过应该有了吧！"

老百姓视这棵白皮松为灵树，初一、十五庙里烧香时，也会在树下烧一炷香，顺便在古树的枝干上拴上红布条条。

"就这个有点煞风景。"

"你说什么？"

"没什么。"

远处是黛色的山，脚下的山坡上丛丛簇簇满是半人高的荆条子，米粒大的小花，盛开着，蓝中带紫，紫中带蓝。有山风吹来，携着花草香和阵阵的蝉鸣声。"真美啊！"宋词闭上了眼睛，她说："别说话，此刻'我需要最狂的风和最静的海。'"她随口背了顾城的诗句，凌浩显然是听懂了，也闭上眼睛，就那样陪她静静地站着。

宋词不知道凌浩是何时走到她身后的，只觉得一个温热的身体靠了过来。他温热的小腹轻轻地贴着她的腰，两条胳膊伸过来，也把手托在了围墙之上。宋词的心颤了一下，迅速预备好了几种婉拒的理由，来应对他接下来的鲁莽和造次。但是出人意料的是，十多秒过去了，凌浩仍保持着这一姿势，一动未动。宋词就慢慢转过身来，刚好投入眼前这个男人的怀抱，她抬起头来，就看到了镜片后一双如水的眸子正深情地凝视着她。她腼腆起来，像个涉世未深的小女生，低眉敛首。这时，凌浩才用两手捧起了她的脸，端详了好久才慢慢地低下头。他轻轻地吻她，像亲吻一件精美的瓷器。宋词早已准备好的言辞和身体的婉拒，便都缴械投降了。

后来她常常回想这一幕，也常常想与一个很熟悉的人突然间的暧昧与肢体接触，为什么让她如此沦陷？而且这事为什么在夏至这天发生在被老百姓称作娲山的广志山？而不在别的时间、别的地方？总是在自问之后，自己又迅速给出答案，她觉得爱没有固定的模式，更不会有固定的色彩，它只是一种很美好的感觉，不过是恰巧在那一刻两人有了同频共振，凌浩给的恰好是宋词想要的，而宋词想要的凌浩恰好给了，然后一切就水到渠成、顺理成章了。

那天其实什么也没发生，但两人的关系却改变了。宋词接受了凌浩的求爱，但还是明确地告诉他，结婚可以，但不要孩子，合则和平共处，不合则分道扬镳，如果有孩子的话，则会成为一种拖累。她对未来是那么的怀疑和不确定，生怕她的悲剧在下一代身上重演。

"在父权制的逻辑下，生育才是婚姻的最终目的，所以，女性在多大年龄都无法逃脱生育的审判。但是你在我这里是个例外！"

这"台词"凌浩在心里背了一百遍了，三年的锲而不舍，终于换来了冰美人的认可,对他来说已经很满足了。

宋词遗传了母亲的聪慧、美艳、高冷,她心中的阴影和隐忧从不向人吐露,即便是亲人也不例外,对于她执意不要孩子这件事,他们只能揣测,她不说理由,也不做解释。

其实好多事是用常理解释不通的,就像宋词和乔乔,本来是小姨和外甥女的关系,有着十几岁的年龄差距,但是没想到,两人有一天也会冲破代沟,成为无话不谈的闺蜜和知己。

高考结束后的那个暑假里,乔乔向宋词倾诉了心底的秘密,包括一直没有来例假的事,还包括一段隐秘的难以启齿的早恋。

其实那根本不能称之为早恋,因为乔乔自始至终都处于不知情中。那个男孩和她是同班同学,但学习成绩很差,是家里依靠财力硬把他塞进"火箭班"的。男孩一直暗恋乔乔,就给她写了一封情书,但情书还没送出去,就被班主任老师搜烟时搜了出来,于是,乔乔早恋的事就被别人听风就是雨,闹得学校人人皆知了。

对于早恋的事,宋词看得很淡,人人都有青春期,都有春心萌动的时候,没必要小题大做,更没必要拿着放大镜把病灶放大。乔乔现在还没来过月经这件事,才是最紧要的。宋词说不能在县医院看,我带你到省城,咱找个专家好好检查一下。

不去县医院看病的原因有两个,一是宋词的妈妈,乔乔的姥姥方春兰一年前在给人做手术时,突发心肌梗死,没来得及抢救就去世了,县医院没有了自己人,找谁也觉得不放心。再就是县城太小,熟人太多,万一查出不好的病,这事马上会被人当作重要新闻给宣扬出去。

宋词以高考完了带孩子出去放松一下为由,把乔乔带到省城偷偷去医院做检查。一连跑了三家医院,诊断结果均为:青春期卵巢功能不全。也就是体内无内源性雌激素产生,所以导致发育迟缓和第二性征发育不良。

"还有救吗?"

"可以通过雌激素补充治疗进行青春期诱导,而且必须长期进行持续治疗，但这个病的治愈率不高，即便病治好了，患者的自然妊娠率也很低……"

那天晚上乔乔把自己关在屋里哭了一晚上，把自己扁平的胸部也捏得青一块紫一块的。

第二天早上，看着眼睛红肿、一言不发的外甥女，宋词的心里也非常不好受，但还是安慰她，"乔乔，医生也没说一点希望也没有啊！我们还有机会的，现在最重要的是，你要放下心里的包袱。"

乔乔哭够之后，也就不哭了。她说小姨，我不准备复读了，也不准备回县城了，我知道我爸妈肯定不会同意的，所以这个思想工作还得你去做！

乔乔想这事不管换了谁都会选择这样做，她觉得，这绝望和伤心由她一个人承担就够了，至于父母那里，她想能瞒一天算一天，宁愿让他们认为自己叛逆不懂事，也不要把他们拖进看不见一点光亮的黑暗里。

36

那种黑洞洞的看不见一丝光亮的日子，成了小娃一辈子最恐怖的往昔，无论白天多么忙，也无论夜里做针线活、看书到多晚，头挨着枕头了，依旧是不瞌睡。搂着垚垚肉乎乎、软绵绵的身体，总会让她想起娘搂着她访古的情景，想着想着就在黑暗里悄然掉泪。幸好深夜的黑色，帮她隐藏了一切，她可以在夜里卸下所有的伪装，不用看人脸色，也不用在别人面前强撑着掩饰自己内心的忧虑和不安。

子垚再回来时，见挨土炕的墙上满是他的名字，字写得歪歪扭扭的，而且有好些是重叠在一起的，就知道那是小娃在无数个漫漫长夜里用指甲一下一下摸黑在墙上抠下的，他就心酸和难过起来，但这坏心绪立马会被他赶走，他的心中装着革命、装着解放，等革命胜利了……他想，他一定要守在她身边，好好地疼爱她。想到这里，他就一把拽过自己的女人，紧紧地把她抱进怀里。

子垚其实是几个月都难得回来一趟的，即便是回来睡一晚，也犹如惊弓之鸟，步枪就竖在床头，院子里稍有风吹草动，他立马"噌"地一下坐起来，然后跳下床，直奔窗户前，把脸贴到窗纸上支棱着耳朵细听。

令人尴尬的是，有次果真是窗外有人，在夜幕的掩护下，一个站在院里，一个站在屋里，都把耳朵贴在窗户纸上听。

后来小娃才知道，在窗外偷听的是子垚的叔伯叔叔方明辕。

方明轩和刘素云到底不能免俗，尤其是素云，她一直以为自己对于子嗣的事是漠然的、是漫不经心的，当年婆婆引娣的种种行为让她愤恨，没想到现如今，她不自觉地就走了婆婆的老路。

子垚虽说已圆房成婚，但却很少在家过夜，素云和明轩惦记着他和小娃是否有婚姻之实，但作为父母也不便于询问和出面，所以，也只得派方明辕来偷听墙根。

于是没多久，村子里那些留着小马鬃、穿着开裆裤的小孩子们就在街巷里跑着念小曲：

"崩不离崩，小脚蹬，你躺哇，我吹灯。窗阶外头有人听，谁在听，老叔公。崩不离崩，小脚蹬……"

小娃坐在石榴树下纳鞋底子，听着这小曲打院墙翻过来，飘进了院子，羞得面红耳赤，急忙端了针线笸箩，躲进屋里去了。

当然在这些小孩子念这首小曲时，子垚已经又急匆匆地奔赴战场了。几个月来漳河游击队配合牺盟工作队还有八路军的主力部队，与日军展开了拉锯战，他们和敌人打游击战、麻雀战，趁夜挖断公路路基，毁坏桥梁，或者是借夜幕的掩护，收割敌军临时拉起的电话线。子垚记得收获最大的一天晚上，是他们一连拔了几十根电线杆，割收电话线二百多斤，电线杆没法处理，他们就堆放到一起，一把火给点了，电线则被背回了驻地，分给了村里的老百姓。

以前，子垚走路时间一长，右脚就疼得受不了，可自从参加游击队后，整日翻山越沟的，这毛病竟然没有了。他暗自称奇，并按捺不住激动的心，演示给战友们看，大家便都说这是天意呢！

其实是小娃在做鞋时，有意把右脚的鞋样子给改了，鞋底和鞋帮都改肥了一个月牙儿似的小边，楦鞋时，这只鞋也要多楦一会儿。没人启发她，这法子是她一个人在打发漫漫长夜时自己想到的，她尝试着去做，竟然成功了。

这鞋小娃给子垚做了十多年，后来等他南下去了福建，小娃亲手做的布鞋再穿不上了。那个细皮嫩肉的女人，又从没动过针线，子垚只能买皮鞋穿，他走路时右脚一点一点的毛病就又犯了。

长年熬夜做针线，小娃的眼也早早就给熬坏了。到晚年，要缀个扣子、打个补丁，连针也纫不上了，便常常会喊，芸芬、元芬，你俩谁来给姥姥纫个针呀！

俩外甥女都跑过来了，小娃就把针线攥过去，"还是你们的小眼好啊！姥姥是连针都纫不上了。"

元芬嘴快，总是说："我才不是小眼，比我姐的大。"

"不是这小眼，是恁小眼。"

元芬嘟起了嘴："这不还是小眼吗？"

小娃就笑："姥姥是说，我是老眼，你们是小眼！"

元芬这才不咬着不放了。

"这闺女……"小娃欲言又止，她觉得此时的元芬太像小时候的垚垚了，和人打牙磨嘴的，一点亏都不肯吃，别人是得理不饶人，她却是没理还得抢三分。

一天天长大的垚垚，聪明伶俐，简直就是缩小版的美云，细颈、削肩、长胳膊、长腿，皮肤白净细腻，若不是微凸的嘴唇，当真算得上是美人胚子了。

六七岁时垚垚在方五八村就声名远扬了，她成了村里的孩儿王，性子里完全没有女孩子的矜持和柔弱，常和人吵架甚至打架，最后也是以她的全赢收场。外头人传言说是方明轩、美云还有素云等人把她惯坏了,只有知情人知道,在方家大院里,只有小娃一个人把垚垚当宝贝一样宠着。

先说素云,她怎么可能去宠垚垚呢?她是大家庭出身的小姐,又读过诗书,规矩和教养在时刻规范着她,像垚垚这般性子野的女孩子她还是第一次见,她能做到面子上不刁难垚垚已属勉强,怎么会去宠她呢?

至于引娣,她本来就一直是重男轻女的,加之现在年老体衰,说话办事极其情绪化,亲儿子都顾及不了,哪里还会多看那个疯丫头一眼?!

接下来再说亲爹亲娘。美云有自己的专宠,在这方家大院里,垚宝儿是她唯一的心头肉,别的人一概入不了她的眼。

方明轩又不一样,他对女儿垚垚的不喜欢,是源于她的母亲刘美云。起先是他对美云产生了厌恶,其实这厌恶也是由失望逐日堆积起来的,时间一长,他才看出这女人除了有一副好皮囊之外,真的没有一样可以拿到台面上说的。强势霸道倒也罢了,凡事都还要占个上风,倘若别人拂了她的意,总要一哭二闹三上吊地闹上一通。她这性子毫无保留地都遗传给了女儿垚垚,方明轩自然也就"恨乌及屋"了。但他也只是冷落这母女俩罢了,毕竟还有垚宝儿在这里维系、平衡着夫妻和父女的关系。

其实垚垚和元芬都和小娃没有血缘关系,一个是小姑子,一个是外孙女,但这两个同样跋扈、霸道的女子身上,小娃还是更喜欢垚垚一些,毕竟垚垚是她一手带大的,是一个被窝里钻过近十年的。

再就是垚垚霸道有资本,毕竟长得好看,别人虽然看不惯她,也只能在背地里偷偷地发牢骚,不就是白吗?不就是腰细腿长吗?不就是仗凭是方明轩的闺女吗?

别人骂元芬可就不一样了:长得跟个地蹲炮一样,眼睛大?金鱼眼、蛤蟆眼,再大也白搭!

春兰当年给她起的名字挺好,可这孩子和白家、宋家没有一点点缘分。

相较春兰、芸芬和宋词的薄眼皮的丹凤眼，元芬的眼睛是很大，且是双眼皮，但却不怎么好看，或者干脆说是很难看。

大约在元芬一两岁的时候，春兰便感觉到这孩子的个性太强，因为担心她受伤，所以在饮食起居上照看得格外小心。那时芸芬也还小，娘和婆婆担心她照看不过来，也多次提出说代她照看元芬。春兰拒绝了，她们医院有个女医生，因为上班忙，把孩子交给婆婆照看，等孩子上小学了，领回来，发现一点儿也亲近不起来了，晚上睡觉，谁也不想挨谁。

春兰想反正一个孩子吃饭也是做，两个孩子吃饭也是做，晚上只要她不值班，就让俩闺女和她挤一个被窝，一边一个，不偏不倚。

她和宋国强的婚姻，也是在那时候亮起的红灯吧！但春兰不后悔，真的不后悔吗？细想想又全然不是，可现在后悔又有什么用？一切都已经无法挽回了，她不离婚不是对婚姻还抱有什么幻想，只不过是在赌一口气罢了！不给那个女人腾位置，不想让他们称心！

每个人都有缺点和毛病，可大部分的缺点和毛病是可以容忍的，唯有出轨这事是最扎人心的。春兰认为，夫妻双方一旦有一个在外找了人，心就分离了，再合不到一块了。

宋国强离开家后，春兰的心就像花瓶里插久了的花，一点一点枯萎，一点点死掉了。她把全部心思都花在了三个女儿身上，希望她们有一天能出人头地，能成为她的荣耀和骄傲。芸芬和芸丽还好，就是这老二宋元芬实在是让人头疼。春兰也知道，这孩子不是自己亲生的，所以身上不带一点儿她的影子。当然自从老宋离家之后，春兰也时常自我检讨，觉得自己身上的那种克制、自律，还有追求完美的强迫症，并不一定是优点，也并不值得称道，但她还是觉得身为女性，有点约束和规范，终归还是好的。

元芬自小就是孩儿王，上树掏鸟窝，下河捉蝌蚪，或者是抓着石头、拎着木棒找男孩子干架。学习不好，倒一直闯祸，春兰只得托关系给她一所又一所换学校。一次元芬刚转到一个乡镇的小学读书，上课捣乱时被老师看见了，就叫她上讲台在黑板上做一道题，元芬当然做不出来，老师一时气急，边训斥边使劲推搡了她几下，结果元芬脚下没站稳，一个趔趄，头就被狠狠地撞到了黑板上，当场被撞得晕倒在地。学校马上找车把元芬送到了医院，治疗一个礼拜出院后，元芬脑子越发笨了，性子越发野了，说话做事越发不着调了。

37

吹火嘴在怀孩子五个月的时候，摔了一跤，下身当时就见了血，淋漓不止。白李氏听说了此事，很热心地给她开了药方子，送到了家里。方子是收下了，但吹火嘴却并不去抓药，只三番五次地给王水生捎信儿，让他回来。

王水生终于被唤了回来，却很是不耐烦，这不耐烦也懒得遮掩，故意挂在脸上给老婆看。他嚷嚷着说，"吃甚药嘞?！吃甚药嘞！"最后，他拿黄表纸和朱砂给吹火嘴画了一沓符，符约莫一拃长、二指宽，上面画一些套叠的圈圈，像是一串五帝钱。

王水生嘱咐吹火嘴一日三次，每顿饭半个时辰前，用温水服用一张，然后背起他的破布褡裢，又匆匆离家走了。

吹火嘴倒是听话，每天会按时把长条条的符抟成小圆球服下，数天过后，似有好转，可也不敢动弹，稍做一点重活，又是血流不止。庄户人家哪能成天坐着?！她自是泼烦得不行，气又没处撒。石头儿是个羊奴，一年四季，十二个月，一天不落，天蒙蒙亮就带着水和干粮，赶着他的羊出坡了。家里只剩了吹火嘴和小米婆媳俩，很自然的，她就把火出到小米身上了。

小米虽然也是怀孩子的人，却并不娇气，她原是在方家当过下人的人，受气早受皮实了，所以对于婆婆的蛮横和不讲理，也就不放在心上。再说了原先在方家，吃的、穿的、住的都要比现在好得多，但那些好都与她没多大关系，如今嫁到了王家，不管自己当初愿意不愿意，也不管这日子穷得吃了上顿没下顿,但这日子是自己的,这里的一切都与她有着密切的关系,她的心里便生出一些急迫来,这急迫落实到行动上来,就是放下锄头拿扫帚,干活一点儿不惜力,她希望她的急迫能长出希望来,能把日子过得开出花来。所以婆婆愿意嚷嚷就嚷嚷,那些话小米从不往心里放,该干甚就干甚,只管自己一天到晚里里外外地忙活。

吹火嘴怀孩子怀到八个月时,一天挎着篮子到山地里摘豆角,漫坡路凹凸不平,深一脚浅一脚的,一段路走得她心慌气喘的,只得腾出两手,用手捧着肚子往前挪步。却在这时,就感觉小腹隐隐作痛,紧接着,像是憋不住尿的感觉,裤裆里也湿答答、黏糊糊起来。吹火嘴被吓坏了,慌乱之中,已顾不了许多,麻利地脱了上衣直接塞进裤裆,一溜小跑着往家赶。

小米慌忙跑到隔壁去叫白李氏,待人赶过来,一切都晚了。吹火嘴因出血过多,已昏死过去,被白李氏掐着人中缓了过来,却也只是抬了抬眼皮,又合上了,嘴皮子抖动着,似想说什么,终究什么也没说。两滴泪顺着眼角滑到腮上,人便咽了气。一个死胎被血水冲出产道。是个男娃。

大人、孩子都没保住。

娘不是个好娘,但人没了,石头儿想的却是娘的种种好,他哭号着躺倒在地,疼得直打滚。王水生得了消息,火速赶了回来,看着空荡荡的屋子,想起逃荒路上初见她时发的誓言,也难受地挤了两行泪,却感觉心中的毒气没处发泄,就冲到隔壁白李氏家里撒了一回泼。

埋了吹火嘴,王水生就又收拾东西要走,石头儿说,你今儿出了这个门,我就没你这个爹!

小米走上前来欲要劝阻,被石头儿一下子扒拉到了一边。

这狠话并没有吓住王水生,他阴沉着脸,一句话没说,把包袱甩在肩上,头也不回地走了。

兵荒马乱之年,死人的事无时无刻不在发生,人命卑贱得跟蝼蚁一样,再熟稔的乡邻,也不过是从初闻噩耗时的惊讶、同情,再到漠然,再到逐渐遗忘。好事歹事,说过三天,诸事就逐渐趋于平静,很少有人再提起了,毕竟活人的事要大于死人。

活人的事要大于死人,这种感觉,引娣的体会最为深刻。她是个急性子的人,一辈子又爱精打细算,年轻的时候干活不惜力,凡事要亲力亲为,缠过的三寸金莲干活不方便,她就时常跪着走路。后来家里雇了厨娘、奶妈,又添了一个小米,家务就做得少了,再后来,有了素云、美云、小娃,更是一天比一天闲了,两条腿却疼得不能走路了。找了医生来家里看,说是年轻时把膝盖给跪坏了。

人不能走路就成了废人,成了废人的引娣脾气更大了,眼睛像广角镜,瞅着谁骂谁。垚宝儿不小心摔倒了,坐在地上不起来,扯着嗓子干号,她就骂美云,"瞎眼了,孩子跌着了,就不能哄哄啊?!"垚垚两手抓着石榴树的枝干,吊起脚来打提溜。她也扯着嗓子骂:"要死呀!跌死了算了,疯闺女!"她现在在方家大院里是年龄最大、辈分最高的人了,骂就骂吧,别人也惹不起。

更苦的却是小娃,每天要背着老太太到院子里晒日头。一把躺椅,一炷香的时辰,就得挪挪地方,太晒了不行,晒不着也不行。这期间,若刚好有只鸡从她身边经过,引娣便更是要借题发挥,尖锥锥地大声叫骂:"吃吃吃!连个蛋也不下!"

小娃每次回娘家,话未说一句,眼圈就红了,先要抹两眼泪。白李氏总是先叹口气,再慢慢安慰她:"家家有经,经经难念,家家念。"

"日子再不好过,也只会苦一阵儿,谁家能苦一辈子呀?"

又或者她抻起自己打着补丁的衣裳大襟说:"就和这衣裳一样,你说破个窟窿就扔?!过日子也一样呀,破了就用针用线连一连、缀一缀、缝一缝、补一补。"

娘的话让小娃想起了女娲老奶奶补天的故事。心想,女娲老奶奶还补天嘞!这点小事倒把你白小娃难住了?!这样想着时,她脸上的神情就有了变化，像早晨的太阳光，照进了树林里，驱散了她眼里的湿漉漉的水汽，还带来了温暖明亮的光晕。小娃甜甜地笑了，朝娘点点头。

方明轩在知天命之年，就真的知天命了，能不管的事就不管了，能不说的话也不说了，人变得温良起来。夜里做的梦烦琐、细碎、重复，他时常会梦到已故的父亲，梦到他重新活了过来，或者是从未故去。父亲坐在堂屋的官帽椅上吸水烟，或者是背着手在三进院里踱步，气定神闲的，却又不怒自威，脑后的辫子永远那么油光水滑，长袍马褂永远那么齐整挺括。

醒来的时候，他总会陷入长久的回忆，想起自己的童年和少年时期，他父亲一生中最满意的就是他的听话和安分守己。因为不听话会被人视为忤逆，这帽子如若戴上了，就得一辈子承其之重。

仿佛父亲去世也没有几年吧，这世道咋说变就变了？感觉自己就像被人遗弃在角落里的一部厚而旧的典籍，身上落满了灰尘，散发着腐朽味，没人愿意碰，更没有人愿意翻了。两个儿子、一个女儿从着装到言行，完全是和他背道而驰的样子，而他除了郁闷之外，就是深深的无奈和无力感，再加上那个近乎瘫痪的老母，让他倍感生命的灰暗和不堪重负。

那时候是没有"穿越"这个词的，如果有，并可以向未来穿越几十年的话，方明轩也许会悟透一个道理：社会之所以会不断进步，正是因为下一代永远不听上一代的话。

38

下一代咋会听上一代的话？就像春兰不听小娃的话，她的三个女儿也不听她的话一样，春兰后来悟出来了，听话的人到最后都没有不听话的人活得自在、舒坦。

小娃说，人活一辈子嘞，咋能顺风顺水，没有个磕磕绊绊嘞？比如春兰，被捡回来就没奶吃，是小娃抱着她进东家、入西家讨奶，实在讨不到了就熬点米粥喂一喂,愣是这样把个孩子养大了。

那时候是没有安抚奶嘴的,小春兰吃饱了想睡觉时就会哭闹,而当娘的忙着绣枕头顶子,小人儿哭着哭着就没动静了,小娃探过身子一看,原来是吮着自己的食指睡着了。一开始小娃并不去管她,谁知道春兰竟依赖上了这种自我安抚,一直到好几岁了,还戒不掉,右手的食指被春兰吮得比别的指头细了一些,小娃这才慌了,用了半年时间,软硬兼施,才帮春兰戒掉了这毛病。

戒掉这毛病时,春兰已经背着石板上学了,但她不爱说话,文静乖巧,渐渐地就被村里别家的父母当了典范,数落自己的闺女,"你瞧瞧恁春兰,稳稳当当的,和你一样?!真是没个闺女样!"

"春兰不是小娃亲生的,倒和她像一个模子里脱出来的,长得像、性格也像,你倒是我亲生的,咋就一点不随我?!"

时间一长,春兰便自我约束和规范起来,似乎只有样样突出,才配做白小娃的闺女。

这一规范、一约束就是一辈子,人前人后总是干干净净、利利落落的,水磨石的地板被她拖得明晃晃的,锅盖则被她刷得能照出影子来,还有就是自从参加工作后,"行业标兵""先进工作者"的奖状、证书,年年不落地往回拿。以至于春兰至死都没想明白一件事,那就是她这么优秀,哪一点比别人的女人差了?!娶了她这样的女人,宋国强为什么还不知足,还要去外边勾搭女人?

"人做事不能太出格,老天爷在天上看着呢!"认识他们夫妻的人,背后都这样议论宋国强。

但宋国强并非那么绝情,至少他自己觉得是。他也曾给女儿们买过袜子、手套,又或者是水果、饼干,他躲在小巷的拐角处,等着她们放学经过时,快步跑上前,强塞给孩子。结果是,东西要么被她们当场扔掉,要么是拿回家后,被春兰丢进垃圾桶里了。

数年来,三个女儿上学的费用,一直都由宋国强开支,后来三个女儿的婚礼他也都参加了,所以,他觉得他不亏良心。

但宋国强的晚年并不是太好,刚一退休就得了脑梗,住了一段时间医院,出院后就胳膊挎篮、脚画圈了。别人等着看笑话,等着那个女人离开他,看他的落魄和狼狈相,看他如何软下性子去求春兰。

后来那个女人的确是离开了宋国强,卷了他的钱财,跑去北京打工了。但他却坚持着没回家,仍然一个人在外租房子住。他每天下午会到公园里走一圈,碰到熟人,也不避讳,也没有难为情,依然会笑着打招呼。

倒是春兰在七十岁时,突发心肌梗死,没有抢救过来,猝然离世。宋国强得了消息,一瘸一拐急急地赶回了家,不想被穿着孝衫的元芬拦在了大门外。

敦敦实实的胖元芬,右脚立地,左脚蹬在门框上,脊背向后拉扯靠在墙上,从侧面看过去,整个人像一个竖起来的"T"字。

改香就跑了出来,伸手去拽元芬的胳膊,"元芬,他好歹是你大嘞!"

元芬说:"我大?我大早死了。"边说边用力去推宋国强,"今天我要让他进了这个门,我就不姓宋!"

"嗳!嗳!嗳!"改香忙上前阻拦,"他也是个病人,不要把他推倒了。"

宋国强眼里噙了泪说:"不让进算了!我多句嘴,嘱咐一下,你妈爱干净,入殓时,给她棺材里多放几袋洗衣粉。"

宋国强悻悻地返了回去,把门一关,自此,鲜出门户了。同学来看望他,说起春兰来,他总是长叹一声,却也不接话。若人再沿着这个话题往下讲,他就蹙了双眉说:"甭说她了,我不想提。"想想似不妥,又说:"她甚都好,就是太强硬了,她身上有种又冰又硬的东西,让我不舒服。"

"你从来没后悔过?"

他沉吟了半天,"我不后悔离开她,我只是后悔娶了她。她从来不知道,好脾气比好看和能干更能抓住男人的心。如果日子可以倒回去重来一次,我觉得我还会这样。唉……其实她这辈子活得也很可怜,只是希望下辈子再也不要碰上了。"

他不太会表达，实际上他只要想起春兰时，总会为她那种超凡脱俗的理想主义、那种在虚拟世界里追求完美的努力肃然起敬，同时又有一分对悲剧性崇高的恐惧。当然他也会自责，为他带给春兰的苦痛，带给三个女儿一生难以愈合的伤痕而愧疚自责。

39

乔乔一时兴起，在右手臂上文了一朵梅花。黑色的梅花，大小等同于实物，可刚文上去她就后悔了，她不知道当时自己怎么想的，可能是因为自己在某些地方有缺陷吧，所以就想在别的方面，用另外的方法补偿一下，但事实上她心里的伤痛是补不起来的，这朵刚刚文上去的梅花，反而像是一坨污渍，让她看着更加自卑和难过。事已至此，她只能掩耳盗铃了，大热天也穿着衬衫，而且还要把袖口的扣子系得严严实实的。

时隔不久，乔乔回家给太姥姥过生日。回到自己家，人也就放松随便起来，她换上了妈妈的真丝睡裙，去厨房给爸爸打下手做饭，倒把手臂上的文身给忘了。

结果乔木一抬眼就看到了，气得把手里的勺子一掼，"以后不要在身上弄那些乱七八糟的东西。恁好看？你瞧着，恁好看？!"

爸爸简单、直接、粗暴的指责，让乔乔很不高兴，就顶嘴道："我的事，不要你管！"

听见吵嚷，芸芬也进了厨房，当明白过来怎么回事时，也撮火了，说："我们不管谁管？！看你现在一天吊儿郎当的像个甚样！都是跟你小姨学的，一天天的，就不学好！"

骂她倒也罢了，还要把小姨给牵扯上，气得乔乔关上门哭了一晚上。

第二天中午的饭桌上，乔乔伸手夹菜，小娃一眼瞥见她手臂上的那朵梅花，便大惊失色，"你不知道这皮是租的？你这孩子，咋能这样糟践啊?!"

乔乔抿了一下嘴没吭气,芸芬的脸"腾"一下红了,众人面面相觑,想这是触了老太太的逆鳞。大家都知道小娃是一辈子中规中矩的人,连小辈们披散头发,穿裙子露胸、露腿的她都看不惯。正想着如何把话题岔开去。偏宋词插了一句嘴:"人的皮是租的,姥姥这话有意思。"

元芬一撇嘴,笑着讥讽说:"咱家脑子不正常的人越来越多了。"

宋词却认真地说:"不是!二姐你觉得姥姥的话没道理吗?你发现没有,真的是每过近百年就会出现两个面容完全一样的人,这不奇怪吗?"

宋词的话,引起了乔乔的注意,正听得认真,却被小姨元芬给打断了,"真是闲扯淡!照你的说法,战争年代,恁多人战死沙场,哪个能保留囫囵尸首?!就是死不了,能不受伤?身上能没个疤呀甚的!?谁能有张囫囵'皮'?!真是闲扯淡!"

由于元芬说了脏话,宋词心里不舒服,但也不想再和她辩解,便噤了声,低头默默地往嘴里扒拉米饭。

芸芬却拿眼去剜元芬,倒不是因为别的,只是怪她这嘴上没把门的,好好的说甚战争。她担心身边的老寿星,怕又招惹出疯病来。

还好,小娃仍沉浸在讲述"皮"的事件中,她说:"我公公方明轩和叔公方明辕就都没保护好'皮',怕要到阴曹地府受不少罪嘞!"

日军在击退川军攻入黎亭县城后,妄想长期占据,曾用白漆在赵店镇的三官阁上写下了几个楷体大字——"日军永久驻军"。

但这野心终归是没有得逞,他们两次占据县城,均是尚未坐热屁股,就被八路军驱逐出境。但是也因为周边县区均为沦陷区,日军时不时来扫荡一下也成为常态,毕竟八路军好多的后方机构都隐藏在县域内的沟沟壑壑之中,到底有多少?规模有多大?这都是未知数,所以也就搅扰得他们日夜难安,当然秋收和年节时,小股日军也会突袭,掠夺些粮食、财物以供日用和军需。

那年10月底，天气已经很冷了，村民们已像山鼠一样把一小溜一小溜梯田里种下的谷子，玉茭，红薯，山药蛋，红、白萝卜……用荆条筐和独轮车逐样搬运回了自家小院。

菜蔬收拾干净了，收藏于地窖，至于粮食就用外部抹了泥的荆条筐装好，存于村后大山的崖缝里，随吃随取。各家有各家的地盘，数百年来，大家恪守着村规民约，不是自家的东西大都能做到不去碰触。

那天，石头儿赶着他的羊出坡，刚翻过山头，就见远处的山道上二十多个黄"甲虫"朝板崖村的方向蠕动着。石头儿慌了，一边挥动着羊铲子撵着羊往回返，一边扯着喉咙喊："老日军进村了！老日军进村了……"

与此同时，板崖村纵横交错的青石街巷里也响起了护村队大铜锣的"哐哐哐、哐哐哐"声。

战火纷飞的年代，大山里也不安定起来，让山里人都活成了草，风一吹就慌了，就兀自飘摇起来。有了生命之虞，逃命是最紧要的，于是慌乱之中，有把锅背在背上的，有把新鞋揣在怀里的，有把枕头扛在肩上的，有把小褥子夹在腋窝里的……更多的是手边有什么就胡乱抓取什么，比起命来，啥东西都不值钱，但比起往后的日子来，啥东西都值钱，虽然他们是一些土里刨食的穷苦人，但心里也是装着明天和前路的。

还有就是，从周边村庄传过来的经验，大姑娘小媳妇们在临出门时，要把发髻、发辫散开，故意把头发抓得枯草一般，如果来得及，还要在锅底摸一把黑灰抹到脸上。

偏也有反其道而行之的。比如张有良的老婆，逃反时偏要让女儿妞妞换上一套红底黄花的衣裤，那本来是早年她给闺女准备的出嫁时穿的，这会子却手忙脚乱地从柜子里翻了出来，生怕她以后没机会穿一样。

张有良看见了就骂："赶死呀！以后不能穿啊?！"

他老婆回怼他："汉们家，少管这些闲事！"

是啊！汉们家哪懂?！其实这也算她的一桩心病，闺女妞妞已到了过门圆房的年龄，早年也和刘二利家的忾蛋定过亲的，只是这一年一年过了，妞妞一直没来过月事，刚开始娘俩还一直遮遮掩掩的，可时间一长这事还是传出去了，大家就都说妞妞是个石女。刘二利便放出话来说要退婚，并把忙蛋叫回了中庄。

这为出嫁时准备的衣裳，兴许以后连穿的机会都没有了，所以老婆子才心急火燎地拿出来让闺女换上。

逃反的队伍呈长蛇状蜿蜒前行，从高处俯瞰，又像是拥挤成一疙瘩急急逃命的蚂蚁，从村子的南门和北门涌出，你搀我扶地逃上山去了。

几乎在同一时间，那一小股日军也横冲直撞、咋咋呼呼地从村东的大门进入了板崖村。

让人始料未及的是，日军一进村子就感觉跟进入迷宫一样，被整得晕头转向。

这个被村墙围着的村子，四通八达的青石街道和石头房屋俱呈"丁"字形，也就是本村人熟悉，外乡人来了，很少有不转向的。数百年前，方家在建村时之所以这样设计修建，考虑的是避风、防火和防盗，没想到现在真派上了用场。

护村队队长方明辕因为掩护村民出逃，晚走了一步，被日军团团围住，他因为会几下拳脚，倒也不怯场，当一个日军用枪对准他时，他本能地伸手抓住了枪上的刺刀，结果虎口就被豁开了一道口子，但他立即飞起一脚踢掉了鬼子手里的枪，然后身子一跃，已经翻身立在了墙头之上，然后又一跃，跳上房顶，待鬼子们反应过来，乱枪打过来时，他已经踩着房顶的石板，灵鹿般一跳一跳不见了踪影。

日军有些气急败坏，正在这时，他们看见一个小脚老女人挎着一个蓝花布包袱从一个门洞里慌慌张张地跑了出来。这女人正是白李氏，五十来岁按说也不是太老，然而长期的劳累和睡眠不足让她本来姣好的面容有了刀刻般的皱纹，面皮也呈菜水色，因而看起来就比实际年龄大得多。她本来已经跑出去了的，但听见隔壁的小米喊着肚子疼，知道是一阵慌和受惊吓让小米有了生产的迹象,她便返回去拿自己吃饭的家什,没想到的是,石头儿已经背着小米,手脚麻利地从西门出去逃往后山了。

小脚女人走路一摇一摆的样子,让日军觉得很滑稽也很好玩,于是他们就生出了恶作剧的念头,朝着白李氏的脚下开枪。受到惊吓的白李氏,两脚刨得愈加欢实,不防脚下一滑,摔倒在地上,昏死了过去。

方明轩背着母亲徐引娣,美云抱着垚宝儿,小娃一手牵着垚垚,一手扶着婆婆素云,一家人出了村西门,朝后山跑去。

爬上一个山头,就看见了自家的一大片柿子林。这个时节,树上的叶子已落光了,一层层松软地铺在地上,像是橙红色的地毯。这些老柿树,长年被山风吹着,树皮就皲裂了,树干也变得漆黑如墨,苍老遒劲,偏还要凹腰撅腚地扭出一些韵致来,再加上枝条上挂着的灯笼柿,小娃不会形容,但觉得眼前这景色就跟画里画的一样好看嘞!

往年的这个时候,柿子基本上就摘完了,长工们会用荆条筐把柿子装好,背回家,然后削皮、捂霜,最后把柿肉做成柿饼,然后方家的马车队再把它们运到城里的山货店出售。

至于削下来的柿皮,要晒得半干了,掺和上炒过的糠皮反复揉搓,等柿皮沾满了糠皮,就倒到碾子上碾磨成碎面面,然后再放到荆条晒匾上晾晒,一直等干透了,再收到瓦罐里,留着过冬吃。山里人管这种吃食叫柿炒面,可以干吃,也可以加开水拌着吃。

但是今年,战争把一切都打乱了。

正在这时,石头儿背着小米也气喘吁吁地爬上了山头,经过这一顿颠簸,小米的肚子就疼得越发厉害了,她忍不住一声紧似一声地呻吟起来。方家人便被惊动了,都停下了脚步,远远地朝这边张望。

小娃见状,马上把垚垚交给素云,对她说:"娘,你们先走,我过去搭把手。"

本来不想让她沾染这些的,但毕竟人命关天呀!素云意味深长地看她一眼,没作声,但也算是默许了。

小娃就从黄土坡上冲下来，绣花鞋"腾腾腾"地荡起一蓬蓬黄褐色的尘土。她冲着石头儿喊："快把她放下来。"

两人把小米搀扶到一棵粗壮的柿树下，让她的腰身斜靠着树干。此时小米的羊水已破了，藏青色的薄棉裤被洇得湿答答的。小娃蹲下身来要帮小米脱裤子，忽而又红了脸，她对石头儿说："你避一避，一霎儿再过来。"

石头儿犹豫了一下，便朝前边走了几步，把头掉到一边去。

小娃这才把身上套着的一件蓝花布夹袄脱了下来，叠了一下，用力抬起了小米的屁股垫到了她的身下。其实小娃也没有一点经验，但以前娘带着她接过几次产，她也就学着娘的样子，用双手托起了小米的腰，柔声道："别怕，也别急。孩子用力时你就用力，孩子不用力了，你也歇歇。"

小米强忍住呻吟，朝她用力地点了点头。就这样两个人互相壮胆，折腾了多半个时辰，孩子的头终于露了出来，小米一用力，一个肉乎乎的男娃，就像泥鳅一样滑出了产道。

小娃朝着一旁的石头儿喊："生了，生了，快过来帮忙，别发癔症了。"

石头儿跑了过来，他的眼大睁着，朝天的两个鼻孔呼出的热气都喷到了小娃的脸上。

一时间三个人都手足无措起来，因为找不到可以剪脐带的工具。小娃心一横，就单膝跪到地上，低头用牙齿咬断了脐带，然后她抹抹嘴，用夹袄把孩子包了起来。小米这时才发觉小娃虽然只穿着小衣，但额头上却渗满了细细密密的汗珠，她抬手帮小娃擦着汗水，"少奶奶……"

以前在方家大院时，小米都不曾这样喊过她，所以这一声"少奶奶"让小娃很是不自在。她羞赧地一笑："看你，你是姐姐，以后还是直接叫我名字就好。"

此时，天色已近黄昏，一抹夕阳斜照在柿树林里，给几个人的脸上都打上了迷人的暖金色。

石头儿认为孩子生得不是个时候，就给他取名字"苦瓜"。嘴里叫着苦瓜，脸上却都挂着甜甜的笑。

夜里，村民们摸黑陆陆续续返回了村庄，发现日军早已离开了，发现了倒在家门口的白李氏，还发现穿着一身新衣裳的妞妞失踪了。妞妞她娘哭天抢地地说，她当时只顾跟在人屁股后边往山上跑，闺女啥时候不见的，她根本不知道。

其实，那天日军在空无一人的"丁"字形巷道里越转越迷糊，越转越恐慌，他们担心八路军的突袭和包围，于是顺着进村的方向，没头苍蝇一样东闯西撞。正在这时，他们看到了穿着碎花红衣裳的妞妞，便抓了她带路。

妞妞一带路，就带了几个月。

这期间，张有良每天会挎了箩筐到漳河滩捡石头，他已经不捡五色石了，而是专挑一些南瓜大小的鹅卵石。把石头背回家后，他会用凿子一下一下在上面凿一个三四寸深的眼。老婆问起来，他头也不抬，只是闷声答道，造石雷嘞！

这是一个巧手的匠人。

终于一日，当方子垚回到板崖村时，张有良闻讯，推了一独轮车凿了眼的鹅卵石送到了方家。他告诉子垚，说把炸药装进石眼中，再装个捻儿，就是所谓的石雷，用的时候，把捻儿点着，甩出去，威力和地雷一样大。

妞妞再回来时，山里已是春暖花开了。她还穿着走失时的那身衣裳，只是现在已破旧不堪了，但是还是有人认出了她，认出了挺着大肚子的妞妞，所以她人还未进村，板崖村已经炸锅了。

原来一直没来月事的妞妞，并不是石女，而是民间传说中的"藏经"。

妞妞神情凝重，但脸上也并不见悲伤之色，她用双手捧着肚子，目光直视前方，一步一步地走进了村子，她不去看那些伸着脖子、踮着脚尖围观的乡民，也不理会他们的议论之声，就那样默默地、一步一步地走进了石板小巷里，走进了弥漫着桃杏花香气的古村落。

40

妞妞的回村，让方明轩坐立不安了。

板崖村是一个古老的村落，这个村的村风和公序良俗，是几代人建立起来的，不容破坏，更容不下一些伤风败俗的事情发生。

近百年来，板崖村一直有着良好的村风，也有着较为严苛的村规民约，但那是为了遏制赌徒的、遏制瘾君子的、遏制男盗女娼事件的。

妞妞的这种情况，是几百年来的头一桩，作为维首，方明轩必要出面匡正村风，但又隐隐觉得哪里不对，可到底哪里不对他又说不出来。心想如果陈先生在就好了，以前先生常说一句话，"两害相权取其轻。"如果先生此时在的话，可以请教一下他，这个事件里，何为轻，何为重？

方明轩转念又想，自己虽是维首，但现在板崖村已经是"黎亭县第五区"了，有什么事，应该由区领导出面解决。

其实，自从区领导进驻村里后，他便有了卸任的准备，可奇怪的是那个干练的段区长却从未主动找过他，有时候即便是街巷里遇见了，她除了热情地和他打招呼，别的事只字不提。

如此，方明轩只好自作主张了。

立夏这天，板崖村的男女老少都被集中到了村墙外的漳河北岸上，崖是石崖，崖下十多丈就是湍急的漳河水。

妞妞被装进一个半人高的荆条筐子里，这个筐子平时是用来储藏粮食的，现在却被搬来做刑具。

方明轩命人在荆条筐子上拴了一根粗麻绳，然后要在午时三刻，由两个后生沿着崖壁慢慢地把荆条筐沉入漳河之中。

这一段水流湍急,红岩横水,白浪飞雪,传说河中央有几个圆形的大洞,犹如瓦钵,当地人管它们叫瓦钵瓮,还说那个最大的瓮里住着一只母鳖精和两只小鳖。当年女娲补天砍断了一只鳖的四条足作为天柱,撑住了天的四角。断足后的鳖,留在了板崖村的山崖之上,化作了巨峰。临死之前,它嘱咐女娲娘娘照顾好它的妻与子,于是女娲娘娘信守诺言,在漳河滩上一块红色巨石上掏了几个洞,供母鳖和它的孩子们繁衍生息。

三只鳖精很善良,又乐于助人,据说附近村庄谁家有婚丧嫁娶之事,需要盘碟碗筷的,只要头天晚上写一张纸条,告知数量,用石头压于瓦钵瓮旁的河岸之上,第二天老鳖精就会把需要的餐具悉数摆于河岸之上。村民用完餐具之后,要如数归还。后来有一贪心的人家,用完盘碟之后暗自藏于家中,没有归还。再后来,人们去求取碗碟时,就不灵验了。

一个很美丽的传说,但现在已经无法彰显它的魅力了。河岸上站着的每一个人,眼下更关注那个坐在筐子里的女人。倒是小娃,此时此刻,忽然想到了瓦钵瓮里的鳖精,心想如果鳖精真的很善良的话,它现在应该显灵,赶快救下可怜的妞妞,因为她知道,装人的筐子沉入水中,不管是掉入石瓮,还是落入湍急的水流,都是必死无疑。

"鳖精快显灵!鳖精快显灵!"小娃紧闭双目默默地祈求着,可是真急人,半炷香的时间过去了,鳖精还是没出现。

忽然她有了主意,偷偷地钻出人群,拔腿朝村中的龙王庙跑去。

方明轩之所以选择立夏这天的午时三刻行刑,无非是怕死者阴气太重,怕她的鬼魂来纠缠这些行刑人员。在阳气最盛的时刻,阴魂会即刻消散。

阳光很明媚,人群静悄悄的,随着方明辕的一声"午时三刻已到!"人群里忽然爆出"儿啊!"的一声哭号,然后就听到"咚"的一声,张有良的老婆应声昏倒在地。人群骚动,人声鼎沸,张有良扑到老婆身边,使劲推搡着:"老天爷呀!俺张家这是做了甚孽呀?!做了甚孽呀?!啊嗬嘀……"

方明轩摆了一下手，做了一个行刑的手势。

两个后生"嘿"地一用力就提起了荆条筐。就在这时，小娃忽然"嗖"一下从人群中冲出来，站到了悬崖边，并用两手死死抓住了拴筐子的麻绳。

众人的目光便齐刷刷地射到了方明轩的脸上。

方明轩的脸已胀成了猪肝色，眉头急促地抽搐了几下。

"白小娃！你……"

"爹！你消消气，听我说！"

"我不是你爹！"

"那连我也一起沉下漳河吧！"小娃的声音有些颤抖，脸颊上是明晃晃的两行泪，"我肚子里也有了孩子，我和妞妞都是要当娘的人了，我不懂什么道德伦理，我只知道当娘的会拼了命保护自己的孩子！"

大家的目光便都齐聚到小娃的腹部。

小娃趁这几分钟的静寂，抢着说："爹，还有你们，所有的板崖村的父老乡亲们，大家都想想，这事能怨妞妞吗？我们的仇人是小日本、是老日军，不是妞妞，也不是她肚子里的孩子！"

正在这时，区长段一萍忽然扒开人群挤了进来："住手！人命关天，你们怎么可以这样胡来?!"

其实方明轩当时就知道儿媳撒谎了，他知道她并未怀孕，但他有意将计就计，也想找个"由头"，好给妞妞母子一条活命。

只是他没想到，小娃是在拖延时间，是在等。

罢了！罢了！现在毕竟是人民的天下了，正如段一萍说的，是自己落伍了呀！

其实仔细想想，方明轩还是很感激小娃的，是她的机智、勇敢救了他。虽然当时的场面有些尴尬和难堪，但比起他差点铸成的大错来，这些已微不足道了。

几个月后，妞妞产下一男婴，她狠着心，不给孩子喂奶。她娘看着可怜，熬了稀米汤，一勺一勺地往孩子嘴里灌。

孩子还未满月，妞妞即被锄奸部处死了。

原因是，广志山的八路军后方医院一直很保密，不承想却在一天夜里被日军袭击，我军虽然转移及时，但还是有一百多个伤员壮烈牺牲。此时妞妞刚回到板崖村不久，自然就成了怀疑对象，最终被锄奸部以汉奸之名枪毙了。

八路军后方医院转移后，黎亭县第五区委也由板崖村迁至下庄村。

妞妞死后，孩子就成了累赘，无奈之下，家人只得把男婴送到了鳌山寺，交与来未抚养。

来未给孩子取法号释慧净，像一个寡母一样悉心照顾孩子，困了搂着他睡，饿了就熬点米粥喂一喂。

逐渐长大的慧净，瓦片脸、三角眼、肥厚嘴唇。

夏天里来未在菜园里浇菜，抓到一只蝈蝈，晚上回来他用秸秆篾条编了一个蝈蝈笼，摘了一朵金黄色的南瓜花，连同蝈蝈一起放了进去，搁在窗台上，想着夜晚里可以听个清音。释慧净却一把夺了过来，丢到了地上，随即腿起脚落，蝈蝈笼被踩扁了，蝈蝈也被踩死了。来未吃了一惊，嘴里叨念着："阿弥陀佛，阿弥陀佛！"一旁的石慧净却被逗得咯咯咯地笑。又有一次，屋檐下的麻雀窝被大风刮了下来，来未好心把两只羽翼未丰的麻雀捡了起来，转身才去收拾鸟窝，一回头，释慧净已经一手抓一只麻雀，一用力给捏死了。

来未看得心惊肉跳，欲教其读些经文，但又觉得慧净年纪太小，就叫他念"阿弥陀佛"，说念够十万次，人也就有了慈悲心。

释慧净到底没够十万次，到十三岁时，他便不辞而别，独自回到了板崖村。

此时他的姥爷、姥姥都已经相继过世。虽成了孤儿，但他却活得快乐、自由、无拘无束。他不喜欢来未给他取下的法号，却也懒得再换，就把"释"改作"石"，名字就成了石慧净。

41

昏迷的白李氏被小娃背回了家。几天后人倒是醒了过来，却不能开口说话了，她一眼一眼地看着小娃，用目光和女儿交流，许是知道自己命不久矣，她把那个包着黄铜剪刀和银针的布包从箱底拿出来交给小娃，她眼里噙了泪，殷切地望着小娃，似在等一句什么承诺。

小娃会意，望着娘说："要想吃收生婆这碗饭，就要有菩萨心肠。"

娘看着她，微笑着点了点头。

自从有了小娃的承诺，娘的身体一天天好了起来，大家都在等着奇迹的发生。但是白李氏却给人来了个措手不及，忽然就又昏迷不醒了，如此挨了几天，人终是没有再睁开眼，咽下了最后一口气。

白李氏故去，小娃一下子就瘦了十多斤。

有多半年的时间，她的泪就没干过。日后回想起来，她仍觉得那是一生中最绝望、最难熬的一段日子，常常是一边干活一边抹泪，以致后来人也精神恍惚起来。刚开始还有人劝一劝，到后来，别人竟是远远看见她就躲开了。

42

小娃的记忆里，后来子垚只回来过三次。这三次对于方明轩来说打击一次比一次致命。第一次子垚是回来选举村长和副村长的，后来选了石头儿为村长，张有良为副村长，方明轩的"权"就这样被夺去了。直到此时大家才如梦初醒，知道两人原来早已是地下党员了。

子垚拍着张有良的肩膀对众人说："乡亲们，你们不知道啊！老张的功劳可大着呢！他给我们提供的那些石雷，被我们藏在了鬼子去XX县必经之路的山崖上，等鬼子经过时，我们把石雷的捻儿点着，扔下山崖，石块四迸，把小鬼子炸得鬼哭狼嚎的！哈哈哈……"

第二次子垚带了一干人回来，在方家大院里召开了声势浩大的"减租减息动员会"，招惹得十里八乡的村民都涌来，里三层外三层地看热闹。

如此忘根忘本、大逆不道，把他老子气得大病了一场。但他方明轩毕竟是方明轩，几十年的维首没白做，村民的记忆里，他还从未给人低头就范过，这次又岂能因为一个动员会，就轻易给人减租、减息？但父子俩的梁子却结下了。

第三次则是子垚在"反扫荡"中胳膊受了伤，回来养了半个月，这也是他自参加革命后，与家人相处得最长的一段时间，本来他可以借机缓和一下和父亲的关系的，但两人都是倔强的人，都羞于低头和让步，机会就这样错失了。

半个月后，部队上派人来接子垚，方明轩余怒未消，仍跟儿子赌气，躲在屋子里没露面。

小娃送男人送到了大门口，碍于有多双眼睛盯着看，所以两人一句话也没说，只是深情地对望了一眼，他们都在对方的眼里看到了"来日方长"的抚慰和期许，只是谁也不会想到，这成了他们夫妻间今生最后一次离别的场景。

素云捣着一双小脚跟在子垚的马屁股后面追了半里路，嘴里喊着："孩儿呀！合适了多回来住些日子吧！孩儿呀！听娘说……"

"娘，你回去吧！闹革命哪能由得了个人！"

"白眼狼！白眼狼！"方明轩把拳头狠狠砸在八仙桌上。他默默地把希望寄予老二瑞垚身上，但最终他还是失望了。

瑞垚虽然没有做出什么大的忤逆行为，但对于家中的大小事件，却是一副事不关己高高挂起的样子，冷漠得让人生畏和不安。也是在父亲一次次的催促之下，他才回到家，奉命和李腊月成了亲。婚礼是半新式的，李腊月头顶粉红喜纱，穿着彩绣裙袄，方瑞垚却自始至终没正眼看她一眼。

住满九，瑞垚就又抬腿要走人，叫李腊月的女人不丑，可他不喜欢她的古板和守旧。但他嘴上没说，只说还去县城的山货店当他的账房先生，他已成家，所以他得赚钱养家。

谁知这一走，人就失联了。兵荒马乱的年代，家人的判断是凶多吉少，一度认为他或是被抓去做了壮丁，或是早死于战场之上。若干年之后，县里的对台办才联络到，瑞垚已定居宝岛台湾，他另娶了妻室，另组了家庭，先是儿女双全，后来是儿孙绕膝，过着还算圆满的晚年生活。

年过半百的方明轩转瞬又把希望寄予晚子垚宝儿身上。刚满两岁的垚宝儿，伶俐可爱。美云总是指挥着他："垚宝儿，去叫奶奶起床！"垚宝儿就一摇一晃地往引娣的房里走，嘴上喊着："奶奶，起床！奶奶，起床！"不等孩子返回来，美云又指挥他："垚宝儿，去叫姐姐吃饭。"垚宝儿便又一摇一晃地走了，嘴里却不喊姐姐，而是喊垚垚，"垚垚，吃饭！垚垚，吃饭！"大家便被他逗乐了。方明轩呵呵地笑着道："这鬼东西！"美云也笑，笑里满是骄傲和幸福，说："小孩子哪里懂这些，还不是听别人叫垚垚，也跟着学嘴呗！"闻言，方明轩便望着美云绽了一个笑脸，心想，眼下这小媳妇像晚春背阴处的雪，虽然还有点冰、有点凉，却也绵软了不少。

小孩子爱乱跑，方家大院圪廊巷道又多，美云担心找不到他，就在垚宝儿的衣襟盘扣上系了一个小小的铜铃铛，于是一天从早到晚，总能听到垚宝儿奶声奶气的嬉笑声和"丁零、丁零"铜铃铛的脆响声。美云听了心里很舒坦，方明轩听了心里也很舒坦，方家每个人听了，心里都很舒坦。

43

1939年，国民党在黎亭县成立县党部，大肆发展党员，李众吉、李出奇、赵连成、常花庭、杨书魁等人相继加入国民党。1940年这些人又都加入了离卦道,随之便操纵了该道的领导权。

于是,当真如《红楼梦》中的《好了歌注》描述的那样,"乱哄哄你方唱罢我登场"。离卦道的言论越来越荒诞不经,他们大力发展道徒,宣传"入道可以躲避劫难,日军不烧不杀"等谎言,骗取一些不明真相的老百姓加入,并利用亲戚朋友等关系,针对不同特点的人进行不同的诱导。比如,对瞎子说"你入道后,眼就能看见了";对年老体弱的人说"你入道后,就可以长寿百年,身体健壮";对小孩和青年则宣传"入了道,一生可免灾祸";对想当官的人,则宣传"入了道可升官发财"。

隔年春天,太行根据地实行村政大选,建立"三三制"民主政权,通过选举村长、副村长建立农村基层政权。离卦道内的骨干分子,想通过选举同共产党争夺政权,但争夺的结果以离卦道的失败而告终,各村的村长、副村长都选成了共产党员。于是,离卦道决定破釜沉舟大干一场。

那年秋天,黎亭县的离卦道徒竟发展到三千多个,遍及当时的一、二、三、四区,一百二十多个村庄。随着道徒的不断发展,组织机构逐步健全,在总坛下面,分设东、南、西、北四个坛。总坛三师一人,主师四人,铁笔四人,二等执令五人;东、西、南、北四坛内也相应设置主师一人,副主师一人,铁笔通讯二人,平进师一人。

王水生不过在西坛内混了个铁笔通讯,这离他的梦想实在太遥远,心下不免失落和愤愤然。正好在这个时候,传来方明辕手受伤回家疗养的消息,他才想起他和方明轩还有一笔账没算,趁机敲诈些钱财也是好的,于是心急如焚,一刻也不想耽误,收拾行囊,连夜翻山越岭徒步赶回了板崖村。

月色如银,初冬寒夜的浊漳河像笼了一层轻纱,汤汤的水声传得很远、很远,把"挂"在崖壁上的山村衬得愈加空旷、寂寥、宁静。

王水生回家翻出了几年前割罂粟花球的刀片和一个破旧的犁铧,他像一只猫一样,脚步轻快,在板崖村空荡荡的街巷里健步如飞。

夜色下的方家大院静悄悄的,看家楼上,灯火幽暗,已是子夜时分,王水生想那两个家丁也许早偷懒睡去，但他还是不敢大意，他绕到了院子后边，抓着角门上的门搭链，双腿一屈一蹬，就翻上了墙头，然后又顺墙体出溜到了院子里。

顺利进入客位院的王水生，又悄悄潜入了中院。

这个时候方家的主子们都已进入了沉沉的梦乡，美云和垚宝儿睡一屋，小娃和垚垚睡一屋，余下的人都是各占一屋。上了年纪的人都习惯独睡，年岁愈长，睡眠质量越差，夜里翻身、打鼾、起夜，自己一身毛病不觉得，反倒抱怨别人影响自己。方明轩就是这样，烦素云夜晚睡前的打坐，也烦美云都钻被窝了，还絮絮叨叨的，不让人有片刻的清静和消停。

此时的方明轩并没有睡熟，听到了木板门有异样的响动，起初他以为是偷嘴的老鼠，细听又不像，他便想到了逆子子垚，这两年来，神出鬼没，习惯在半夜里来半夜里走的也只有这小子。

"你这小畜兽……"方明轩嘴里嘟囔着，骂声里有嗔怨也有宠溺，他记得爷爷在世时经常这样骂爹，爹后来也经常这样骂他。他摸索着起身先点着了油灯，他事后回想，才知道自己当时太大意了，这个时间段，即便是子垚回来，他去敲的也应该是小娃的门，而不是……

当方明轩刚刚点亮油灯，下炕来准备穿鞋时，门闩就被水生用刀片拨开了。当他看清楚进来的人是王水生时，就大声喊了起来："来人啊！来人！"王水生一怔，慌里慌张地就把手里的那片生锈的犁铧抛了出去，犁铧带着杀气飞了过来。方明轩一惊，身子本能地往旁边一侧，犁铧"哐当"一下落地了，没砸着要害，但还是在他鬓角处擦出了一道两寸长的血口子。

后来血口子是长好了，可也留下了一道疤痕，算是破了相。也就是小娃老年糊涂后，常常叨叨地"破"了皮。

这事件在方家说大也不大，说小也不小，可方明轩终究没有把王水生怎么样，他对随后赶过来的家丁说，"算了！放他走吧！"

他愤愤地将身子掉过去，留给别人一个笔直的腰杆。

"唉……"这一声叹息，声音低沉，却拖得长长的，里面有负气、有大度，还藏着些许无可奈何。

一个村子里住了几十年了，暗地里较劲也较了几十年，可到最后呢，谁又能斗得赢谁呢?!

王水生随即又返回了他的老本营，参与了离卦道暴乱前诸多的准备事项。总坛秘密地组织起一套严密的军事组织，从各村挑出精壮忠实的道徒，组成5个大队，每大队下设3个小队，小队下设2—3个班，每班10人左右，男的称罗汉，女的称女兵，并且组织执法队负责督战。

离卦道打刀造枪，准备武器，拟定武装暴乱的计划，准备先攻占公安局，夺取枪支，再攻打抗日政府，进而占领县城，若举事不成，就去潞城投靠日军。

为了得到日军的支持，离卦道总坛主还派王水生先去潞城与日军特务取得联系。回来后，离卦道各负责人先后两次开会。一次讨论扩大规模，一次实施具体布置。决定东坛出120人，西坛出80人，南坛出100人，北坛出200人，共500人，分为五路，三路合击县政府，一路攻打一区，二路攻打二区。同时规定各路的集合地点。时间定为10月10日国民党的"双十节"，口令是：上半夜"桃园"，下半夜"结义"。集合时以敬神为名，每人带白面干粮三斤，身穿黑衣，腰系丈二长白腰带，以便识别，每人各执刀、枪、剑、棍等武器一件。为保密，通知道徒时他们只说带干粮是为了敬神，敬神后吃下可以不生病，度过劫难；白腰带带回后剪成头巾，说是日军来了看见了不杀。

在离卦道暴乱发生之前，共产党地下工作者就有所察觉。那几天，县公安局就不断接到情报，所以提前在半路上做了埋伏。

临出发前，王水生还给每个道徒冲喝了"符"，说是这样就可以刀枪不入。

道徒们在李永祥的领导下，高喊"打倒共产党，反对亲苏派""打倒八路军，建立东亚新秩序"的口号，一路朝公安局而去。

当道徒们进入一条山沟里时，为了避免不必要的伤害，抗日政府的人站在沟岸上喊话，希望受蒙蔽的道徒迷途知返。

穷途末路的李永祥，手执七星宝剑，继续高喊"杀"，带领道徒们往沟岸上冲。就在即将冲上沟岸时，公安侦察员连投几颗手榴弹，李永祥当场被炸死，其余道徒一看"皇帝"已升天，自知神符不灵，纷纷后退，有的趁机逃跑，有的则向潞城的日军据点微子镇逃窜。

离卦道暴乱以失败而告终，王水生又回到了板崖村。

隐在这山沟沟里的八路军后方机构也都发展喜人。被服厂织出了第一匹布，制药厂研制出了第一支柴胡针剂，兵工厂造出了第一支枪，印钞厂发行了第一张纸币，生产部收获了第一穗"金皇后"……

当上村长之后，石头儿就不放羊了，还把自家的山地都种上了生产部刚研发出来的"金皇后"玉米、"一六九"小麦和"玻璃秀"谷子。

李腊月嫁过来时，带来了李家祖传的小米酿酒秘方，方家也就顺理成章地在板崖村开了"方记酒坊"。方明轩到底是深明大义的人，他虽然没有响应"减租减息"政策，但酒坊里酿出的酒，有一半都送到广志山捐给了八路军后方医院，代替酒精给伤员们消毒。

三乐班和周边几个戏班子一合并，也壮大了。先是改为"黎明剧团"，没两年又顺应形势改成了"抗日先锋剧团"。传统剧目很自然地被摒弃不用了，剧团加班加点地编排了些小戏剧，《杀汉奸》《可恨离卦道》《村政大选》《告日本兵》……

后来，被服厂无缘无故就丢了两匹布，最后在鳌山寺的藏经洞里找见了一匹，因为鳌山寺距板崖村最近，所以区公所把作案者锁定在了板崖村。

既然布是在鳌山寺找到的，石头儿和张有良便首先怀疑到了来未，就连夜把他绑了审问。来未先是不承认，最后倒是承认了，交代问题时却又驴唇不对马嘴的。两人只好又把来未放了。连夜把村里十八到六十岁的男人都召集了来，说是要"端像"，其实就是让所有人在屋子里坐下，然后差人挨个盯着脸看半炷香的时间，若哪个脸红、流汗，或者表情不自然，就断定他是偷盗者。

这当然不科学，端像端出好几个偷盗者，石头儿和张有良又犯了难，有人提议，说要不把"梦先生"刘二利叫来梦梦？

就在这时，丢失的另一匹布也找到了，窝赃点在凌云峰上的兴真观。搜索作案目标的范围便缩小了，毕竟凌云峰不是一般人能上得去的。很自然地，大家就想到了前些年在凌云峰兴真观里炼丹的王水生。但马上又想到了王水生是石头儿的爹，就都三缄其口，变得心照不宣起来。

过去再有多大的恩怨，毕竟有血脉亲情连着，石头儿下不了手，但事已至此，又包庇不得，只得推说身体有恙，交与张有良一手处理去了。

王水生最后被司法处拉去枪决了，但临行刑前，他忽然仰天大喊："三十年后又是一条好汉！"话音未落，子弹已穿透了后脑勺，他人一晃，旋即栽倒在地。

44

相较方明轩，石头儿和张有良的思想很进步，意识也更超前，女人们光放脚还不算思想解放，于是两人就动员板崖村十多个懵懂初开的女孩子，组建成立了"女儿剧团"，还把王水良请了回来当师傅，教了几个月，排演了《转变作风》《官逼民反》《保三参军》《改造老顽固》等新剧目。

新剧一上演，就在山里的沟沟岔岔炸了锅，四邻八乡的人都涌来看稀罕。戏一开场，台下的人便被惊得呆呆傻傻的了，特别是那些脚穿锥形绣花鞋的女人们，看着台上这群可以跑、可以跳、可以大嗓门说话、可以张口大笑、可以演男人们的"疯"丫头，她们的面部表情被牵扯得极为生动和复杂，新奇里带着羡慕，羡慕里又带着不屑和鄙视。世道真的变了吗？一向低眉顺眼的女孩子，怎么一下子变得这么疯、这么野、这么张致？！

九岁的垚垚，现已出落得身材高挑、容貌娇俏，加上她的性格果敢泼辣，不管什么戏，总是争着演主角，而且她演什么像什么，总能把剧中人演活。

心情更为复杂的是方明轩，他被冠以"老顽固"的称号，刚开始只是石头儿和张有良背地里这样叫，渐渐地村里人就谁也不回避了，大家都这样叫，到最后自己竟变成了戏台上的《改造老顽固》里的角色。最让他难以接受的是，那个穿着长袍马褂，戴着瓜皮小帽，趾高气扬，动不动就吹胡子、瞪眼睛骂人的"老顽固"竟是女儿垚垚演的。

渐渐地，晚生子垚宝儿就成了方明轩唯一的希望和寄托，盼着他长大，又怕他长大。都说"前三十年看父敬子，后三十年看子敬父"，他盼着垚宝儿长大了，能成为他老年时的拐杖和依靠，但心里又有一丝惶恐，谁又能保证，垚宝儿长大了，不会成为方家的下一个白眼狼？！

其实，方明轩人生的悲剧，已不知不觉进入了倒计时，先是垚宝儿的不幸夭折，再就是土地革命一开始，方家就被定性为不折不扣的地主，方明轩终于彻底崩溃了，万念俱灰的他，用一个绳套结束了自己的生命。

那年，垚宝儿已经十三岁了，人大心也大，嫌弃自己脑后的辫子难看，就自己拿剪刀铰了，家人也没在意，反正眼看着就要开锁了。但偏偏就在这节骨眼上出事了，一天垚宝儿独自跑出去玩，不知咋的，就掉进了村中的麻池里。当时并没有人发现，家里人也只说这孩子不知野哪里去了。傍晚孩子还没有回家，方家大院便乱了套，众人跟着方明轩举了火把四处寻找，垚宝儿终是无果。直到第二天，村里一农人到麻池里捞他沤好的麻，才发现美云的命根子、方明轩的晚生子——垚宝儿沉在了池底，身上缠满了腥臭滑腻的绿藻。

美云哭昏过去几次，再后来，人就神经兮兮变得不正常起来，每天披头散发的也顾不得梳洗了，忽而说太太房飞进一只蝴蝶，蝴蝶一直绕着她的床飞，那是她的垚宝儿回来找她了，忽而又说垚宝儿给她托梦了，说是观音菩萨看上了他，把他要去留在身边做金童嘞！有一天，她站在院中央，忽然指着石榴树上的一颗红石榴大叫了起来："谁把我的垚宝儿挂树上了?！谁啊？唔?！咋这样缺德！"边喊叫，边跑着到客位院的杂物间找梯子，说要把她的垚宝儿救下来。

方明轩仿若在一夜之间被人抽去了脊梁骨，一病数月，卧床不起。紧接着"土地改革"就开始了，作为后半县的首富，方家被定性为地主成分肯定是铁板钉钉了，但他并不慌乱，心里认定这些财产是祖上几辈辛辛苦苦挣来的，没偷没抢，怕它个尿？！但亲朋邻里的都跑来"劝慰"。

"去找找子垚吧！不是听说在×××处当大官了吗？他帮忙说句话，肯定管用的。"

"实打实说啊！你这又雇长工，又放贷，又往出租地的，定你个富农真不冤枉，怕是躲不过这一劫嘞！赶快去找子垚吧！"

方明轩还在犹豫不决时，子垚已托人捎回了一封信。

"雇长工就是剥削，出租土地也是剥削，放贷更是剥削。爹！你一定要积极响应党的号召……"

字字扎心，只看了两行，方明轩就抓起来撕了。仍觉不解气，又团成一团，扔进炉火里烧了个干干净净。

镇上已开始斗地主了，像往池中投了一块巨石，涟漪一纹一纹地波及周边村落。农民不上地了，铁匠、木匠、石匠、瓦匠、油匠也都不出工了，三五成群地相约往镇上涌。

那天方明轩也去了，别人都是去看热闹的，只有他是想探探这水的深浅。

被斗的也是一个富农，因为家里雇有一个长工，还因为这人会享受，每天晚上要吃"小锅饭"，其实说白了就是让老婆给做的一碗揪片汤，还因为他往外放过债。新仇旧恨累积起来，就激怒了左邻右舍，激怒了众乡亲。人们把他绑在村中戏楼的柱子上，逼着他把私藏的金银财宝都交出来。老头子嘴很硬，尽管有鞭子不由分说地抽打，但还是说没有，一块银圆也没藏过。有几个愣头青就被惹急了，跑去把一个烧红的火口挑了来，威胁着说，老东西，再不说就给你套头上。

火口刚一靠近头部，老头子稀疏的毛发一下直竖了起来，瞬间一股焦煳味，头发就全被燎没了。老头子一下子蹲坐到了地上，声嘶力竭地喊道："我说！我说！"

站在人群里的方明轩吓得一哆嗦，一泡尿就撒在了裤子里，他不知道自己是怎么从镇上走回板崖村的。那天晚上，他把素云叫到自己的房间里，把门闩了，油灯也没点，两人摸黑窝在土炕上悄悄说话。

"孩他娘！方家的家当，都在咱俩这身子下铺着嘞！"

素云一下子哭出声来，为这迟到的信任痛哭流涕，她扑到方明轩面前，掩住了他的嘴，"他爹，你犯甚糊涂！鸡蛋咋能放到一个篮子里呀？"

方明轩犹豫了一瞬说："没有，我没放一处……"下边的话他不能说了，他原先是给美云和垚宝儿留有一份的。

"没放一处？！哪里还有？"

"哪里还有？都在这屋子里嘞！"他长叹一声，心想垚宝儿没了，美云又常犯疯病。还是都交给素云吧。

"脚底的地砖下，还有。"

本来是交心的，本来是怕自己躲不过这一劫托付后事的，却因为这最后一句话全毁了。

两人后来吵了起来，具体吵些什么，后人都不得而知了，留在那个夜晚的只有方明轩的长吁短叹和素云凄厉的哭声。天亮之后，家人发现，夫妻两个脖子上各自套一个绳套，双双吊死在了门框之上。

一受刺激，美云的疯病就又犯了。而引娣在炕上瘫着，俩儿子联系不上，俩媳妇又年纪小，没经见过世面，方明辕只得出面，把弟弟和弟媳妇草草葬了。丧事已经不讲究了，棺椁用的是早年攒下的椿木，只有那两条象征着多子多福的"百子嬉春图"的红缎被子，还上点档次，那是引娣早年攒下的苏绣被面。

方明轩和刘素云躲过了初一，刘美云却没有躲过十五，大家都说她鬼得很，一会儿说金条和银圆在主位院的石榴树下埋着，一会儿又说在太太房的架子床下，结果哪里也没有。村民很生气，把美云拉出去批斗。几个年轻人把她摁跪在耢地的耢上，再由一个人在前面拉着拴有绳子的耢在板崖村的丁字巷里游行，又把她装进荆条筐里，由山上往山下滚。被斗过两回，美云的精神变得越发不正常了，一天午后，嘴里喊着："垚宝儿，我的心肝垚宝儿。"跑出去之后，便再也没有回来。方明辕带着护村队的人一连找了几天，才在距村二十多华里的一条山沟里，发现了她的尸体。淡紫色的香云纱旗袍已被撕成了布条条，胳膊和腿上都是泥，脸也少了一半，像是被山里什么野兽给啃去了。

紧接着，鳌山寺下那些猪肠子一样的梯田也被分掉了，那些地本来属于寺产，现在寺没有寺的样子了，地便被分去了，只给来未剩了两小块山地，一块种玉茭、青谷、黑豆，一块种些黄瓜、豆角、白菜、芫荽等菜蔬。

45

当爱情退去了最初的激情，落实到婚姻的庸常里，大多数婚前情投意合的夫妻，在失去新鲜感后，并没有想象中那么高的契合度。

宋词觉得她和凌浩，只不过是经过磨合后，找到了更融洽的相处方式，那就是：如果不能相互理解，就请相互体谅。

结婚近十年了，他们一直没有要孩子，陪伴在身边的只有两只猫。第一只养的是中华田园猫，宋词给它取名叫"梅花"。饲养八年后，"梅花"病逝，半年之后，宋词捡到了一只纯白色的异瞳缅因猫，因念旧，更为了好记，她仍叫它"梅花"。

第一只"梅花"是中华田园猫里的奶牛猫，宋词觉得中华田园猫这名字冗长且拗口，其实也就是土猫。因猫是黑白两色，酷似奶牛，所以叫奶牛猫，但古人似乎很青睐这种土猫，给它们取了很多诗意的名字。通体黑色、四蹄雪白的叫"踏雪寻梅";同样通体黑色,脑门上有白斑的叫"将军顶印",背上有白斑的叫"将军负印";通体白色,拖一条黑尾巴的叫"雪里拖枪"。梅花的特别之处在于,通体黑色,四蹄雪白,脑门上又顶了一片形似梅花的白斑纹,所以宋词就给它取了这个名字。

这名字取的,足见宋词的与众不同。其实在别人眼里,她是一个古怪的、假清高的、不接地气的,又很小资的女人。

宋词的好,只有凌浩能捕捉得到,在她看来,这已经足够了,他是那个会呵护她的癖好,并精心为她研制"十八宝粥"的男人。

黄豆、黑豆、红豆、绿豆、花生、核桃、红枣、葡萄干、桃仁、腰果、薏米、荞麦、糙米、党参、人参、西洋参、枸杞、莲子,十八样食材是全部磨粉后,又掺和好,装进罐子里的,宋词每天早起掐两勺,文火熬几分钟即可。

在宋词看来,凌浩别的还好,只是后来他染上了一种癖好,经常捡一些破烂回来搞创作,这让她很难接受。对于搞艺术的人来说,为了让作品更完美、更具有价值,多数人会使用昂贵的材料和工具进行创作。但凌浩选择了剑走偏锋,他认为越普通、越破烂不堪的材料,创作出来的作品越有潜在的魅力与价值。

宋词也喜欢旧物,但她收藏的东西,都是亲人用过的,比如姥姥给她的一个枣红色的中药柜、一个彩绘梳妆匣、一个针线笸箩,还有一个木制的雕花脸盆架。妈妈送她的旧台灯、旧钟表,家里有了这些旧物,就觉得仿若亲人时刻相伴左右。

但凌浩说,他希望用艺术作品来唤醒人们对环境的重视,从而采取正确的方式处理废物和垃圾。于是一只鞋子,或是一个饮料瓶,又或者是一只破旧的包包,都会被凌浩捡回家来搞二度创作。

时间久了,夫妻二人就有了自己的相处之道,那就是:各自忙碌,拒绝打扰,互通有无,彼此照顾。

比如,前几天凌浩在垃圾桶旁看到了一张被人丢弃的婚纱照,就捡了回来。

他的创作灵感总是这样突然而至。

麻绳、纽扣、螺丝帽、树枝……二次创作的材料,都是凌浩捡来的废弃物品和材料,就连上色的颜料也是由咖啡和墨汁勾兑的。一顿操作后,他把照片里被抠掉的正脸男女,变成了一幅具有抽象艺术风格的作品。

为了照顾他的癖好,他们把并不大的住房设计了两个书房。凌浩的书房里画架、画板、画笔、彩铅、丙烯颜料、水粉颜料、调色板,还有半成品的画作、印章、刻刀……随意扔、随意丢,加上他收藏的艺术品和捡来的垃圾,屋里连个落脚的地方都没有。他沉迷其间,很是享受,他说太规整、太有序的环境,反而影响他创作的灵感和激情。

既然这样,宋词便不多去干涉他,凌浩在家或不在家,他的书房都是紧闭的,宋词非必要不涉足。因为她觉得,在婚姻里,懂比爱要重要得多。

除了上班,宋词多半的时间是宅在家里的。他们的家新近刚刚重新装修过,客厅、主卧,还有她的书房,按她的意愿,装成了她喜欢的侘寂风。

的确,她有点病态地喜欢那种比性冷淡还冷淡的风格。

宋词选用了大地色作为客厅的基础用色,然后佐以米色、烟灰色,营造出了枯寂、素净的氛围。材质上用了黏土、藤编、亚麻等,让居室呈现出了东方美学里的最高境界——原生态的美。

客厅里原先挂有一幅油画,是凌浩照着她的照片画的,身穿月白色禅服的宋词,云鬓高耸,闭目叠股在一片王莲的叶子上打坐。但宋词坚持把画取掉了,她说莲叶的绿与房间里的色调不搭。她喜欢那种素净的色调,喜欢那种枯萎的质感,喜欢那种原始而破败的美。所以一年四季,她书房的粗陶花瓶里插的不是枯萎的莲蓬,就是灰白色的芦花,或是她从老家山上采来的几枝南蛇藤。

但凌浩发现,宋词对绿色的排斥好像是有选择的,比如,她的书桌上的那盆书带草，已经陪伴她好多年了，绘着"竹林七贤"的白瓷四方花盆，她每天都要用抹布擦拭一下。

卧室的衣柜是实木的，里边挂着宋词的禅服、茶服、森系、民族风。她觉得，衣服就是人的第二种语言，与其说你穿的是衣服，不如说你穿的是自己的样子。宋词喜欢棉麻，她向往那种松弛和自由，也热爱那种自然和质朴。

当然衣柜里也有汉服、旗袍和奥黛，只是她很少拿出来穿。

宋词懂得穿什么衣服搭配什么首饰，自然她的首饰也多，而且她特别喜欢各种镯子和手链，翡翠的、水晶的、珍珠的、蜜蜡的、琥珀的、砗磲的、紫檀的、黑檀的、绿檀的、朱砂的、老银的、南红的、青金石的、绿松石的……不过她最喜欢的还是母亲送她的一对藤银镯和小涵送她的山桃核手串。

小涵说这十四颗"佛珠"可真不一般嘞！怎么个不一般法？他说，那是一年深冬他在鳌山一棵干枯的山桃树上发现的。你想啊，这些山桃核可是经过了春夏秋冬四个季节啊！那可不就是采天地之灵气、集日月之精华的宝贝吗！

宋词就笑问，为什么是十四颗，而不是十五颗珠子？小涵说，这个是有讲究的，不是乱穿的，你知道菩萨和佛戴多少枚珠子？平常是十四枚和一百零八枚，再多了不好。戴手串，如同人修行，修行不够，就是逆天而行，我们平常人无福消受的。命里有就有，命里没有就不要强求。

手串后来被宋词盘得包了浆，如古玉一般泛着紫红色的光。

宋词特别喜欢自己这种素简的生活，书房里有笔墨纸砚，墙上挂着古琴，地上铺着瑜伽垫。每逢节假日，她会坐在藤椅上看小说、听音乐，或者熏香、烹茶，照着《闲情记趣》跟沈三白学插花。"其插花朵，数宜单，不宜双，每瓶取一种不取二色，瓶口取阔大不取窄小……自五、七至三四十花，必于瓶中口一丛怒起，以不散漫、不挤轧、不靠瓶口为宜……花取参差，间以花蕊，以免飞钹耍盘之病；况取不乱；梗取不强；用针宜藏……"宋词的插花器是一个荆条小篮子，它原是早年挂在姥姥的织布机上，用来存放梭子的。那种古旧、那种无处不在的熟悉感，让人身心安暖，也让日子散发出甜美的气息。

宋词就这样阳春白雪地生活着，她觉得日子充实而美好，她特别不喜欢一种女人，就是那种有了钱就去打麻将和做护理的女人，她从不涉足那种地方，生怕沾染那种市侩气和俗气。

梅花时时刻刻陪伴着宋词，又不去打扰她。这是一只乖巧的猫，年岁渐长，就在乖巧中多了一些慵懒。宋词临帖、烹茶、打香篆时，它就窝在她怀里睡懒觉，或者是在书桌上打滚，要不就是转着圈撵着自己的尾巴玩。屋里静悄悄的，一人一猫，端的是云淡风轻、岁月静好。

但宋词就是宋词，心理底线和边界感极强，所以即便她很喜欢梅花，可若非迫不得已，是绝不带它出门的。

清楚地记得有一次，编辑部同事的儿子考上了一所名校，同事很高兴，于是设宴款待亲友。宋词原不想去的，又不忍拂了人家的面子，只得答应晚上按时赴宴。

凡出席公众场所，宋词总是要精心打扮一番的。别人眼里的自然与随意，于她却是花了大把时间的。

宋词坐在梳妆台前，把蓬松的中长卷发披散开来，学着梳小红书上的一款花苞丸子头。

挽了拆、拆了挽，折腾了近一个小时，才在枕骨处挽好一个令自己满意的花苞，又从鬓角拉出来几绺细发，用卷发棒卷了一下，才对着镜子会心地一笑，转身去衣柜里挑衣服。

宋词选了一件雾蓝色针织短袖衫，一条靛蓝色的苎麻长裙子，下搭一双复古低跟的玛格丽珍黑皮鞋。

裙子是她近来最喜欢穿的一条大摆裙，上面"开"满了一小朵一小朵洁白的铃兰花，裙子垂至脚踝，柔若流水，行走时犹如一只翩飞的大蛱蝶。

宋词进去刚落座，一个同事就走了过来，拍了一下她的肩膀说："刚才在酒店门口看见的不是你啊，我以为是你呢。怀里抱一只博美。"

宋词笑道："不是，我养的是一只猫，一只上不了台面的普通土猫……"

她的话还没说完，就兀自吃了一惊，一年轻女子抱着一只狗，仰着45度高昂的头颅，朝她们的桌子走了过来。女子上身穿一件齐腰的白色真丝短袖，下身是一条浅绿色乔其纱长裙。她走路时，轻摆腰肢，于是裙裾翻飞，很是风情万种。

说实话，宋词觉得，女子的身材，还有她的脸盘和自己真的有几分相像，但细看，却又不像。她的五官没有宋词的精致，脸上也少了几分静气，身上倒比宋词多了几分风尘和世俗气。

还未落座，服务员已经走了过来，告诉那女子，禁止带宠物进店用餐。

女子一脸不悦，但还是抱着她的博美出去了，一刻钟后，复又返了回来。

那个晚上，她们相向而坐，虽然中间隔着一张桌子，但宋词还是看到了她脸上厚腻的脂粉，如果再靠近一点，兴许还能闻到她身上飘散着的很刺鼻的香水味。

一晚上，她们没有说过一句话，也没有任何交集，但宋词还是牢牢记住了她，并有一种说不出的感觉，不是喜欢，不是厌恶，也不是妒恨，那是一种很微妙的感觉，一种说不清道不明的心绪。

元芬认为宋词之所以一直不要孩子，就是因为那只叫梅花的猫在作祟，她对猫有一种无来由的恐惧、厌恶和排斥，这大概源于她很小的时候看过的一部叫《马兰花》的动画片，故事的情节早已漫漶不清了，也或许是她一开始就没记住，她的印象里只有那只能呼风唤雨的黑猫，还有它玻璃球一样发着幽幽绿光的眼睛。

她理解不了有的人养只狗、养只猫，就管它们叫儿子和女儿的变态心理。

放开二胎后,元芬就把带了多年的节育环取掉了。"或男或女再生一个吧!"大家都这样说,不是为了传宗接代,那观念太迂腐陈旧了,也不是为了养儿防老,那样太自私了,而是一个孩子太"单"了,遇点事,连个商量的人都没有。如果是两个的话,遇上大事,或者是难过的坎,就可以相互扶持、相互帮衬。

这些话,元芬居然听进去了,并深以为然,其实个中原委只有她自己知道。斌斌一生下来,婆婆就直言不讳,"你这样子,能看了孩子?!俺可不放心!"然后就用小被子一裹,把孩子抱走了,其间,春兰曾几次劝说,让元芬去把孩子接回来,结果是一个不上心,一个不放手,所以一直等到该上小学了,斌斌才被接回身边,这时元芬才发现,孩子和她根本不亲,她感觉和孩子也有了隔阂。

如今,斌斌许是进入叛逆期了,越来越不听话,凡事都要和父母对着干。而元芬也一日日变得焦灼不安起来,似也有了更年期的症状,于是她着急起来,把怀孕之事悄悄提上了日程。

取环一年多的时间了,可元芬的身体一直没有动静,去医院检查,说是子宫后位兼输卵管堵塞,知道自己子宫后倒后,她便每天回来趴着睡觉,输卵管堵塞,需要疏通,输液通了两次,那种疼痛,让元芬想起来就冷汗直流,最后只得放弃了。

后来,元芬和大宝抱养了田静儿。一个大眼睛、卷头发,洋娃娃一样的女孩儿。由于两口子都忙,就花钱雇了人看,白天保姆照管,晚上人家一走,元芬草草扒拉两口饭,就得给田静儿洗涮、哄睡觉。

大宝的理由是一天事杂,晚上不能听孩子哭闹,就拿了手机,抱了枕头到另一个卧室睡觉。因此晚上起夜给孩子冲奶粉、换尿不湿的事,全丢给了元芬。没几个月,元芬就受不了了,天天晚上睡不好觉,白天还要上班,人就垮了下来,腰酸、腿困、脱发、头疼,脾气也越发焦灼、暴躁了。两口子的口角就多了起来,元芬认为大宝是当爸爸的,也理应照顾孩子，毕竟她不是超人！大宝则说已花钱给你雇了保姆了，还要咋的？再说了你也只是晚上搂孩子睡睡觉，哄孩子睡觉不是当妈的理所应当干的事吗？

吵来吵去，问题没解决，矛盾却直线升级。田静儿一岁半时，看到两人吵架就能做到视而不见、听而不闻，坐在玩具堆里专心玩自己的玩具。家里各种型号、各种造型的芭比娃娃、生肖玩具、毛绒玩具，堆满了一个小杂物间。这些都是大宝为了弥补自己对孩子父爱的缺失而买的。元芬则是买漂亮的小裙子、汉服、头饰、带钻的小鞋子、小靴子……

两人在对田静儿的"爱"上，好像是铆着劲儿攀比的，昨天大宝买一箱子圣女果，元芬今天就会买回一大盆奶油草莓。

尽管如此，元芬还是渐渐发现，田静儿并不静，也不是乖乖女，更不是小棉袄。刚刚三岁的年纪，她就能从沙发跳到茶几上，再由茶几跳到窗台上。她赤着一双胖乎乎的小脚，客厅、卧室、阳台、厨房、卫生间……见什么糟蹋什么，见什么霍霍什么，一会儿工夫家里就跟被土匪打劫过一样。

终于，田静儿上幼儿园了，但性格依然顽劣，虽然每天还需要接送，但可能在幼儿园玩得太累的缘故，小人儿晚上一回家就早早睡了，元芬就觉得较先前轻松多了，晚上洗涮后她会喊大宝过来睡觉，三声五声喊过去没反应，她趿拉了拖鞋找过去，常发现大宝在玩手机，看见她进来了，手机往床上一扣，说你快去睡吧！静儿一会儿醒了，该找不见你了。

元芬一声不吭，转身去田静儿的卧室开了小夜灯，又返了回来。但大宝已经把手机塞枕头底下睡了。

也不知道是真睡还是假睡，反正夫妻关系就这样冷了下来，好在元芬对那方面的需求不是太强烈了。以前两人睡一起，总免不了互相抱怨，大宝说她打呼噜，她说大宝不光打呼噜还说梦话。元芬就赌气，分开睡就分开睡，还落得个自在清静。

本以为日子就这样不咸不淡地过下去了，但忽然有一天，元芬摸着自

183

己左侧的乳房，发现里边有个硬硬的疙瘩。因为不疼不痒的，所以也就懒得去管它，直到有天无意中听人说，乳房里长硬块，疼了可没事，不疼反而不好，她才慌了。

到医院一做检查，诊断为乳腺癌，马上从省里请了专家来做手术。应该说手术还是比较成功的，但紧接着又是化疗，又是各种西药、中药的调养，把大宝折磨得也够呛。

一年时间很快就过去了，再去复查，癌细胞没有扩散，恢复得也还不错。

经此一病，元芬越发大大咧咧的了。每听人发牢骚说，家家有本难念的经时，元芬就大笑着说，我家至少四本！大宝一本，斌斌一本，田静儿一本，还有……

嘴上这样说着，只因那时田静儿还没有查出性早熟的毛病，所以元芬觉得，田静儿是够费心、够累人的，但孩子带给她的甜还是比苦多一些的。正因为如此，她才一直执意劝宋词生一个孩子。

恰在这时，镇政府的门卫因为收养了几只流浪狗、流浪猫而染上了克雅氏病，家里人带着去北京、上海看病，终是没有治好，不到一年，好端端的一个人就没了。元芬的理由便又充足饱满起来，一天又是给宋词打电话，又是发信息的，她语气强硬、情绪激动、用词粗俗，让妹妹赶紧、立刻、马上把那只破猫给处理掉。

46

就在子垚在家养伤的那半个月，小娃怀上了他的骨肉。

"立新"是夭折在小娃肚子里的。

那些天里，她天天挎着荆条篮子，扛着长竿和人到山地里卸柿子。后来她仔细回忆，觉得应该是地堰上爬上跳下的，动了胎气，才让她一天黑夜刚睡下，就觉得肚子坠疼得厉害，紧接着下身就见了红，再后来胎动也没有了。小娃知道,孩子多半是没了,她哭了一清早,自己吃药把孩子打下来后,才发现是个带把儿的男娃。

这些事子垚是在多年之后才知道的,因为他自那次离家之后,就再也没有回来过。新中国成立后,小娃才从别处得到消息,知道子垚南下去了福建。

当时十里八村的还流传着一个故事,说是中庄的一个女人,她男人南下去了四川,她愣是凭着一双小脚,步行走了几个月,找到了自己的男人。男人在那边自是另有了家室,却也给了她三十块钱做盘缠,并嘱咐她合适了,就另找一个可靠的人家,安生过日子。故事的亮点在于那个小脚女人的毅力,大字不识一个,却有这份勇气和决心。于是便有人劝说小娃,人家小脚都能找到四川,你一双大脚走不到福建?

小娃一脸的惶恐不安,人和人咋能比?!千里寻夫这样的事,只是听一听,她心里就发怵了。

最后别人劝得多了,她就犹犹豫豫点了头,她是不忍拂了众人的好意,因为她心里有谱,知道即便是找到了子垚,他也不会和她回来的,他当时肯娶她进门,完全是由于父命难违,这是她在无数个难熬的黑夜里悟出来的。

如果能见到人,钱他肯定会给的,为的是买个心安。可这是白小娃想要的结果吗?!

两眼一抹黑的小娃,徒步走到了长治火车站,她第一次出远门,见这么多人,她的心里满是恐惧,她不敢和人说话或打问消息,甚至别人多看她一眼,她就心慌得厉害,她当真是后悔自己的莽撞了。

她不知道该去哪里买票,该怎么买票,具体买哪里?路上要不要转车,怎么转?她心里空得很,像迷路的孩子一样,茫然失措地坐在候车室里。

不知过了多久,小娃发现身边的座椅上放着一个蒙着红格子围巾的竹篮,原先以为是谁上茅厕,拿一个竹篮占座位的,但一个多小时过去了,却一直没有人取，篮子里却断断续续地传出了"咯哇、咯哇"婴儿的哭声。

小娃终于忍不住悄悄掀开了红格子围巾的一角，于是她看到了一张白白嫩嫩的小脸。这一看，小娃便喜欢上了，便又把红格子围巾往上掀了一掀，只见孩子的胸脯上放着一张折叠的纸片。

小娃打开纸片，见上面写着：女孩，生于1950年农历四月二十八。

小娃挎着篮子出了车站，拧身往黎亭县的方向返。

一路脚步轻快，她嘴里哼着小曲。此时此刻，她早绝了去找男人的念头。

这都是命嘞！是老天给安排好的哎！

因为孩子捡来时，是放在篮子里的，还因为恰好是在春天里，她便给孩子取名叫"春篮"，不想孩子在上户口时，别人给误写成了"春兰"，"春篮"就变成了"春兰"。

小娃捡回了一个女儿，而子垚在南下的路上，捡到了一个女人。

女人叫秀玉，是一个国民党军官逃往台湾时丢下的小老婆。

当真是名如其人，秀玉长得白净、秀气，爱诗书，精六艺，喜欢穿旗袍，没事的时候，喜欢边喝茶，边摇一把淡绿的缂丝团扇。

一个至老都很优雅的女子，是方子垚喜欢的类型，他只是在偶尔的午夜梦回时会想起小娃，而想得最多的还是她做的千层底布鞋、包的素扁食以及她做的头脑汤。为了表示歉意，他给小娃寄回来一对藤银镯。

命运就这样把一家人分成了两家人。时势造人，时势造英雄，时势也造一些悲凉哀婉的爱情故事。时至今日，当我们回过头来去看待这段姻缘时，谁也不能站在道德的制高点去评判当事人的对与错，只能说小娃和子垚的缘分尽了。

小娃把春兰抱回了板崖村，晚上熬稀米粥、白面糊糊喂孩子，白天她就进东家、入西家，找有婴孩的人家给春兰讨奶吃。那个时候小娃已经搬出了方家大院，又回到了废弃多年的白家老宅，她是带着垚垚和李腊月一起离开的。

美云死后，瘫痪多年的徐引娣也在一天晚上咽了气，由于多年卧床不能动弹，身上的肉变得黑红溃烂了，裂着细纹，往出渗脓水，腰间有两处烂得更厉害，露出了白森森的骨头茬子。

那些日子，几只老鸹天天站在院墙之上，或屋顶的瓦楞上，对着解胸楼"呱呱呱"地叫。方明辕扔石头撵它们，轰一下散了，但绕着天空转两圈，又都飞了回来。

小娃心里慌慌的，就觉得此时的方家大院已成了凶宅，不能再住下去了。

她把叔叔方明辕找了来，分了几摞银圆给他，算是安度晚年的钱。

最后，小娃打发了下人，一块红布包了素云留下的铜佛像和《般若波罗蜜多心经》，一块蓝花布包了美云留下的一本《圣经》，还有陈先生留下的一摞书，带着李腊月和垚垚搬回了荒芜数年的白家院落。

多年之后，有人问起小娃，你信佛、信道，还是信耶稣时。她笑笑说，我都信，因为都是让人行好的，都是让人不要作恶的。

这话，乍一听没有一点立场，细琢磨却又是最有立场的。

方家大院腾出来后，几户贫农就搬了进去，其中有农会主席石头儿和副主席张有良。

石头儿抚摸着方家解胸楼前的两根石柱子，感叹道："真他娘的气派啊！"柱子是用整块青石雕琢而成的，两根柱子的内侧各刻有几竖行黄豆大的楷书，可惜石头儿只认得三五个字，也就懒得研读。

他弯着腰，瞪大眼睛，看鼓形柱础上刻着的那些活灵活现的动物。有马、有猴，一开始他以为刻的是十二生肖，绕着柱础继续看，又发现了蝙蝠、梅花鹿、大象，瞬间也就明白了其中的寓意：蝙蝠是福，鹿是禄，大象是吉祥，而他一开始看见的马和猴则指的是"马上封侯"。

侯和王，和皇帝还有着很大的距离，但是石头儿还是很欣慰，因为这毕竟离那个预言、离他们王家的那个梦想又近了一步。很自然地，石头儿就想起了那个很久都没有消息的叔伯叔叔王水亮。

其实，彼时王水亮已经牺牲几年了。

我之所以用"牺牲"这个词，是因为王水亮绝对担得起。

当时，胜利剧团到汤阴前线部队慰问演出，当剧团路经河北X县的一个村庄时，看见河滩里有一辆装着炮弹的大花车陷进了泥潭。当时大家都走累了，所以都懒得去管闲事，王水亮却很积极，跑上前去询问情况，当得知是给八路军送炮弹的车时，就二话不说，弓腰撅腚地帮着众人一起推车。车轮子滑了几滑，又陷进了泥潭，大家继续推，可能是用力不当，车没推出泥潭，却翻倒在地，车上的炮弹瞬间轰然炸响了，烟雾散去，大家才看见血肉模糊的王水亮躺在车旁的泥潭里，一条胳膊也被炸飞了。石头儿的叔叔王水亮就这样没了。

搬进方家大院的几家人，都是庄户出身，没有高低尊卑之分，心一下就拉近了，大家合伙先把种蔷薇的小花圃挖掉了。两棵石榴树先是无缘无故死了一棵，只剩一棵树的院子就成了"困"字，所以另一棵也被刨掉了。

每家门口的青砖都被起掉了，砌上了矩形的菜圃，种了青菜、芫荽、韭菜、小葱、萝卜。大家心里都揣着那么点小九九，可又不便点透说破。终于有人说想把土炕打了重砌，结果十多爿土炕就都拆毁挖掉了，但是仍没有见到方明轩藏起来的银圆。就有人沉不住气了，说："有鸡叫也天明，没鸡叫也天明。我今儿就打开天窗说亮话，财帛这种东西埋在地下会移动的，自古只有财帛找人的，没有人找财帛的。"

接下来，他又讲了一个流传很广的故事，说是一个赶大胶车的人，日日路过一处土崖，每至此处，总是听到有声音在喊："我出来哇？我出来哇？"赶车人一开始并不理会，以为是躲在暗处的响马，想想自己破衣烂衫、身无分文的，所以也并不害怕。直到有一天，他被这喊声挑衅得撮火了，就大声回了一句："出来就出来吧！吓唬你爹！"结果土崖瞬间就崩塌了，流水一般涌出来一堆白花花的银子。

听故事的人，坐在院子里乘凉，男人们一袋一袋地吸着旱烟，女人们就着微弱的灯光做着针线，小孩子们则在院子里跑过来跑过去捉萤火虫，嘴里唱着小曲："明火虫，到俺家，俺给你烙饼炒南瓜……"

后来的后来，那些捉萤火虫的小孩子也长大了，他们照着父辈的样子，把方家大院的院内挖了个遍，但也没有找到所谓的财帛。

倒是多年后，客位院的一截院墙坍塌了，军文找人砌院墙，无意中挖出了几颗生了锈的子弹。没有人对这东西感兴趣，大家判断，应该是方子垚当年藏下的，几个人互相传看了一下，就随手丢掉了。

住进方家大院里的人，最别扭、最不得劲的是小米。这个地方她离开了几年，现在回来了，却是以屋主的身份住进来的。那种不得劲和不自在忽隐忽现，总是在碰见方垚垚、李腊月、白小娃，这几个与方家有着密切联系的人时，会钻出来抓挠她一下，让她心狂跳、脸发胀。

名叫苦瓜的小人儿，在方家大院一天天长大了，脸盘子和他爷爷、他爹一模一样。村人见了都会说一句，"真像嘞！简直是一个模子里拓出来的。"小米抱着他去找张有才给孩子上锁，张有才叹了口气说："这孩子眼长得可不好啊！"

"男娃又不是女娃，要怎好看干甚？！不顶吃，不顶喝的。"小米敷衍着笑。

"不是！这孩子和他爷爷一样，长的是三白眼。"

"三白眼？！"

"你看看不是？！眼珠上吊，露出左边、右边和下边的眼白。"

"哦！哦！"小米诚惶诚恐地应着。

"长这种眼的男的吧！一般来说，都凶横、戾气重。"

小米脸上的笑就收住了，心里越发不安，她不知道啥是"戾气"，但他从张有良的脸上看出来了，总之是不好吧！

苦瓜一岁半时，终于会奶声奶气地喊娘了，苦瓜一喊娘，小米心里就又喜又怕的，总是想起张道士说的话，她就把苦瓜揽在怀里说："苦瓜，白小娃才是俺孩的亲娘嘞！"

苦瓜不解，眨巴着一双水汪汪的眸子。

小米识字不多，却心灵。她自己解读了"娘"这个字，心想：女良为娘，所以在板崖村原先是白李氏，现在却只有白小娃担得起"娘"这个称谓！她想用小娃的善，冲一冲、化一化儿子骨子里带着的恶。

"没她，就没有俺孩儿的这条小命嘞！所以，她才是你亲娘！"

苦瓜依旧喊娘，小米就说："俺孩叫我'妈'吧！这辈子当牛做马，下辈子再给俺孩当'娘'。"

苦瓜再稍大一些时，小米就经常给他访古。

小米给苦瓜访的第一个古叫"忤逆儿"，苦瓜说不清话，发音不准，老叫作"无义儿"。无义儿就无义儿吧，小米笑着说，意思差不多。

她给孩子讲，说从前啊有个种地的穷苦人，没娶媳妇前还挺好、挺孝顺的，可娶了媳妇后，人就完全变了，听上媳妇的话，常常刻薄（欺负）他的老娘。

他在地里劳动，中午不回家吃饭，他娘就每天做好饭给他送到地里吃。尽管如此，他还总是找娘的不是，送饭早了，送饭迟了，要不就是做得饭太硬、太咸了。稍有不顺他就对娘拳打脚踢。

一天他干活累了，坐在地头歇息，一仰头就看见旁边树上有一个很大的老鸹窝，窝里站着一只老老鸹，就在这时候，从远处飞来一只衔着虫子的小老鸹。小老鸹飞到窝里，就把嘴里的虫子喂到了老老鸹的嘴里。这个受苦人看见了，立即心生感慨，心想，我好歹是个人嘞，咋还活得不胜一只鸟懂事嘞！就在这时，远远地看见他娘挎着篮子给他送饭来了。他赶紧站了起来，朝着娘的方向快步迎过去。想起过去的种种，他很内疚，于是走一步路，就跪下磕一个头，走一步路，就跪下磕一个头。他娘老眼昏花，看不清他是在磕头，只当他是在弯腰捡石头，心想这是要拿石头砸我呀，吓得要死，于是把盛饭的篮子往地上一放，直接朝路旁的一棵榆树撞去。

娘就这样撞死了，受苦人很难过，为了补救自己的过失，他后来把撞死娘的那棵榆树砍了，找人雕成了娘的坐像，放在自家的桌子上，一天三顿饭时，总是先给娘盛一碗饭供上。

一天，受苦人要出门办事，临走前嘱咐媳妇说，一定要按时给娘上供。媳妇痛快地答应了。

等他回来时，发现媳妇正在灶前烧火做饭，娘的坐像倒在地上，媳妇一手按着，一手挥着斧头，把"娘"当墩子，在脊背上剁柴火。

男人一看就火冒三丈，扑过去夺下媳妇的斧头，照着她劈头盖脸地砍去，他媳妇就被砍死了，从此变成了十八层地狱里层层都有的一种小虫子。

"你猜这个小虫子是甚？"故事讲完了，小米笑着给苦瓜提了个问题。让他回答。

"是甚？"

"是蚂蚁啊！"小米说，"俺孩儿长大一定要孝顺娘啊！不能当忤逆儿，要不死后会转生成蚂蚁的。"

"当蚂蚁好！当蚂蚁好！"苦瓜一边奶声奶气地说着，一边蹲下身子寻找地上的蚂蚁。

"好甚嘞？！人一伸手指头就抿死了，一抬脚就搓死了。"小米说，"当甚也不胜当人嘞！"

苦瓜抬起头望着娘，一双如水的眸子眨呀眨的。

47

多年后大家说起板崖村的奇闻轶事，都会打趣说："石慧净是村里乃至全县，第一个睡上'席梦思'的人！"

已是半大小子的石慧净，游手好闲，却浑身上下都是歪窟窿眼。

别人笑话他家穷，连一床破褥子都没有。

他就笑，说："你今黑夜来我家瞧瞧，瞧瞧我睡甚嘞！"

"不用等到黑夜，我这会子就去瞧！"

"今黑夜，我等你！"石慧净撂下一句话，扭头走了。回家拎了镰刀，就上了鳌山。傍黑人回来了，肩上扛一捆马棘圪针。这种植物就是我们常说的"荆棘"里的那个"棘"，虽然周身长满了一寸多长的硬刺，但枝条韧性强、弹性大，山民常把它们砍伐了，两股拧作麻花状，穿进箩头（一种筐子）做提梁。

石慧净把扛回来的马棘圪针拖回窑洞里，堆放到土炕上，然后先在上边铺上席子，又铺了羊毛毡子。最后石慧净躺在他自制的床铺上，优哉游哉地晃着两腿，静等着"打"笑话他的人的脸。

那人后来当然没去，但石慧净的"聪明才智"却传得十里八乡远。

没多久，居然有媒婆上门提亲了。女方是邻村的"玻璃花"，女孩小时候在院外一棵花椒树下摘椒叶，不想枝条弹起来，上边的刺扎到了眼球上，后来眼是保住了，却成了"玻璃花"。再后来，大家"玻璃花，玻璃花"地叫着，倒把她的真名替代了。

玻璃花嫁给石慧净后，一直到生下儿子军武了，仍是吃了上顿没下顿。她爹瞧着两人日子过得恓惶，就给他们买了一只母猪送了过来，后来母猪打了两次圈，就怀上了，玻璃花天天拎了荆条篮出去剜猪菜，端吃端喝地伺候了几个月，母猪下了八只小猪。

玻璃花还说卖了猪娃就有称盐买醋钱了。不想一天她抱着孩子回娘家，傍晚回来，却发现男人把猪娃全给剁了，并说炒炒喂了母猪，以后省得她出去剜猪菜了。

这倒也罢了，家里买一斤白糖，石慧净倒一瓢开水，然后再倒半斤白糖进去，一斤白糖他两次就给报销完了。

玻璃花的爹听说了，把闺女哄骗回家里关了起来，说那小子不是过日子的货，你甭回去了。

一听这话，玻璃花就在屋里拍着门哭喊，说他对我好着嘞！爹！你不能这样说他！

石慧净到底去闹了一回，拎了把菜刀，在院子里耍半吊，点着老丈人的名字破口大骂，"你个孬种！刻薄你爹的女人！咳！你敢刻薄你爹的女人，我今天非一刀剁了你不行。"

自此，玻璃花的爹娘越发寒了心。

她爹说，除非你死了，要不你不用想出这个门。

一日，玻璃花的娘开门给她送饭，不防她从屋子里冲了出来，跳进院子里的井里死了。

不承想，玻璃花死去没多久，石慧净就当了小队队长，梳大背头，穿中山装，戴手表，别钢笔，包金牙，抽纸烟……牛哄哄的，见了村里人就把头仰得高高的，和他说话，三声五声的，耐烦了回个"嗯！"不耐烦了，就轻蔑地丢你个白眼。

48

"人对脾气，狗对毛。"小队长石慧净和小队副队长苦瓜却合得来，很快便成了难兄难弟。他常说："戴眼镜买火口，我就看着你顺眼。"

来未兜兜转转，最后也跟着村民一块加入农业合作社了。他的头发已经蓄了起来，理了寸头，只有烫过戒疤的地方不长头发，留着几个圆窝窝，似在提醒他出家人的过往。他穿着千层底布鞋，白天独自来村里劳动，黑夜再徒步返回鳌山寺睡觉歇息。

别人依然打趣让他念焰口经，让念就念，来未的性子又比过去绵了许多，只是真的没见他能把鸟雀们都聚集来。

那是个深秋的下午，社员们在地里刨山药蛋，干活的间隙，大家坐在地垄上插科打诨地说着笑话，就又有人提议说让来未念段焰口经。

石慧净说:"念怎破经有屁用！能顶饥还是能顶干?!"话说完，一抬头看见地边的一棵柿树上有两颗红滴溜溜的软柿子，就说:"来未，你去把那两个软柿子给我摘下来。"

苦瓜也跟着起哄:"快去！来未，快去！"

"嗯！摘下来，你一个，我一个。"

见来未坐着没动，石慧净便站起来，走到他跟前说:"这不是我在鳌山寺你逼我念经的日子了，现如今，你就是我的一条狗。"

来未便双手撑地站了起来，悻悻地拍了拍屁股上的土，朝柿树走去。

那是一个晴好的下午，来未从树上摔下来时，头部刚好撞到了树下的一块大青石上。

他紧闭着双眼，手里攥着捏破了的软柿子，柿肉红红地污在手心里，像是凝固了的血。

在众人的惊愕里，石慧净竟拿铁钎把来未的两只耳朵铲了下来。然后就在野地里，三块石头把铁钎支了起来，钎下点了火，把来未的耳朵给烤着吃了。

大家谁也没想到，到最后来未竟是九仙给张罗着埋进了土的。

也就在那年冬天，石慧净患了一种怪病，浑身疼得跟针扎一样，搅扰得他日夜不能安生，远近的医生都找遍了，都不顶用。

最后小娃给开了一个偏方，说是躺在烧热的铁板上能根治此病。石慧净一开始并不相信，只是疼痛难忍，只得找来一块生铁板烧热了躺着试试，一试果然顶用，只是一离铁板，身上疼得越发厉害了。结果，没挨到年根儿，便被病痛折磨死了。

49

方子垚后来一直说，他是托人找过小娃的，只不过他找的是白冰玉，不是白小娃，所以没找见人。又所以他后来给他和秀玉生的孩子取名叫方钰，因为"玉"通"钰"。

很牵强的解释，毕竟没人知道他的这个"钰"通的是"秀玉"，还是"冰玉"。

为了一家人的生计，小娃开始绣枕头顶子、马搭、荷包……

"方记酒坊"充公后，李腊月也不再做酒了，她帮着小娃采桑叶喂蚕，煮茧缫丝。

院子里除了青石头铺就的甬道外，其余地方都被妯娌俩种了花花草草、瓜果菜蔬和中药材。

牡丹、芍药、指甲花、益母草、合欢树、瓜蒌、枸杞、薄荷、穗花黄荆、芫荽、萝卜、蔓菁、眉豆、南瓜、丝瓜、葫芦。

梨葫芦早不种了，改种了瓢葫芦，小娃用它们储存玉菱种子、黑豆种子、青谷种子……要不就把葫芦从中间锯开来，做成瓢，舀水、搋面。

日子一天天过去，她们在园子里劳作着，生活过得平平淡淡，不起微澜。

那本《天工开物》，小娃依然朝夕不离手，她对书里描述的草木染越来越感兴趣。

用槐米煮水，滤去残渣，然后放少许明矾，可以把白色的布料染成鹅黄色。小娃就想到槐米本身就具有止血凉血、清肝泻火的功效，还有指甲花又名透骨草，可活血通经、祛风止痛、外用解毒……这样的话，如果把染好的布料缝制成衣裳，穿在身上，不但颜色好看，而且还能治病。

小娃就学以致用，用中药材红花、紫草、槐米、黄檗、茜草根、姜黄、薄荷以及身边的桑叶、艾草、指甲花、蜀葵，都采了来做染布的染料。

山里人都是粗糙惯了的，从古至今，衣食饮居都是就地取材，信手拈来，不大讲究的。即便是能染出靛蓝色的蓝草，也很少有人家专门种植，衣裤只用草木灰或者黑豆皮作染料，不是灰色，就是黑色、褐色，颜色单调，看着也土里土气的。

所以，每次垚垚和李腊月把枕头顶子、马褡、荷包、布料挑到镇上去卖时，颜色鲜艳的布料，总是会被一些大姑娘、小媳妇疯抢一空。

李腊月后来又抱养了儿子方次钰。尽管别人说瑞垚肯定是死在外边了，一准回不来了，但她不信，再说了，退一万步说，即使人不在了，总要给他留个根、留个后吧？所以她还是按照方家字辈的排序给孩子取了这个名字。

在黎亭县这片土地上，家家都有一个老子坟，等坟墓把坟地占满了，就会找阴阳先生重新选择坟地，新坟地要挨墙根立后土碑，然后沿后土碑一代一代往下埋死人，父亲的脚下是儿子，儿子的脚下是孙子……

但战乱破坏了古老的传统和固有的秩序。扛枪死于战场的，逃难客死他乡的……是再也葬不到老子的脚下了。

现在战争远去了，硝烟远去了，但那些"不孝有三，无后为大""落叶归根"等等旧思想，也已经被人们看开、看淡了。

但也有例外，李腊月就是例外，她知道，她即使这样守一辈子，也不会有人给她立一个贞节牌坊，她知道她给方瑞垚养一个儿子，也没有人给她歌功颂德，但她就是要这样做，没有原因，她也没有觉得自己有多了不起，她只是在做分内的事。

50

即便在最困难的时候，小娃也没让家人跟上她饿肚子，晚年的她说起往事，如数家珍，她说土地上不长废物，要么能治病，要么能充饥，还有好多是既能治病，又能填饱肚子的。她吃过九十多种野菜，麦兰、榆钱、苦苦菜、蒲公英、马苋菜、洋槐花、灰灰菜、金雀花、扫帚苗、圪老鸹秧……哪种酸、哪种涩、哪种苦、哪种甜，或是哪种宜凉拌，哪种宜蒸煮，哪种宜配馅，她拎得清清楚楚、说得头头是道。

每次听这讲述，春兰也总会泛起童年的回忆。她的记忆里，野菜倒是常吃，但"情景剧"完全没有母亲讲得那样生动和美好。她记得那时候，家里堂屋的墙角常年放有一口齐胸的水缸，缸口盖着圆形的石板盖子，缸里则是泛着泡沫的野菜。早晚饭时，娘就会挪开圆形的石板缸盖，然后一手拿碗，一手拿笊篱，捞一碗黄褐色的野菜，用盐和醋拌一拌，然后放在小饭桌上，家里人都是喝一口稀粥，吃一口腌野菜。

每个月的初一和十五，小娃都会在桌子上摆个供，在铜佛像前的香炉里烧一炷香，磕几个头。每次吃饭前，她也是先颔首低声祈祷一回，才允许家人动筷子。

这些行为举止一直持续到"文革"。石静慧差苦瓜带话，说这是搞封建迷信，小娃就默不作声地把东西收了，锁进了箱子里。但还是会时不时告诫家人说："举头三尺有神明，要行好，不作恶。人前不打诳语，人后不说闲话。"

"要是其他人和咱打诳语咋办？"垚垚问。

"那就忍着！"

能忍就不是垚垚了。

一次，小娃带着李腊月、垚垚、春兰去生产队上工，石慧净远远地看见了，就打个口哨，怪笑着喊过来："哟！小娃，你这是带了一群窟窿兵吧！"

垚垚麦秸火脾气就上来了，大声回道："你说甚?！再说一句！"

石慧净一愣怔，知道捅了马蜂窝了，马上赔上了笑脸，"我说你嫂子带了一群穆桂英啊！"

但垚垚却不依不饶起来，她扑上前去就抓住了石慧净的领口，"再你妈X给我说一句！"

众人都跑过去拉架，垚垚年纪虽小，又是女流之辈，但一点不怯场，"再你妈X给我说一句，撕烂你的嘴！"

最后，两人虽没打起来，但还是结下了梁子。

几年后，方家坟前的小路被人挖断了，也就是那根吊葫芦的金线断了，大家就都说这也是方家没有实现十七世三百年，代代出官、世世兴旺发家梦的原因。

不过方家个别人的命运还是不错的，比如垚垚，她后来嫁了镇上完小一个教书的，最难得的是公婆开明，垚垚过门不久，就说她想学医，以后想当个医生。公公说："只要念，就供你！"婆婆默默地拎了口袋去缸里挖粮。隔天公公就背了粮食送她去县里的卫校念书。

后来垚垚被分到镇上的卫生所上班，如果不是"六二压"，她可能就端一辈子公家饭碗了。

垚垚带着三个小子回到了村里，耕田种地，照顾孩子，捎带还给人看个头疼脑热、积食腹泻的小病。半夜里常被人叫去给人接产，也能给大红、二红、三红赚几个白面馍馍吃。

事情出在一件说大也不大、说小也不小的事上。一次垚垚出去给人接生，那家的女人是个粗枝大叶的人，公婆死得早，她生产那天刚好男人又外出不在家。孩子一生下来，女人一看是男娃，就只管忙着照看孩子，别的事一概丢在脑后不管了。垚垚趁机就把孩子的衣胞偷偷拿走了。自家男人一直有腰膝酸软的毛病，她想把衣胞先藏起来，等晾干了给男人补补身子。

垚垚把衣胞带回家，压在了墙根的一块青砖下面。那家男人回来后，一看老婆生的是个男孩，当即问老婆，衣胞哪里去了，这个可是要在大门的门槛之内埋的，意为这一男丁今后要为家庭撑门立户。

这一问女人方想起衣胞的事，赶快打发男人去找垚垚去要。

垚垚先是说不记得当时把衣胞放哪里了，后来又说她不小心扔到茅厕里了。那个男人就花了一天的时间，把茅厕的圊淘干了，终究也没见到东西，就又去逼问垚垚，她不得已才把压在青砖下的衣胞拿了出来。

这件事让垚垚坏了名声，所以后来附近村里的女人生产，大家能找个赤脚医生，都不愿意找她了。

夫妻两个一直两地分居着,垚垚还说等男人退休了,一家人也就能团聚了,那时候一定给他好好补补身子。不想还没等到退休,男人在一次给学生上课时突发脑出血,因公殉职,死在了讲台上。值得欣慰的是此时大红、二红、三红都已成家立业了。

闲下来的垚垚,便时常和村里几个老太太摸纸牌,或者搬了板凳到邻村去看戏、听书。

一次元芬到她们那个村子里下乡,碰到垚垚正和几个老太太在扫池坡。

元芬以前听说过这种古老的祈雨方式,说是每逢夏日里天大旱,村中的寡妇们便自行组织七人,从家自带一把笤帚到村中的池畔的斜坡上做扫地的动作,边扫边念念有词:"扫、扫、扫池坡,寡妇老婆没法过,七个老婆扫池坡,蒸上馍馍供老爷……"

池坡扫过两回,念词重复过数次,老寡妇们要在斜坡上放一簸箕,簸箕内置一擀杖,然后要村中属龙的男子提一桶水,将水倒入簸箕,若擀杖顺水滚入池中,则求雨仪式告一段落,接下来就要给龙王爷上香,供上许下的白面馍。

别人信倒也罢了,元芬没想到上过学、受过教育的老姑也信这些乱七八糟的东西。

她当即气呼呼地上前拽住了垚垚,夺了她手里的扫帚甩到了一边,然后从包里取出一沓传单,攉到了她怀里说:"老姑哎!你是不是闲得不行?实在闲得不行,咱就干点正事呀!"

被夺去扫帚的垚垚并不恼,反而咧开缺了门牙的嘴呵呵呵地笑了。人和人讲的是投缘,她觉得几个小辈里,就风风火火的元芬和她最像,所以,她也就最待见元芬。

也就是从这一天起,村中的"七寡妇计划生育义务宣传队"就成立了,垚垚被推选为队长。

于是,每天一吃完饭,七个寡妇就头顶格子手巾,手拄六道木拐杖,进东家、入西家地宣传计划生育如何如何正确、如何如何好。

也有人抢白垚垚："你不这样说，说甚嘞？你有仨小子给你养老嘞！你怕甚?!"

垚垚也心直口快："哟！生小子就能有人养老了?！我爹和我大娘都死炕上了，我那俩哥哥在哪儿嘞?！还不是没个音讯！"

为了记住那些标语和口号，垚垚还准备了一个笔记本，架着老花镜，认真地把它们抄写了下来，若到谁家忘词了，她就把本子拿出来，大声地念一遍。

她的样子常会把人逗笑，见别人笑，垚垚也笑，说："你们不知道哦，我以前唱过戏，我九岁就上台演出，经常搞宣传工作！那时候的我……"

说到高兴处，垚垚就把手里的传单或者笔记本一撂，当即给人来几个扮相。

那样子很滑稽，把人逗得大笑不止，垚垚也在这笑声里找到了久违的满足感和成就感。

51

接受"孝"字当头为家训长大的苦瓜，果然是在外处朋友义气，回家对父母孝顺，唯独有一样不好，那就是像刘备一样，视老婆为衣服，而且犯一言堂的毛病，家里他绝对得说了算，老婆如敢违逆，非打即骂。

而且他心中的"孝"是以他家的王姓家族为中心的，凡是他王家的事，事无巨细，都算头等大事。

他最引以为豪的是，他为已故的叔伯叔叔王水亮娶了个鬼妻，成了个"家"。

在当地有个习俗，那就是人死了是不能孤零零地西去的。如果是女人早亡了，就把棺材用石片殡（囚）在婆家的祖坟边，等男人死了，才能一块儿下葬。如果是男人早亡，可以先把棺材下葬，等女人去世后，再把墓葬挖开，把两具棺材放一起，重新埋上。若男人生前离了婚或是打了一辈子光棍的,去世后,亲人就要给他娶鬼妻,也就是花钱买一具女性尸体,当地叫买骨殖。

山里人土里刨食,日子一年一年没多大的变化,骨殖的价格倒是上涨了不少,一具都上好几百了,所以买不起骨殖的贫困人家会用面粉捏一具"尸体",充当骨殖给亲人下葬。

想当年,王水亮就那样客死他乡,后来尸体拉回来后,石头儿把他囚在了自家的坟地里,默默地等机会的到来。

有一年,河南那边上来了几个"包袱剧团",所谓"包袱剧团"就是一家一户组成的微型剧团,背一个包袱行走江湖,走到哪里唱到哪里,运气好时赚个三块五块的,运气不好,管顿饭也给唱个折子戏。

一个包袱剧团在板崖村演出,那家十六岁的女儿在演出时,忽然呕吐不止,演出完就昏迷过去,不省人事,不到半个时辰,眼看着一条人命就没了。她爹娘哭得死去活来的还不忘给人下跪,说钱就不要了,找个好人家给好好安葬了就行。

关键时刻,苦瓜灵光乍现,囚在自家老子坟里的二爷爷,也是个唱戏的,真是绝配啊!于是,马上塞给那闺女爹娘几个钱,答应他们一定厚葬姑娘,然后匆匆打发他们上路了。

苦瓜也并未食言,给二爷爷和二奶奶举办了一个还算排场的葬礼。

没多久,适逢十月初一寒衣节,石头儿带苦瓜去上坟,给爹、给娘、给叔叔都烧了纸糊的衣服,唯独没有给婶子烧。

结果那天晚上小米就闹将起来,又哭又闹地喊叫:"你们家的人小瞧人,为啥只给你叔叔送衣裳,不给我送?"说的是河南话,还带有戏腔,完全是十六岁婶子的声音。

石头儿就骂:"滚!滚你妈个X!"

"我不滚!你不给我送衣裳我就不滚!"

闹到最后,石头儿实在没辙了,赶紧差人去中庄村请刘二利。

此时的刘二利已年迈体衰,本可以不接这桩买卖的,但为了糊口他不得不重操旧业。每每遭到别人的嘲讽,他便伸出食指,指着自己的嘴说,"咱缝不上这个呀!"说完一脸的凄婉。大家便又同情起他来,想起数年前死去的牤蛋。

牤蛋是一年春天到崖上挖苍葱时,从崖上掉下去摔死的。同去的人讲,刚开始还和他说话,一扭头,就看见他像一只老鹰一样,张开双臂飞下了山崖。

后来牤蛋给刘二利托梦,说是一条白色的蛇挡住了路,把他逼下山崖的。刚开始村人还都说是刘二利胡诌,那个节令根本就没有蛇,但是石头儿后来做了同样的梦,梦被传开来,范围越来越广,大家便都信了。

刘二利让石头儿在屋中央拢了一堆火,然后又让他把小米拉到了火堆旁。此时他和小米隔着火堆对峙。

"你这个戏子,走不走?!"

"不走,没有花衣裳我就不走!"小米的眼睛瞪得奇大,却呆板、无神,额上一圈豆大的汗珠子。

刘二利抻开双手抓了小米的胳膊往火堆里拽。只见小米双脚一跳,就由火堆这边跳到了那边,然后她的脸靠近刘二利,嬉笑着说:"不走,不走,就不走。"

刘二利转到火堆的那边,重复了刚才的动作,小米又从火堆上一跃而过,冲着他的脸嬉笑,"不走,不走,就不走。"

直到把刘二利累得大汗淋漓、气喘吁吁了,还没有把石头儿婶子给送走。

他坐到炕沿边喝水,望着石头儿说:"不行,你给糊身纸衣裳吧!"

石头儿说:"这个时候,让我去哪里弄五色纸?"

这时,苦瓜大步走了过来,拽了拽石头儿的衣襟:"爹,我见咱家箱子里有我娘糊炕围子的花纸。"

"恁哪行?!"

刘二利却说:"不妨,试试吧!"

于是他凑到小米跟前："炕围纸糊的花衣裳行不行？"

"行，只要是花衣裳就行！"

于是石头儿赶紧让苦瓜开箱子去找炕围纸。

然后爷儿俩就着油灯糊了一身花衣裳，又在火堆旁烧香、磕头。嘴里叫着：

"婶子收衣裳。"

"二奶奶收衣裳。"

两人起身后，小米懒懒地打了个呵欠，说她太累了，想歇会儿，然后栽到炕上倒头就睡。

此时天色已见亮，刘二利也舒了口气，说："想是没事了，我也该回去了。"

半个时辰后，小米醒来了，只说是身上酸痛，石头儿和苦瓜问起先前的事，她一脸的迷惘，问甚也说不知道，只是摇头。

52

小米在年过七十时仍不显老，头发依然细黄，比年轻时稀疏了不少，但却没有白发，所以脑后依然固执地挽一个圆圆的发髻，再加上她身形清瘦、干净利落，倒很有几分大家闺秀的遗风。

都说小米受了一辈子，现在苦瓜成了家，又有了孙子，快别动弹了，该享享清福了，她就笑，慈眉善目的样子："能吃能睡，可不就是在享福哟?!"

那年春末，一天清晨，小米早早就让苦瓜把院子里盖地窖的石板给挪开了，她说下地窖拾些蔓菁，拾掇拾掇，该种蔓菁了。

地窖掀了盖子后，小米把篮子从窖口扔了下去，然后自己也踩着窖壁上的窝窝，慢慢下到了窖底。

很快半个小时过去了，一小时过去了，小米没上来，地窖里也静悄悄的没动静。

石头儿趴在地窖口朝里张望，但什么也看不见，因为当地的地窖呈"L"形，人下到窖底，得再往后拐一下，才是储放蔓菁和萝卜的地方。

他颤巍巍地喊"他娘，他娘"，却没人应。

到底放心不下，石头儿也下去了。

又是半个多小时过去了，地窖仍静悄悄的，下去的两个人都没上来。

苦瓜就猜想，该不是两个人在地窖里生气吵架了吧？

便打发媳妇下去劝劝架，结果是媳妇下去后也没上来。

苦瓜叫了左邻右舍的。大家七嘴八舌的，都感觉到可能是出事了，却也没有好主意。最后，有人提议用一根麻绳吊一个年轻后生下去，嘱咐他，如果觉得有甚不对劲，就叫唤，我们赶紧把你拉上来。

后生下去，并没事，却发现地窖里躺着一家老小三个人，都是早咽了气的。

53

苦瓜和石慧净都是小队队长，后来两人觉得门当户对，就成了亲家。石慧净的儿子军武管苦瓜叫干爹，苦瓜的儿子军文管石慧净叫干爹。

成了兄弟的军武、军文，从上小学一年级开始，上下学就相跟着，形影不离，两人好得像同穿了一条裤子。见着弱小的女生，军武就会带头叫嚷："×××，我日你娘，讨便宜。"军文马上就接："×××，你娘日我，我愿意。"

两人经常会一人吹一个避孕套，"噗噗噗"就吹得有西瓜大了，然后把口子一拧，三下两下系个疙瘩，然后甩着互相打闹，又或者是把避孕套像篮球一样抛到半空里，然后跳起脚来，用手够着去拍。

这些避孕套是从乡里的计生服务站领来的，小队长没发下去，留着给孩子玩了。

两人一起上学，一起下学，一起玩，一直到小学毕业。

上了初中，渐渐地两人就玩儿不到一块儿了，军文的名字中虽然有个"文"字，却不是块读书的料。他胆子大，玩心重，夏日里会把抓来的草蛇，用手钳把牙齿拔光，然后把蛇一盘装口袋里，下了课，脱光膀子，把蛇甩到脊背上，任由它在背上爬来爬去的。同学们被吓得大呼小叫的，他却不在意，还朝人大喊："你过来，不怕，不怕的，你过来摸一下，凉丝丝的。"

一次他直接把蛇搭到了前排女同学的脖子上，女孩吓得大叫一声，继而全身僵硬不会动弹了，只是嘴里"呜呜哇哇"地哭喊着，被抬到老师宿舍里，躺了半天才缓过劲来。

老师气恼，让军文叫家长，他就起了辍学的念头，心想着，反正马上要放暑假了，回家就和爹娘嚷嚷，说自己学不会，老师又刻薄他，所以，再逼他念书，就死给他们看。

到了秋季，学校开学，军文果真没有去，他硬磨着让苦瓜给买了十多只羊，每天一早就扛着羊铲子，精神抖擞地赶着他的羊儿上山了。

军武成绩一直很好，却有个毛病，那就是不能考试，只要考试肯定会考砸。

那一年军武高考失利，回来反思了两个月，决定复读。第二年又考了一次，结果成绩出来后，还不如头一年的。

自此人便受了打击，好长一段时间，把自己关在家里，不出门，也不见人。

有一年，元芬到板崖村下乡，在街巷里碰到了军武，两人曾是小学同学，所以很熟悉。军武就叫住了元芬，说他发明了一个好东西，让她去家里看看，看看能不能申请专利。

元芬早就听说这人精神不大正常，但她平时就爱凑个热闹、看个稀罕，于是就和军武去了家里。

进屋后，军武就从墙角里搬出一块砧板。

说是砧板，看着又不像，因为中间有一个椭圆形的洞。元芬就问："这是甚？"

军武神神秘秘地说："我发明的新型案板。"

"你看呀，我们把它架到锅上去切菜。"他边说边把砧板架到一口铁锅上示范。

"这样，切好的菜自己就掉锅里了，省时又省力。"

元芬憋不住，哈哈哈哈大笑起来。

"你说我这个发明好不好，是不是能申请专利？"

"你试试不就知道了？"

"不是，我不认识人啊！你有人缘，关系广，我让你来看，就是想让你帮着问问的。"

元芬总算逮着个话头，就说："行！我帮你问问，随后给你回话。不过现在我得走了。"

"哎，你别走，我还有个东西，想让你给瞧瞧。"军武拽住了元芬的袖子。

元芬不耐烦了："还有甚呀？耽误我工作……"

"你等一下下，我拿给你瞧啊！"

军武打开抽屉的锁，从抽屉里拿出一个塑料皮的笔记本，神秘地说："让你瞧瞧我设计的'大地球国'国旗和国徽。"

你神经病啊?！不正常！

不是，你给我指导一下，提提意见呀！

元芬挣脱军武的纠缠，快步跑出了屋子，出院子时，她感觉头皮发麻，衣服的后襟也像有人拽着一样，她嘴里低声嘟囔着："有病，还真是有病。"

54

方次钰渐渐长大了，到了结婚的年龄，李腊月就带着他搬出了白家，在村子的南边重新批了地基，盖了房子。此时板崖村的村墙已经被拆掉了，新起的房屋也多是新式的，多是土坯房、土坯围墙的。李腊月家的新房是先用土坯垒好，外边又挂了砖面的。

日子一天天安稳了下来，守了多半辈子寡的女人也一天老似一天了，她的心事黏稠起来，常常揉着自己变了形的手指叹息，那两只手，越来越像鸡爪子，几个手指的指甲盖都是从中间裂一道很深的竖纹，往出渗着血，她便缠了白色的医用胶布，等白色的胶布变成乌黑的了，再扯下来，换上一块。她的额头上紫红色的拔罐印痕一枚压着一枚。她常年吃止疼片，刚开始一天吃半片，说不吃的话，干活没力气，后来就上瘾了，每天吃成了一片。吃完了就打发儿子方次钰去镇上的卫生所买，方次钰嫌麻烦，一次就给她买一大瓶，是一千片的量。

李腊月最后得的是胃癌。记得是她的孙子大涵刚出生不久，她的胃就不舒服了，于是见人就揉着肚子说，"这里头烧得难受啊！这里头烧得难受啊！"别人自然也不好说什么，安慰几句也就罢了。小娃听说了，就包了些晒干的山楂片，嘱咐她早晚用开水泡了喝。

方次钰和媳妇成梅知道了，倒嫌她多事。

儿子方次钰说："还不是吃止疼片吃坏胃了?!"

儿媳成梅说："孩子不用你看，有我嘞！你不用给咱添麻烦就行。"

"积谷防饥，养儿防老。"李腊月喃喃着，叹口气用手默默地揉肚子，揉完肚子又揉搓自己鸡爪子一样的两只手。她回想起自己这一辈子来，想起那个住完九就一走了之，再没打过照面的方瑞垚来，自是满满的心酸和不甘，于是总忍不住抱怨儿子说："你瞧你春兰姐，到底是把她爹的骨灰弄了些回来……"

刚开始方次钰还不吭气，听得多了就赌气地说："以后给你捏个面人放棺材里不就行了，你家小子没你侄女那本事！"

李腊月就不说话了，至死再没提这个事，她死的时候大涵刚满一岁。

方次钰娶的媳妇叫成梅。成梅肚子争气，过门两年就给次钰生下了大涵、小涵两个男孩。只是大涵后来患小儿麻痹症，一条腿就瘸了，走路一瘸一拐的；小涵又没有怀足月，七个月上就生了，属于早产儿，所以从小身体瘦小羸弱。

当成梅满揣希望怀上第三胎的时候，刚从农田基建大会战下来的石慧净和苦瓜，沉寂了没几年，便又满腔热血地投身于"功在当代，利在千秋"的计划生育伟大事业中。

时来运转，村里的高音喇叭又一次架上墙头：

"该环不环，故意为难！"

"该流不流，装粮拉牛！"

"该扎不扎，房倒屋塌！"

"若要富，少生孩子多种树！"

对于纯女户和急于抱孙子的人家来说，最怕听到喇叭里喊自己的名字。

"×××家的明天上环。"

"×××家的三天内结扎。"

"×××家的明天刮宫。"

成梅终于没有逃脱，硬是被石慧净拉去引了产。引产之后，成梅的精神就不正常了。那时候，各村都有饭场和人市，那是村中最热闹的地方，也是消闲、聊天、抬杠、侃大山的地方。成梅也时常会挤到人堆里凑热闹，有女人解开衣襟奶娃娃，她也抱着个烂瘪谷枕头，搂在怀里"奶"枕头。好几次成梅在一堆男人面前，捏着肥奶头"奶"枕头，方次钰觉得很丢脸，踢了她两脚，还把她的破枕头丢到了浊漳河里，让河水给冲走了。

找不见"孩子"的成梅，日夜跑到山头上哭号，终于有一天有人看见她从山头上跳了下来，摔死了。

大家感慨了两天，日子又恢复了正常，后来竟然有人说成梅天生就有疯病，因为成梅死后不久，他的儿子大涵也疯了，一个月一个月在外疯跑。最后一次跑出去几个月不见人影,快过年时,一个在XX市搞副业的人回到了村里,说是前几天他们工地的一个空房子里有一个被冻死的疯子,大家说看着很像大涵。

小涵后来娶了改香,过着普通的庄户人的日子,两口子都是实在人,给奶奶李腊月养了老送了终。小涵本来说要出去打工挣个闲余钱的,但是芸芬、元芬和宋词三姐妹却找到了他,说是母亲去世了,她们就姥姥一个亲人了,想好好尽尽孝,但都有工作走不开,姐妹三人每个人平摊一下,一个月两千块钱雇上他们两口子帮忙伺候老人。

小涵想想自己年龄也大了,又没甚文化,能守着家挣上两千块钱,地里活也不误,也还不错,就点头应允了。

他买了一台打眼机。从鳌山寺顶摘回来的桃核被他藏在柜子里,农闲时,就把装着桃核的布袋拿出来,倒在笸篮里,戴上老花镜,一枚枚端详,反复比对,在百十枚桃核里找出大小相同、花纹相似的桃核放在一起。又从这些桃核里面再慢慢挑选,选出花纹大小相仿的十几枚桃核,用油纸包起来。

冬日里,阳光晴好的时候,小涵会喊改香把机子抱出来,放在院子里。然后捻起桃核,夹紧,摇着钻头,给桃核打眼。"做这活儿要心细如丝,比你们家女人绣花还操心,一点不能马虎,要不不是把眼打偏,就是把桃核钻成两半。"

小涵嘴碎,手里干着活,嘴也不歇着。

桃核打好眼后,他取出穿绳,钩在钢丝上,两根手指夹着桃核,慢慢地从打好的眼里拽出来,再慢慢一拉,桃核留在穿绳上了,前后串十四枚,再打结,一挂手串做好了。

每穿好一串手串,小涵都会攥在手里,眯着眼睛,细细端详着,脸上的褶皱里满是幸福和安详。

55

多年之后，春兰已从那种痛苦和黑暗中熬了出来，她已经把世间所有的情感都放下了，包括亲情。她从惧怕孤独，到适应孤独，到最后慢慢爱上了孤独，并且享受孤独。

芸芬第一次带乔木回家时，对她说："妈，乔木是家里的独生子，所以……"

"所以他不能倒插门？"春兰笑，"没事，妈能理解的。"

元芬订婚时，对她说："妈，我也不能……"

"没事，妈都懂！"

到宋词结婚时，春兰就直接说："放心去吧！妈都习惯过清闲、安静的日子了。"

就这样，春兰的脾气、性格一天天软了下来，面容也一天天变得恬淡、静美。

退休后，春兰更是忙得不亦乐乎，她会在春日里到野地里采蒲公英，自制蒲公英花茶。也会在晴好的秋日，去郊外捋两袋子野菊花，回来用清水淘洗干净了，再摊到席子上，晒干后装枕头用。

她也会把娘接来家里小住，初见面时，娘俩常有说不完的话，但娘俩都是闲不住的人，待住过一两日，春兰总是给小娃找些碎布让她缝椅垫，或者端一笸箩草珠子让她穿门帘。自己则从书柜里抽了《妇产科学分册》或《临床病理诊断》，一页页翻着重温。

小娃从老花镜里抬起眼来，嘟囔春兰说："看恁些干甚呀？！要我说'人人都是蓬蒿人，治病还得是蓬蒿。''降压勿忘菟丝子，安胎更有南瓜蒂。'老天爷和老祖宗给咱留下的这些东西呀，靠谱又好用。就说这草药吧，有的是往上升的，有的是往下降的，有的走五脏，有的走四肢，有的走上焦，有的走中焦，还有的走下焦……"

春兰接着小娃的话往下说:"很多草药呀!名字里就藏着升降沉浮,比如升麻,是往上升的,沉香就是往下沉的……花叶升散,凡子必降,枝走四肢,梗通上下,根分三部……"她一脸的哭笑不得:"娘呀!这些,你小时候都逼得我背会了,熬得我都退休了,你还……再说了,中药温和,西药救急,各有利弊,咱得两条腿走路嘞!"

小娃就微微蹙了眉,"你姑姑吧,是上卫校出来的。后来给人接产还不是用老法子……"似想起了什么,忽然打住了话头,不再往下讲了。

自从受了元芬的启发后,垚垚便决定老有所为,天天跑到别人家里去宣传计划生育政策。七个寡妇,人多力量大,成效不小,有时候她们还挂着拐杖相约到邻村去宣传。当时七个老人影响挺大的,县电视台还做了专访,《黎亭报》上也做了报道。

婆婆的"荣耀",恰恰是仨媳妇的耻辱。她们数落起自己当时坐月子婆婆不肯来家里踩一个脚印的往事。

"看孩子!那咋行啊?!给大红媳妇看了,给二红媳妇看不?给二红媳妇看了,给三红媳妇看不?你说我老婆儿就这一双手,能忙得过来?!"

不给看孩子,还振振有词,仨媳妇就越发不待见垚垚。

而且大红媳妇还常跟人说一件事,说生她家儿子那年冬天,她扯了三尺花布,称了二斤棉花,找到了婆婆,说:"娘!给孩子套个棉袄,缝个棉裤吧!"垚垚却说:"今儿你找我,明儿二红、三红媳妇也来找我,我哪能管得过来。我给你说,以后这种事不要找我,新的找裁缝,旧的照缝缝。"

现在垚垚每天跑着去做计划生育宣传,仨媳妇总算逮着出恶气的机会,"天天乱跑,连饭也不做,就等我们做好了回来吃现成的!"

三个媳妇的抗议无效后,她们就想到了分家。

老辈人留下的规矩,分家要请舅舅来,因为舅舅不是同宗同族的,是不是外人的外人,一般会主持公道,做到不偏不向。

但大红、二红、三红没有舅舅，听说原先有个舅舅，十三岁时掉进村中的麻池淹死了，还有两个堂舅，一个在福建，一个在台湾，离得远不说，而且早就老得连路都走不动了。没有舅舅，就请舅舅的儿子来，最后她们想到了方次钰。由三红骑摩托车把"娘舅家的"带了过来。

方次钰给分了两天，才给弟兄三个把家分利索了。本来也没多少东西，窑洞弟兄三个一人一孔，至于那些家具和散碎委实不好分，但方次钰也只能按照特事特办的原则来分。要水桶的不能要扁担，要椅子的不能要桌子，要面缸的不能要板柜……

最后家分清了，问题是垚垚的东西都被分了，她的生活怎么解决？最后三个媳妇也达成了一致，弟兄三个轮流赡养母亲，每家一个月，但前提是垚垚再不能跑出去宣传计划生育了。

那个时候计划生育已不是国家政策的重中之重了，垚垚就骑驴就坡，答应了三个媳妇提出的条件。

几年后，弟兄三个分别新批了地基，盖了新房，就都搬出去住了，垚垚就又成了累赘，三个媳妇互相推诿扯皮，一个月到头，该接的时候没人接，一个月刚过半就吵吵着着急要送人走。

垚垚的脾气哪能受得了这些，天天跑到三个儿子的院子里吵嚷："大红哎，我跳井呀啊！"

"二红哎！我不活了呀啊！"

刚开始还没人吭气，时间一长，仨儿子也烦了："你要跳井就跳井，要死就死，不要光说不做。"

最终有一天，垚垚发现她再怎么吵闹都不管用了，狠了心要跳井，却总是走到井口又胆怯起来，后来她返回屋里，在头上顶了件破棉袄跳井死了。

"养儿并不能防老。"垚垚之死，终于让宋词从老姑的身上得到了这句话的验证，她也就再次坚信，当初她和凌浩不要孩子的决定是正确的。

她看过作家毕淑敏写过的一篇文章，好像叫什么《移动式养老院》，讲述了一个老人坐着邮轮一边观光旅游,一边享受着优质服务的晚年生活。邮轮上有餐厅、剧院、图书馆、健身房、游戏室、游泳池,甚至在邮轮上还能逛商场购物……

宋词想,也许这将成为未来老年人的生活方式和最终归宿。

看书、喝茶、听音乐、查资料、写东西,她用自己的方式构建着生活的支点。

那天乔乔来看她,宋词打开冰箱,取出一半冰镇的西瓜,"你姨父冻冰箱里的,我是真吃不了凉的。"她把西瓜放砧板上,切成一牙一牙的月牙形,然后摆到白瓷盘里,端至茶几上。

"快吃吧!你年轻,胃口好。"

乔乔拿起一块西瓜,苦笑起来,"切西瓜都切得这么文艺,小姨,你让我想起一个人。"

"你大学谈的那个对象吧?我记得你说过,他是四川彝族的?"

"是啊!四川彝族的。"乔乔轻描淡写,时间久了,她对那段感情也早已释怀了。

"我最近看到一篇文章,是对'女娲补天'的最新释义。说女娲补天其实补的不是天,而是对历法的完善。伏羲创造太阳历,就是通过日竿立法的方式,把一年分成了10份,然后每份正好是36天,于是十月历就出来了,一年10个月,一个月36天,一年360天……"

"小姨,你到底想说什么呀?我听得晕头转向的。"

"我是说,现在四川、云南的彝族使用的依然是太阳历。一年10个月,一个月36天。"

"哦!你这样说,我倒想起来,他们过年确实比我们要早一些。"

"这个历法有个问题,就是我们真实的太阳回归年,应该是364天半的样子,也就是每年会少个4到5天的样子。这样的话,如果只是一年,差个四五天好像也没什么,但是10年、20年、30年呢?30年就差了快半年了,那么对农业生产来讲,就会陷入混乱的状态。因为太阳历的初衷,是为了指导农业生产的，让农业生产变得有规律，如果不精准，就会出问题，那怎么办呢？早期的解决方案就是再增加一个4到5天的时间，这5天啥也不干，不去做农业的生产，干什么呢？去祭祀先祖。这就是我们传袭到今天的中华民族最大的民俗——过年。什么叫过年呢？过年就来自我们对伏羲所创造的太阳历的补充，那么这个补充是谁补充的呢？她就是女娲氏，女娲补天，补了五颗彩色的石头，对应的正好是金、木、水、火、土。女娲补天，不是传说中的补了一个洞，她本质上就是把360天左右的太阳历，完善成了365天的一个更科学的太阳历。通过过年的方式，让我们的农业生产更加能够符合太阳回归年的周期变化和运行的过程，更加能够精准地指导我们的农业生产和生活。"

"我的天哪！你这些学术，估计只能和我姨父探讨，太深奥了，一般人根本听不懂。"

宋词悻悻地一笑，"他最近确实想创作'女娲补天'的系列画，不过，我觉得他突破不了印象派给他的桎梏和藩篱。"

"我有一个疑惑，那就是，你俩要是生一个孩子，那该有多优秀啊！"

"生孩子?！你连婚都不结呢！"

"如果找不到一个灵魂伴侣，结什么婚？是想找个人吵架，还是想给人当免费保姆?！"

宋词笑着摇头，她想到了自己的婚姻，觉得也不像乔乔说的那么差劲吧！

"陈静就向我吐槽，结什么婚？单身时，2000元一瓶的化妆品，买呀！300元一顿的小龙虾，吃啊！3000元一张的健身卡，办啊！150元一次的足疗，捏啊！"

宋词只是微笑着倾听，虽然不认同，但没有去反驳。

乔乔继续说："现在可倒好。自从做了母亲后，化妆品？算了，房贷、车贷的钱还发愁凑不够呢！一顿小龙虾？不行，还得给宝宝买奶粉呢！办健身卡？不用，每天做一圈家务，消耗的卡路里比健身大多了。做足疗？开玩笑，就我这脚丫子还值150元？留着给宝宝买鞋子吧！"

"陈静结婚了？什么时候结的婚？"

"没结。"乔乔说，"花钱做的试管婴儿，一对龙凤胎。"

"试管婴儿？！"

"一次次上当受骗，让她怕了。"乔乔感慨道，"现在，能让一个女人不管不顾、心甘情愿地走进婚姻，又肯为他生孩子的男人，越来越少了，成了缺货。"

"你这话失之偏颇。按你的逻辑，我是不是可以说，能让一个男人不管不顾，为其扛起家庭重担的女人，也越来越少了？！恋爱需要激情，婚姻需要磨合！不能一味地把责任推给男人。人都有毛病，多少而已，不分性别的。"

"切！那是你找到了我小姨父这样的好男人。"

宋词倒被噎住了。

乔乔却仍在兴头上："不管女性什么身份、什么地位、什么年龄、什么成就，在父权制长期的影响下，在常人狭隘又封闭的视角里，女人唯一能被看见的就只剩下了生育价值。"

"那……那你今后有什么打算？"宋词小心翼翼地问。

其实她心里很难过，大姐芸芬上个月刚做了手术，是宫颈癌，怕癌细胞扩散，医生建议把子宫摘除。这件事，亲友们达成了共识，一定要瞒着乔乔！

"我才不会犯傻呢！找一个少爷，接盘他的生活，婚后，他成了老爷，我呢，降低了生活质量，还累成了黄脸婆！"

宋词想打断她的话，就站起来说："喝点什么吧？"并起身去书房拿了自己的西施小紫砂壶出来。

"我一直喝墨红玫瑰加桑葚干，你看可以吗？"

"太LOW（土）！我喝拿铁。"

"没有。"宋词说，"只有雀巢速溶咖啡，要的话给你冲一杯，不要的话，就算了。"

乔乔撇撇嘴："那就将就吧！"

咖啡泡好了，乔乔漫不经心地晃着手里的咖啡杯说："我最近加入了一个叫'活出一个人的美丽'的群，顾名思义，不结婚也可以把日子过得很精彩，我正好可以腾出大把的时间做自己喜欢的事情，追剧、健身，或者去泡夜店、去K歌、去采耳、去按摩……"

宋词就接了话说："不是，乔乔。你听我说啊！该吃的，你吃过了，该穿的，你穿过了；该玩的，你玩过了，再这样继续生活下去，你会觉得生活很乏味、很无聊。也就是说，你总得跟这个世界产生链接，人生有目标、有追求，才会活得有希望、有奔头，才会活得有滋有味、活色生香……"

"小姨，你说得对，我也觉得活着没啥意思。不瞒你说，我也曾经萌生过自杀的念头。"乔乔调皮地吐吐舌头，"直到我加入了'活出一个人的美丽'的群，我才意识到有那么多和我一样的人，她们比我更想结束生命，我忽然意识到，我去说服她们、鼓励她们，帮她们找到活下去的勇气，这就是我生命的价值和意义。"

"这就对了，这才是我的外甥女！"宋词听完，笑着夸赞乔乔，并给了她一个大大的拥抱。

送走乔乔，宋词翻看手机网页，就看到了一篇文章——《人类终极命运的预言》。

文章里写道：1968年，美国马里兰州的实验室里，一位名叫约翰·卡尔洪的教授创造了一个"25号宇宙"。

据说，"25号宇宙"预言了人类的终极命运。

"25号宇宙"是一个长、宽2.57米、高1.37米的大盒子。

教授将4只雄鼠和4只雌鼠，总共8只经过疾病筛选的老鼠放进了"25号宇宙"。在这里，有充足的水、充足的食物、适宜的温度，甚至没有任何天敌。

将一切可能导致人口衰减的原因都排除在外，教授观察这个宇宙能够持续多久。

1780天。

1973年5月23日，伴随着最后一只雄鼠的死亡，"25号宇宙"宣告了它的终结。

突然间，想起2016年开始鼓励二胎的政策，想想现在一天到晚玩手机胜过情感交流的夫妻，想到那些热爱文眉和漂白的男子，对二胎非常不积极甚至恐惧的女性，竟然和"25宇宙"是如此的相似！

人类不会死于饥饿和灾难，但有可能毁于我们混乱的认识。

"25号宇宙"的终结，源自环境的变化导致雄雌鼠不孕不育。

用传统玄学的说法便是"阴阳不交""物极必反"。

极端的快乐不会快乐，极端的崇高无法崇高，极端的伟大会盛极返衰。

宇宙间所有的问题，也在于阴阳不交。

除夕打雷，冬不藏精为阴阳不交；四月飘雪，植物早熟为阴阳不交；汛期早至，火山地震为阴阳不交；蝗虫满天，乌鸦蔽日为阴阳不交；男人女妆，只婚不孕为阴阳不交；极端的权力或极端的傲慢都会导致阴阳不交。

阴阳二气在天成象，在地成形，所有的表象中都带着蛛丝马迹。

这篇文章让宋词想起了和乔乔刚才的谈话，竟也无端地恐慌起来，她先从文章中找到了乔乔的影子，然后又找到大姐、二姐，以及她自己的影子。

宋词把这篇文章用微信转给了凌浩，也转给了乔乔。

也就在这时，她收到了一个同学发来的一张图片，点开的那一刻，宋词的头就嗡地响了一下，然后脑子里一片空白。

她把照片放大了看。

这是一张从远处拍摄的侧面照，画面中凌浩与一个女人对坐着吃饭，两人都面带微笑，看得出他们的谈话很轻松、很愉悦。

宋词的眼睛胀痛得厉害，她竭力控制着自己的情绪。

"这个女人，我见过，而且印象深刻！"

有多久没和凌浩在一起吃饭了呀？宋词想不起来了。凌浩从什么时候开始越来越忙的，她也想不起来了。她能想起来的是，他在忙的时候，她也在忙着，一下班就忙着练瑜伽、忙着插花、忙着打香篆、忙着抄《心经》。吃饭基本上是点外卖，或者是一盒牛奶、一块面包就解决了，又或者是熬一小锅老家带来的青米粥，将就一下。

凌浩好像也很忙，她仿佛记得他曾说过，他最近有了新的灵感，打算在数个葫芦上完成一组女娲补天的系列画。

为此，两个人还因为女娲的形象而展开了讨论。

凌浩："你说，女娲为什么是人首蛇身，而不是人首牛身，或者马身？"

宋词："倒也不是蛇身，具体说应该是绳状，我觉得这个与盘泥制陶有关系，因为在制陶时，要把泥搓成绳状，更容易操作。还有道路、河流的形状，以及人们做饭时所看到的炊烟的形状，都和蛇极相似，所以女娲才有了人首蛇身这一形象。我倒觉得，你如果画女娲，可以创作为人首葫芦身。"

"葫芦身？"

"《诗经·大雅》中'绵绵瓜瓞，民之初生'的句子，是我国将人类起源与葫芦结合起来的最早记载，而女人的子宫类似倒置的梨状，把它反过来看，也就是个瓢葫芦的形状。"

凌浩似懂非懂地点了点头。

宋词说："我只是建议啊！我不懂绘画，但我觉得创作贵在创新。"

从那之后，凌浩一回家就把自己关在书房里，宋词也就不去打扰他，怕打断他的创作灵感和思路。她的时间都用来关注自己的爱好和那只叫"梅花"的猫了。

宋词愤怒地推开了凌浩书房的门,屋子里很乱,书桌上横七竖八地躺着几只剖开的葫芦。葫芦上的女娲,头发像枯草,挺肚凸腔,下半身是蛇形,却在腰部覆盖了两片绿树叶。她眼神迷离,但五官却有些扭曲、不对称。宋词承认自己看不懂,这些作品和她的审美是隔着阶梯的。

桌子的右上角放有两个盒子,宋词打开来看,原来是两块刻好的印章,一个是浙江红瓦钮的名章,用朱文刻了"宋词"。另一块是青田石鼎钮印章,宋词拿起来凑近了看,见是用满白文刻的"雪胎梅骨"。

一枚闲章,他刻给谁的?难道是……

她默默回到自己的书房,从墙上取下古琴,想平复一下自己的心绪。

《卧龙吟》刚弹了"束发读诗书,修身兼养德",人已泪流满面,遂伏在琴上哭得不能自已。

宋词窝在客厅的沙发上发呆,一直到很晚了,她都没有开灯,她坐在黑暗里等凌浩,其实她等的是他的澄清或辟谣。

凌浩回来了,至于宋词为什么不开灯,他没有问,也许他觉得一切都正常,宋词所有的不正常,在他看来都是正常的。

他也没有开灯,就那样陪着宋词坐在黑暗里。

宋词拿着手机走到凌浩跟前,打开那张照片给他看。房间里很黑,他们看不见彼此脸上的表情,但能感觉到彼此的尴尬和极度的不自在。

"解释一下!"宋词的声音冷冷的。

"不用解释!你想什么就是什么,你想怎样就怎样!"凌浩的声音冷冷的。

宋词的身子便开始簌簌抖动,像冬夜里,被寒风吹着的一枚清瘦的叶片。"你倒是敢做敢当。选择了当婊子,所以贞节牌坊就不用立了!"

宋词一直提示自己要冷静、要冷静,可她还是没有控制好自己,话说出口的时候,她都有些吃惊,觉得自己活脱脱一个俗气得不能再俗气的泼妇。

"她只是我一个学生，一个普通的学生。"

宋词死盯着凌浩的脸，她在心里蔑视这苍白无力的辩解，因为她更相信一个妻子的直觉与判断。

"和女学生吃顿饭怎么了？不正常吗?！"

凌浩的态度让宋词愈加愤怒，"不正常！不正常！就是不正常！今晚说不清楚，咱俩谁也甭想活，大不了鱼死网破！"她开始歇斯底里起来，完全是一个疯女人的状态。

纠缠了几个小时，后来凌浩的心理防线终于被攻破了，他承认，他和那个女人是情人关系，他们上过床。

宋词哭了，把自己关在房间里两天不吃不喝，她的娴雅、她的灵秀、她的见之忘俗，这些美好的词语，都是凌浩赐予她的，现在他把这些词在她身上用旧了，就像转二手车一样，给了另外一个女人。在宋词看来，这些美好的词语便被糟蹋了，成了油腻腻、脏兮兮、黑乎乎、洗不净的破抹布。

凌浩很愧疚，他觉得对不起宋词，同时他又想逃离，他没说谎，柳儿确实是他的学生，但两人交往的细节，他还是隐瞒了。

那是偶然的一次机会，他知道柳儿是云南的，而云南有好多关于葫芦和生育的传说。

比如，在傣族的创世神话中，人类是从葫芦中诞生的。

佤族的创世神话也声称人类是从"司岗"里出来的，"司岗"即佤语"葫芦"之意。

而在阿昌族的创世神话中，天公与地母相爱，怀胎九年，生下一颗葫芦籽，种下后结了一个巨大的葫芦，从中诞生了九个小孩，这便是人类的祖先。最典型的葫芦神话来自拉祜族，拉祜族也称"朋雅佩雅"，意为葫芦的儿女。该民族还流传着一句民谚："说千来说万来，打开葫芦人类来。"

彝族创世古歌《梅葛》记载：上古时期，一场大洪水使人类灭绝。洪水退去后，一对幸存的兄妹奉天神旨意成亲，生下一个葫芦，从中诞生了汉、彝、苗、藏等九族。基诺族的创世神话则稍有不同，声称这对在洪水中幸存的兄妹结婚后收到了神仙的葫芦籽，种出了一个大葫芦。他们打破了大葫芦，走出了基诺、汉、傣等各族人民。傈僳族的创世神话也与之大同小异，称人类毁灭之后，天神发出长啸，使天空掉下两个大葫芦，从中生出两个人祖，男的叫西沙，女的叫勒沙，他们结合生下九子九女，互相结为夫妇，生下了汉、彝、傣、藏、景颇、纳西等各族人民。

为了求证宋词的"女娲是人首葫芦身"的观点，他多方查找资料。当凌浩和学生柳儿聊起云南这些创世神话时，柳儿却说："女娲肯定是人首蛇身啊！怎么可能是葫芦身？！"

"怎么讲？"

"女人和男人才能生下孩子啊！"

凌浩有些尴尬，对方毕竟是一个尚未结婚的女孩子，他讪讪地说："你扯远了，有点跑题。"

"我只是想说女娲的形象和葫芦是没有关系的，你只往人身上想。"

凌浩疑惑地盯着柳儿看。

"哎呀！女娲人首，就是说长了个女人头吧，不是个男人头吧？"

"那是肯定的，这个毋庸置疑。"

"男女结合才能生下孩子，上半部分是女人，下半部分自然该是男人了。"

"不对呀！按你说的，女娲的下半身应该是个男人头？！"

"哎哟！我的老师哎！我再提示一下，你只往男人身上想，男人身上有个部位。"她的语速慢下来，声音也低下来，"特别像蛇……"

凌浩的身子猛地颤了一下，差点就从椅子上弹起来，要逃离了。

柳儿的开放和大胆，让他脸红心跳。这、这，她还是个还未结婚的女孩子啊！

但凌浩没有逃,他毕竟是过来人,当他再次望向柳儿时,发现她的眼睛脉脉含情,有羞怯,也有挑逗。

宋词毕竟是宋词,她接受了从仙境跌入凡尘的落差,是啊!她和凌浩都是凡人,不是神仙,不是神仙就会犯错。既然改变不了做人的窘况,那为什么揪着人的错误不放手呢?宋词决定冷处理。

苦熬了一个月,又苦熬了一个月,机会给过了,宋词能感觉到凌浩的痛苦,但她也从日常生活的细微处察觉到,凌浩仍在和那个女人偷偷摸摸地来往。

穷途末路,宋词便想会一会那个女人。

把她约出来喝茶。

再见面时,宋词才知道自己的单薄和无力。

"我叫柳儿……"

"我爱他,他爱我,这有错吗?爱情是多么美好的事情,有错吗?"

柳儿伶牙俐齿,目光凌厉。她说宋词,你啥啥都好,就是不会做饭,不会撒娇,还性冷淡,还不会生孩子!

"不会生孩子?!"

"是啊!不会生孩子,只有不会生孩子的人,才把猫狗当孩子养。"

"那只是你的猜想。"宋词冷笑,"我只是不想生而已。"话一出口,她就后悔了,为什么要给她解释这些?

"你不想生,可我想。而且是特别想给凌浩生!"她用修长的手指抚摸自己的肚子,大红色带钻的美甲,刺得宋词眼睛生疼。

"你不知道吧?已经三个月了。"

"还有,你看我这身材。"她的手在自己的腰部和胯部摩挲着。"凌浩创作的'女娲',灵感就来自我的身体。"

宋词咬紧了下唇,平复一下自己的心绪,然后说:"王小波说过,我来这个世界,不是为了繁衍后代的,而是来看花怎么开,水怎么流,太阳怎么升起,夕阳何时落下,我活在世上,无非想明白一些道理,遇见些有趣的事……"

"王小波?!王小波是谁?一听就和你关系不正常,你还好意思找凌浩的茬,你呢?!你是好东西?!"

宋词便忍不住笑了起来,她以手扶额,笑着笑着手就移下来掩了脸,就势擦去了腮上的泪水,抬起头来,依然保持着优雅和微笑。她说:"你可以走了,不过走的时候,请带上你的无知和廉耻!"

那天晚上宋词吞下了十四片右佐匹克隆。那是一种处方药,也是宋词家里的常备药,她有失眠的毛病,经常找医院的一个同学给开药。这十四片右佐匹克隆是一整盒药,她前几天买的,还没拆封。

宋词后来被凌浩送到医院急诊室给抢救过来了,但救过来的只是人,她的心却死掉了。

"你何必这样呢?我根本就没想怎么样,我其实只是在现实的生活之外,找一点灵感罢了。"凌浩如是说。

"那你找你的灵感好了!"宋词在心里冷冷地回复了他。

宋词只在家养了两天,就给凌浩留下了一式三份的离婚协议书,坐车回老家了。

其实哪里还有家呢?她早已经没家了,母亲死后,三姐妹和父亲也有来往,但也只限于偶尔的走动和探望罢了,毕竟离开多年了,父女之间是隔着山,也隔着河的。

宋词到县城后,去大姐、二姐家各转了一趟,就去了板崖村。

她先去了方家大院。

大门门楼上的"敦厚尚识"四字还在,看家楼石碹洞上的"居仁由义"也还在。解胸楼裂了条缝,远远看去像趴在青砖房体上的一尾蟒蛇。房顶的瓦片间长满了灰褐色的瓦松。影壁、窗棂、户门、石柱……均已在岁月的侵蚀下,满目疮痍、破损不堪。

这风光一时的大院,早已没有了当年的气势,像一位前朝遗臣,执拗、孤傲地伫立着，一身风骨，满脸风霜。

现在住在这里的几户人家，均为贫困户，包括军文和军武。他们在院子里种了瓜菜，堆了柴火，养了狗，喂了鸡，晾衣服的铁丝左拉一条，右拉一道，上边晾着破旧的床单，或是褪了色的秋衣秋裤。

军文在山上放羊，白天把羊赶到坡上，黑夜就把羊圈在废弃的鳌山寺里。后来不知道咋的，天一擦黑就看不见了，村人都说得了鸡眼病，去县里检查才说那是患了夜盲症，买了些药，有一顿没一顿地吃着，倒是老婆放心不下，卷了铺盖，搬到寺里给军文做饭去了。

军武因为有疯病，所以一直没有娶媳妇，没人经管的人也就格外邋遢，头发垂至肩头，锈得像毡片一样，胡子拉碴的，脸像是多日没洗过了，眼角凝着黄蜡蜡的眵目糊。

当他看见戴着墨镜的宋词走进院里时，迟疑了一下，但还是诚惶诚恐地迎了上去。

他其实并不认识她，宋词想即使她不戴墨镜他也不认识她，也许他以前见过她，但现在，连她自己都不敢认了，眼眶深陷，脸颊也塌陷了进去，颧骨高高地突了出来，顶着两片水墨画一样的肝斑。

军武只是从她的穿着上判断此人不是一般人，他迎了上去，热切地问："是来扶贫的吗？"

"不是，我从省里过来的。"

"省里过来扶贫的？"军武仍在追问。

宋词便说："不是，我是来旅游参观的。"

"旅游的？哦！我知道了，是文旅局的吧？"

"省里叫文旅厅。"

"不管文旅局还是文旅厅吧！我知道你来干甚了，你来找军文的吧？"

"找军文？"

"是啊！前几天文旅局的人一直找军文。说是要采访他，收集资料呀甚的。"

宋词笑笑没接话。

军武便继续兴致勃勃地说:"都知道他爷爷以前是打扇鼓的。县文旅局想要在娲山搞奶奶庙的祭祀活动,并说要申请省级非遗项目。找军文问他爷爷当年打扇鼓穿的行头,还有唱词……"

宋词没心情听下去了,转身往院外走。

军武却上来拦着她说:"等我说完,你再走啊!我还想问问,你说我老姥爷那个点笙的技术,是不是也能申请非遗?我呀!用半个葫芦和几根竹管做了个最原始的'笙',用那个绿石研糊抹到簧片上,再用朱砂和银珠点绿,还真能发出声音……"

宋词有些气恼:"你给我说这个干甚?!你自己去文旅局问啊!你让开,别挡着我,我还有事!"

宋词一个人去了广志山,她的心还未死,又或许是经过沉淀之后,死而复生了。她还没有放下凌浩,她独自来到此处,不为求子,也没有别的夙愿,她就是想看一看当年那两棵见证她和凌浩第一次亲吻的白皮松。

停骖宫在,子孙殿在,梳妆楼在,而且还增加了皮鑲爷殿。殿内那些塑像似刚刚被重新彩绘过,寂寞地端坐着,身上落一层尘世的灰。

走走停停,宋词终于登到了山顶,站在玉皇殿与老君殿外四处搜寻,却怎么也找不见当年的那两棵白皮松了。

站在环形的围墙内,风忽然就从高处直冲了下来,从脖颈处钻进宋词的白衬衫,人一下就变得鼓鼓囊囊的了。那一瞬,宋词有一种要飞起来的感觉,眼前迷迷茫茫的,心里也无比的空茫。

她默默地下山,半道上,碰到两个背着开花馍上山求子的香客,问起来,才知道那两棵白皮松早被人吃掉了。

原来,也不知道从哪里传出的消息,说是用殿前的松树皮熬水喝可以治不孕不育,便有人偷偷来割树皮吃,树皮没有了就剁树干,后来是捋叶子,再后来连树根也被人挖去熬水喝了。

那一晚,宋词辗转难眠,刚刚合上眼睛,就见一个容貌端庄的女子翩然而至,站在她面前,笑眯眯地道:"你就是宋词吧?"

"是啊!你是谁?你怎么认识我?"

"我是前生的你,你是后世的我。"

"前生的我?前生的我是你?!"

"是啊!前生的你叫王雪梅!"

"王雪梅?王雪梅?"

宋词一惊,睁开眼来,屋内空无一物,只有一片月光透窗而入,才知道自己刚才是做梦了。忽而又想起娲皇宫里的小奶奶名叫王雪梅。

她不是王雪梅,王雪梅也无一样似她。如果硬要往上靠的话,宋词想,可能是王雪梅和她一样,一直有着未了的情缘和心结。一个对感情有着洁癖的女子,一个没有得到过真爱的女子,一个没有生育过的女子,却被委以给众生送子的重任,是何等的残酷和不公?!宋词再无睡意,拥被半卧,就着月光,在手机上写了一首小诗——《雪梅咏》:

三百年了,
你在庙宇里端坐如莲。
香火缭绕,
日复一日,
你接受善男信女的膜拜。
那十八岁的青春与面庞,
如何承受起这么多的俗事与俗念?
在我心中,
你不过是另一个版本的祝英台,
你跨越两县,
跋山涉水,寻找真爱,
末了,你没有变成蝴蝶,

却被委以重任
坐化成仙。

三百年里，
世人只想在你这里寻求庇护，
寻求温暖。
没有人会想过，
也没有人知道，
你有没有未了的情缘。
王雪梅，
你的名字如此平民，
你的模样如此端庄。
你的职责却被安排得如此神圣、如此庄严。
面对你，
我不敢轻易许愿，
也不忍，再往你身上压一根稻草。

那一年，
你坐化在春日里，
殿宇外杏开如梅，
我知道，那花朵是你未了的心事，
也抑或是，去冬压在你心底，
未来得及落下的雪。

"活出一个人的美丽"群里，每天有人发一些关于不孕不育的图文。

有天乔乔就看到了一篇名为《广东女子怀孕12个月，却没有任何分娩迹象》的文章。这篇文章乔乔看了数次，反反复复，她却依然觉得不过瘾。平常看到好的文章，她只会在微信里点"收藏"，但这次不一样，她在笔记本上工工整整把文章抄写了下来。并把文章的最后一句，"命运以痛吻我，我却报之以歌。"加了括号，译成了英文："Fate kissed me with pain, but I responded with a song."

文章女主人公彭细妹的坚强感染了乔乔，她想每个人都像鲜花的种子一样，在经历了黑暗和无望之后，终会有破土而出的那一天，迎来光明，芬芳整个世界。于是，来时路上的所有坎坷，终将止于鲜花盛开的美丽人生。

再加上小姨和小姨父的婚变，让乔乔对婚姻、亲情和爱情也有了更深层次的解读和认知。她想她应该回家一趟，她需要和父母来一次深谈，她应该把隐藏在心底多年的秘密向他们和盘托出。

长久的两地分居，再加上乔乔的执意不找对象、不结婚，让芸芬、乔木与他们唯一的女儿有了隔阂和分歧。

从芸芬查出宫颈癌到手术结束，他们一直瞒着乔乔，倒也不全是怪闺女不懂事，主要还是不想让她担心吧！

只是芸芬病了这一场后，让乔木变得婆婆妈妈起来，他以前内向，不爱说话，现在却越来越喜欢唠叨了，早上一起床，就开始对着芸芬数落："我说你以后可不要喝牛奶，也不要吃鸡蛋了。'一杯牛奶强壮一个民族'，不过是奶企的一个广告和谎言。我那年去内蒙古XX奶牛场参观，见每头奶牛戴一个大'乳罩'，两个乳房像篮球，一天挤好几十斤乃至上百斤奶，你想想奶牛和人一样是哺乳动物，乳汁是生孩子后的自然分泌，你说那些奶牛，不产仔，靠人工刺激分泌乳液，奶牛焦虑不?! 还有，你去养鸡场看看，连一只公鸡都没有，你说人吃了那样的鸡蛋，抑郁不？"

芸芬病好后，脾气倒越来越好了，听乔木这样说，就故意逗他："我喝了这样的牛奶不焦虑,吃了这样的鸡蛋也不抑郁。倒是你,我觉得离抑郁不远了。"

"你甚意思?"

"人家说在县委大院'两办''两部'的,最终都会安排个好单位落脚,你算算你在县委办待多少年了?伺候了几任县委书记?写的材料,要是全积攒下来,能堆满三间屋子不?"

乔木就讪讪地笑了:"我早看淡了,做多大的官,六十岁还不都得退?赚多少钱,最后还不是带不走。人啊!几十年后,都是一堆黄土。"嘴上这样说着,却还是叹了口气,转了话锋,"我最放心不下的,还是乔乔啊……"

<h2 style="text-align:center">58</h2>

乔乔一回到家,就把芸芬叫到自己屋里说话。

她先是给了妈妈一个长达二十秒的拥抱,然后才拉着芸芬坐到自己的床边,听自己低声地讲述。

半个多小时过去了,芸芬终于听出了眉目。

"你……你是想单身一辈子吗?"她吃惊地盯着乔乔。

现在,芸芬已经知道了事情的来龙去脉,她在极力平稳自己的心绪后,还是想以一个母亲坚强、伟大的形象面对女儿。

芸芬抿了抿嘴唇,同时把脊梁有意挺了一下,"乔乔!你还是太小,根本不懂得单身生活所带来的烦恼和困境。"

"妈妈,我再不幸,比起那个叫彭细妹的女人来,也幸运得多,她能活出自己的精彩,你要相信你的女儿也可以。"

"你看。"乔乔打开手机递到她的眼前。

"这个叫'活出一个人的美丽'微信群,我们一共有42位朋友,群主是望云,已经56岁,是一家私企的老板,最小的成员名叫小凯莉,今年刚刚13岁，还在读小学。"

乔乔告诉芸芬，是陈静把她拉进这个群的，群里都是坚持单身的女性，她们有的是因为失恋，有的是因为经历了离异，而有的是天生患有不孕不育症。

乔乔说，群主望云姐是个"石女"，她经受不住这种压力和打击，曾经自杀过三次，最后一次，她的母亲陪着她一起喝了农药，被及时抢救后，望云姐这才明白，"我不是为自己一个人活着"。她做过两次手术，最终都以失败而告终，她在尝尽了"石女"给她带来的所有痛苦后才慢慢觉醒，"真正美丽的女人，不会靠婚姻和生育而发光"。

这是望云姐常常在群里说的话。13岁的小凯莉，由她的母亲在群里陪伴，"女儿还不是很懂事，希望她懂事后能够尽早地接受现实。"这是一个母亲美好的初衷。

"这个群里，有两位朋友自杀。"乔乔说到这里有些哽咽，"妈，我不想做那样的人，上帝对我们不公，我们只能接受，但这不妨碍我们照样精彩地活下去，我们不靠上帝，要靠自己。"说完，她搂住了芸芬的脖子，"我不嫁，除非遇到一个比我活得还精彩的男人，就是没有，我也要做一个让你骄傲的女儿，妈，从今后，就把我的病忘了吧。"

乔乔谈起了她的困惑、疼痛，以及在这短短时间内的自我疗伤，她虽然不是石女，但和石女并没有多大的差异，所以她对生而为女人却做不了女人，有了更深层次的解读和认知。

女儿轻而易举就给自己贴了"石女"的标签，那一刻，芸芬忽然失控，哭得不能自已，不是女儿病了，是她病了。她一直觉得她是了解乔乔的，她觉得她单纯、固执、不担事，所以自己得宫颈癌摘除子宫的事，也一直瞒着她。

那一夜，芸芬也和乔木做了一次深谈，其实哪里用得着深谈，芸芬刚一张口，老乔就哭得不能自已了，直到这时，他才知道原来的"重男轻女"其实都是假象。他根本没想到女儿受了这么大的委屈，还这么坚强。

他说:"我一直以为乔乔是个快乐的孩子。也许是你我过去在拌嘴中说的那些赌气的话,被她听了去,她误以为父母是不爱她的,这让她敏感多疑。其实想想,我们这个年龄的人,哪个原生家庭没有点问题啊?我们的父母都是20世纪四五十年代出生的人,他们所受的教育不多,又是在少吃没喝中成长起来的,为了我们不挨饿、不受冻,他们不得不努力干活、努力工作,肯定也就没有时间陪伴我们,这让我们情感上匮乏,性格上也有了偏执和缺陷。现在我们已年过半百,我们能做的就是帮孩子多避一些坑,多避一些雷。"

芸芬不住地点头,又忍不住抹眼泪:"是啊!我们踩过的坑、踩过的雷,不能让孩子再踩一遍。"

"如果她选择单身就单身,她选择结婚就结婚,只要她快快乐乐的,这就够了。无论乔乔做出怎样的选择,我都会尊重她的意愿,如果她不嫁,那我就永远陪着她。"说完老乔紧紧握住了芸芬的手。

59

从娲山回到板崖村后,宋词便把手机关机了,只每天晚上睡觉前,打开手机,看看有没有什么重要的信息。

那天晚上她一开机,便蹦出两条信息,分别是乔乔和斌斌发给她的。

乔乔说:"小姨!莫与草争!"

斌斌发的是:"咋说呢!小姨,感觉你们三个,都太不成熟了,都不是高段位的玩家,但凡有一个高智商、高情商的,都不会把游戏玩成这样!"

"莫与草争",难道我已经是大树了吗?宋词想,应该是了吧。毕竟自己已经出过两本专著了,毕竟自己是中国作家协会的会员了,还是政协委员、民进会员……她拥有的头衔,是很多人奋斗一辈子尚不能企及的。

宋词一次次自我安慰着。

夏日的白昼很长，她每天就搬个小马扎，坐在树荫里，双肘支在膝盖上，手托了腮，远远地看小涵穿手串、做六道木拐杖；看改香薅草、给瓜菜浇水；看姥姥掰金针、搭花架……

近来，姥姥的病又加重了，一天三顿离不了药，医生说即便有药维持，远记忆还行，近记忆是不可能恢复了。她常常会把宋词认成春兰，叫她"兰子"，她的记忆停留在了几十年前。

宋词默默地想着心事。在好多都市人的眼里，当下的农村过的都是田园牧歌式的生活，于是就有了《我在农村有个小院》《老了，到乡下造个小院》《给自己在乡下建个小院》。她的邮箱里每天都能收到几十篇诸如此类的文章，文章设想院子围上竹篱笆，屋前种花、种菜，屋后是潺潺清泉，清晨能听清脆的鸟鸣，夜晚能在院子里品茶赏月。

可现实呢？那些嘴上说着向往农村生活的人，怕是真要搬到村里住，不出三五天，就苦不堪言了。冬天门窗密封不好，取暖设备落后；夏天蚊虫叮咬，一身臭汗，冲个澡都不方便。若遇上雨天，院子里走一圈，回来就沾两脚泥，蹭得到处都是。

又想，这个小院若不是姥姥"镇宅"，又或者她没有一个健康的体魄，怕这个小院也应和大多院落的命运一样，坍塌、破落、难遮风雨了。

正因为有这个患有阿尔茨海默病，但还算康健的百岁老人长年累月、一日复一日地经管与维持，小院就有了井然有序的生活日常，且有一种穿越般的古意悠然。

每天傍晚，改香嫂子会在树杈上挂一根艾草辫，她总是边点边自言自语："艾草一点，蚊子就都熏跑了。"大家坐在小院里吃饭，聊一些琐事，萤火虫明明灭灭，飞来飞去。

白天午睡起来，改香又会给每人都泡一碗薄荷茶，或者穗花牡荆茶。薄荷和牡荆都是在院子里现摘的，宋词问了"度娘"，才知道两种茶都是解暑、消食和祛湿的。

如果还是不幸被蚊虫叮咬了，姥姥会给她摘一片蝎儿草……

有一天，宋词在院墙角看见一丛数尺高、叶子为朱紫色的植物，姥姥说是荏子，叶子是中药材，种子可以用来榨油。宋词百度了一下，才知道荏子竟然是《诗经》里的"荏苒"，学名紫苏。《诗经》中的《小雅·巧言》中有"荏染柔木，君子树之"，在古代"苒"与"染"通用，所以"荏染"即"荏苒"。一时间，宋词有种发现新大陆般的惊喜，姥姥家的小院里竟然种着从《诗经》里走出来的植物，荏苒、忘忧草……她忽然萌生了一种想法，她要用诗经中的植物，搞一个主题插花。

那天，宋词忍不住加入了亲人们的劳作中，她帮小涵挑山桃核，帮改香接水管子浇菜，又端了笸箩和姥姥一起剪韭菜花，做韭花酱。

宋词竖着拇指和食指，捻着一小撮白色的韭菜花把玩。"真好看，像童话里公主打的小雨伞。"她自言自语道。

姥姥把笸箩里的韭菜花倒进身边一个半人高的石臼里，递给宋词一根木棒："你捣吧！"然后又朝着改香喊过去，"把你洗好的苦拉冰果子端过来。"

小娃看着宋词捣韭花，一下一下的，动作生硬，就说："看你笨的，小时候我教你的都忘完了？"又说："你爹最爱吃我捣的韭花酱。"宋词就咧嘴笑了一下，知道姥姥又犯糊涂了，就对着她大声说："姥姥，我是小词，不是你的兰子。"

"你是小词，不是兰子？"

"不是，不是。"宋词马上把话题岔开去，"姥姥，你说捣韭花酱，为甚要放苦拉冰果子？"

"就得放苦拉冰果子，你要放国光、放梨儿，放桃儿，放石榴，捣出来的韭花酱，就不对味。"

"扑哧"，宋词被姥姥认真解释的神情逗笑了。原来自然界有这么多有趣的事，潜藏着这么多可探知的空间。新鲜和神奇，使宋词的眼睛有了光亮，脸上也浮出了笑意。

看见宋词笑了，姥姥就说："俺孩儿高兴就对了。你不知道啊！当年女娲老奶奶在捏人时，可是一直笑眯眯地在捏，她捏出的人，还不该见天儿笑嘻嘻的?"

宋词看着姥姥认真地点了一下头，姥姥笑笑，把手里的木棒攥给宋词："你捣吧！我瞌睡得不行，迷糊一会儿去。"说完一路朝屋里去了。

看看身边，这红色的山丹丹，这蓝色的桔梗花，这黄色的金针花，不！确切点说，这《诗经》里的黄色的"忘忧草"，还有紫色的茄子花，白色的土豆花……以及那丛丛簇簇深深浅浅的绿，以前宋词最不喜欢艳丽的色泽，现在竟也在其中寻到了与众不同的美。

宋词所有的郁闷和不开心，就这样被不知不觉地治愈了。

她想起了凌浩，他的童年是在山村度过的，他和城里的孩子有着完全不同的生活背景和审美情趣，他经常说："我们要向自然学习。"

她又想起他画画时，特别注重动与静、虚与实、阴与阳、明与暗的互补和结合。

也许是夫妻两人之间有"审美冲突"，才让他背叛了婚姻，出轨的。

也是从那一天开始，宋词关心一只蜜蜂，担心一只蝴蝶，看蚂蚁从裙上爬过，她觉得自己成了一朵花，抑或是一株绿植。

又过了几日，元芬来看姥姥了。

宋词搬了板凳，端了小茶壶，和二姐坐在小院里聊天。

"最近气色不错哟！"

"我觉得也是。"

"你想好了？真的打算离？"元芬问。

宋词犹豫了一下："不然呢？"

"你醒醒吧！宋芸丽。"

宋词吃惊地盯着元芬看。

"你不用这样看我。我是真心不喜欢你'宋词'那个名字。"元芬撇撇嘴，"搞得自己跟个仙女一样，好像你不是吃五谷杂粮长大的！"

宋词便把目光收回来，用手摩挲着拓花染裙子上的一片叶子。

"这条裙子不难看，你很喜欢吧？"

"那肯定。"

宋词本来想告诉她，这条裙子是她自己做的，上边的花和草叶是她在野外采来，然后放在裙摆上，用小锤子一点一点沿边缘砸上去的，这些花儿、叶儿的汁液便留在了裙子上。

宋词喜欢这些天然的颜色，还有留在裙子上的植物的香气。但她知道二姐讨厌这些，所有与精致、浪漫、诗意相关的事物，在她眼里和嘴里都是华而不实的，都是"没用"的。所以此时宋词便不多一句嘴。

"再喜欢的衣服，你穿十年你还会喜欢吗？"

原来二姐在这里等着她呢！

宋词便笑："听说过一句话吧？'衣不如新，人不如旧。'"

"所以我敢保证凌浩绝对不会和你离婚的。"

"唔？！"

"不是人不如故吗？"

宋词就红了脸，为自己的念旧和放不下而难为情起来。

"你心里有答案，你比谁都清楚，你拿捏得很准，知道有这么好的老婆，哪个男人也不会拿上夜明珠去换一颗驴粪蛋的。"

元芬特意把那个"好"字加重了语气。

宋词"哧"地冷笑了一声。

"但宋芸丽，你必须得承认，你也有做得不好的地方。"

"我？！我有做得不好的地方？！二姐，到底是谁出轨了？！"

"宋芸丽，你很优秀，你觉得自己哪儿哪儿都好，但是我还是想说，这世界上没有十全十美。"

"这个我知道，我也没说自己十全十美。"

"你可以说自己九全九美。"元芬笑得意味深长，"那个女人哪儿哪儿都不如你，但她身上肯定有一样东西，是你没有的。不然凌浩不会出轨。"

宋词愣住了，二姐这独到的见解，还真得让人高看一眼，而这是以前不曾有过的。

"你和凌浩真的需要生个孩子了。"

"国家都放开生三胎了，你一个都不生?！你想想，两个人连个孩子都没有，感情能好吗?！"

"还有，甭老把自己当公主，因为没有人会永远宠着你。你应该学会坚强，别那么脆弱。"

"还有，咱远的不说，就说你姐夫，现在生意做大了，人也有钱了，你觉得他就那样干净?！即便他不去招惹别人，别的女人也会来招惹他。我能做的就是装聋、装瞎，有些事情，你不当回事，慢慢也就过去了，天也塌不了，婚也离不了。但真是要把事情挑明了，撕破了脸，这日子想过也过不下去了。"

元芬说话时，肢体动作也大，爱挥舞她戴着硕大金戒指的手。此时宋词盯着她胖手上的几个肉窝窝看，忽然觉得也蛮可爱的。

宋词回省城了。

一路上她一直在想二姐元芬的话。

"你和凌浩真的需要生个孩子了。"

"国家都放开生三胎了，你一个都不生?！你想想，两个人连个孩子都没有，感情能好了?！"

难道，女人只有生孩子才能提高自己的社会地位？这不又回到母系社会了?！

或许吧，世间万物一直在轮回，男人、女人的社会地位也是一样的道理，高低轮换。

同为女人，二姐早就顿悟了，而她却需要这么一场劫难来渐悟。说到底还得自渡。

宋词终于明白，过日子还是得落实到柴米油盐上，不能总是吟诗作对，执手相看。人生如戏，戏如人生。大观园里，如果都是林黛玉见花落泪、对月吟诗的女孩子，《红楼梦》的剧情是无法展开的。既然有了这么一个冰雪聪明的，那就有傻大姐、有夏金桂、有赵姨娘来推动剧情。

宋词想了很多很多，她甚至找到了她和凌浩的差别所在。正如斌斌说她的，小姨你自己情商值最高，智商次之，逆商又次之。而我姨父却恰恰相反，逆商最高，智商次之，情商又次之……

凌浩下班回到家，见到客厅里呆坐着的宋词，就大步走了过来，"还没吃饭吧？你想吃什么？我去做！"

宋词摇摇头，偏要盯着他的眼睛看。

凌浩就握住了宋词瘦弱的手："老婆，等一下，我有东西送给你。"

他跑去自己的书房，拿了一个小盒子出来，递给宋词。

宋词打开来看，原来是那枚刻着"雪胎梅骨"的闲章。

"送我的？"

"不然呢？！"凌浩一脸诚恳地说："老婆，以后我们好好过日子。"

婚当然没离成。那件不悦的往事，两人再没有提起，凌浩像变了一个人，每天都会早早赶回家洗衣、做饭、做家务。还不忘给宋词带几枝紫苏、萱草或者芦苇，他还惦记着宋词说的要用《诗经》里的植物搞一个主题插花。宋词也逐渐把她的爱好当成了爱好，让自己退回到了生活里。她把从姥姥家带回来的一个老旧的柳料筐，装满园土，种上鲜嫩的韭菜，再搬到阳台上，日子就多了生活的气息。凌浩下班回家前，她会在他的书房里备上一杯绿茶。夜晚两人也会出去散步，聊一些生活琐事。如果碰到好听的音乐，她会把耳机塞到凌浩耳朵里一个。家里逐渐有了烟火气，两人有时候也会争吵，因为鸡毛蒜皮的小事。凌浩总是先妥协的那个，他抬胳膊就是一阵摸头杀，宋词便也如泄了气的皮球，无所谓地撇嘴一笑。

不久之后，小娃去世了，她是睡着走的，大家都以为她又去"收皮"去了，一直睡了四五天仍没醒过来。改香后来去摸她的身体，发现身体已经僵硬了，才知道人已过世了。

宋词要回老家奔丧,凌浩主动提出请假和她一起回去。几个小时的路程,两人轮流开车,轮流抱梅花,话题也一溜扯开去,刹都刹不住。两人好几年没有一起出行,也没有这么畅所欲言地聊过天了。

宋词说起她的姥姥,在她心目中堪称女神。她说姥姥有三件宝贝,第一件是顶针,它戴在姥姥右手的中指上,像大家闺秀的戒指一样,日夜不离身。第二件是个针线葫芦,一个约两寸长、拇指粗的木雕小葫芦,里边装着针线,被姥姥装在贴身的内衣口袋里。有了这两件宝贝,无论在家,还是上地、串亲戚,只要碰到缝缝补补的事,姥姥就会掀起她灰蓝色的大襟衣裳,拿出针线葫芦,穿针引线后,缀扣子、缝袖口。还有一件宝贝,姥姥叫它麻花针,其实就是一根银簪子,簪柄由两股银丝拧成麻花状,另一端则细长如牙签。麻花针常年插在姥姥花白的发髻上。宋词的记忆里,这支麻花针可谓无所不能,要给外孙女分一个苹果,姥姥拔下麻花针,在苹果中间划条线,一下就掰开了。取不出仁的麻核桃,姥姥用它一下一下就把仁给剜出来了……

宋词还说起姥姥的那些蜡染,她对花布最初的印象和记忆,应该源于姥姥家一床靛蓝色的被褥,家织布的褥子上印着碗口大的宝相唐花,它静静地卧在土炕之上,白天被卷起来,晚上抻开来,晴暖的午后,阳光透过纸窗,撒一抹暖色于褥子上,让人觉得安心、踏实。

"人生最大的憾事,就是你不可以倒着过日子,也不可以把所有的遗失和错过重新修补一遍。我在如花的年龄里,只喜欢素色,浅粉、淡绿、丁香紫……当我对靛蓝色花布迷恋得如醉如痴时,姥姥家的那床花被褥也不知所终。其实我知道,它的去向无非是破败、风化,最后回归于泥土,来自自然,终于自然,遵循自然,自然而然。"

60

宋词和凌浩在老家住了九天。因为朝夕相处,没多久,元芬倒渐渐喜欢上了梅花，没事的时候总喜欢勾着手指逗它玩，或者溺爱地把它搂到怀里抱一抱。梅花也乖巧，只要人一抱就安静下来，把身子弯成"C"形窝在人臂弯里，呼噜噜，呼噜噜睡觉。元芬不禁在心里感慨，这小家伙倒比田静儿还听话，还讨人喜欢。

不想邻居家有只公猫盯上梅花了，一天来骚扰它好几回。梅花似禁不住诱惑，也偷偷跑出去幽会。

宋词只担心梅花怀了孕，却不想，它竟先生了跳蚤。

奇痒难忍时，梅花急得抬爪子去挠，挠耳朵、挠头，又用嘴咬肚皮，咬尾巴。

元芬说："跳蚤这东西，不好除，要不用灭害灵给梅花喷一喷吧？"

"那能行？！呛死了都。"宋词不同意，但也没别的法子，最后也只得妥协了，说："要不试试吧！"

只是大家都忽略了猫爱舔身上毛的习惯，结果梅花就被毒死了。

宋词哭得伤心，一抹一把泪的。斌斌便打趣她："小姨，你这是借太姥姥哭猫？还是借猫哭太姥姥？"

"你这孩子，甚时候了还有心思说笑？！"元芬斥责斌斌。

"要你管？！"

元芬气得过来要打斌斌。

宋词拦住了，说："现在的孩子都这样，咱和人家有代沟了呢！"

元芬叹口气："是不好管，不知道学习，就知道'吃鸡'，玩《王者荣耀》，弄个钱都让买皮肤、买武器了。我瞧着他就来气！"

宋词安慰道："幸好有田静儿给你开心。"

元芬就笑，却是苦笑："那个病虽是控制住了，却一样不省心，原打算要个小棉袄的，不想却养了个假小子！"

"基因这东西啊！神秘又复杂……"

把话说出去了，又似觉不妥，宋词就转了话题，说："都是计划生育害的，要不然……"

似又觉不妥。

元芬却已激动起来:"计划生育咋了?你说那会儿老百姓刚刚能吃饱饭,不管着能行?!你说不是?!农民种地下种,还知道选个好种子嘞!"

"计划生育,是让人有计划地生育,而不是一刀切!"话已涌到喉头,又被宋词硬生生地咽了回去。她现在懒得和人讨论、辩解这些了,尤其是亲人,她已经学会两害相权取其轻了。

"二姐,现在放开生三胎了,你如果觉得有遗憾,可以……你的年龄应该还能怀……"

元芬冷笑道:"据统计,咱们全县去年只生了700个孩子。真不知道现在的年轻人咋想的!"感叹完了又说,"你只知道,我割了半个奶,我的输卵管堵塞多年了,你竟然不知道,还让我生!唉!咱们姐妹平时联系沟通得太少了。咱们这代都成这样了,下一代即便是亲兄妹、亲姐弟、亲姊妹,你觉得他们能亲到哪里去?"

宋词想问:"那你的意思是生对,还是不生对?"但她只是长叹了一口气。

她又想起了《人类终极命运的预言》的文章,这是社会学科中另一个更为复杂深奥的课题,但又觉得和二姐讨论这些实在也没必要,所以她转移了话题,说是有个心愿,想把梅花葬在太姥姥的坟旁。

就在这时,元芬的手机响了一下,她拿出手机翻看。"是单位群里的信息。"边看边说,"县文旅局正在筹办第一届娲山奶奶庙公祭活动,让我们乡政府配合搞活动嘞!这个有望申请非遗呢!"

"笙!"

"你决定要生了?!"元芬一激动,声音就提高了几个分贝。

"不是那个生,我说的是吹的那个笙。"

见元芬不解,宋词又说,"那天见着军武,他说想申请点笙的技术,刚才你说到非遗,我就想到了最原始的'笙',其实就是把树根、竹簧之管参差插入葫芦的干壳之内制成的。"

"《史记补三皇本纪》记载：'女娲氏风姓，有神圣之德，代宓仪，立号曰女希氏，作笙簧。'可见女娲时期并无笙，只有笙中之簧，当时的笙簧应该是用竹片、木片制成的，只可发出高低不同的音。一直到夏商以后，才发明了以数根竹簧之管和干葫芦壳相结合的，那个叫'簧'的乐器。"

"我家的女才子又之乎者也了，快别在我这里显摆了，我一个字也听不懂。"

宋词一笑："那切换频道，换话题。"

"你看，你看。"元芬却把手机攞到宋词跟前，"这是娲山公祭活动仪式议程，这场面够大的啊！"

"开路旗16杆，凤辇1个，扇鼓队80人，飞凤旗8杆、大鼓4对、川锣60个、长号……"

宋词懒得看，便推说这几天哭得眼睛疼，看东西眼花。

元芬就说："快吃望月砂啊！"

宋词愣了一下，反应过来，说："你咋不吃啊？"

"我眼睛多好啊！又大又亮，长这么大连个眼药水都没滴过。"元芬得意地望着宋词，忽然扑哧一声笑了，说："我给你讲个笑话啊！就是前些天，我来看姥姥，碰到了那个军文媳妇，正在这里和姥姥吵吵，听了半天才知道军文眼睛一到天黑就看不见了，又吃中药，又吃西药的，都不管用，后来就来找姥姥了。姥姥给他开了一个方子，里面就有'望月砂'。军文老婆抓了药才知道，'望月砂'原来就是野兔子屎，气得不行，找姥姥来理论。改香嫂子也说不过她，我就急了，说给你开个'野兔屎'你家军文吃啊？！军文媳妇半天才结结巴巴地说，山上都是，本可以不花这冤枉钱的。我就说，山上都是，捡现成的更新鲜，效果更好，来这里吵吵个甚。"

两人边说边捂着嘴哧哧地笑。芸芬拿了油瓶子去供桌前给长明灯加灯油，打她俩面前经过时，阴着脸说："身上还穿着孝衫嘞！还在灵棚下坐着嘞！叽叽咕咕的像个甚，也不怕街坊邻居笑话。"

宋词心下不悦，却也马上收了笑。

元芬瞥了芸芬一眼，一脸的满不在乎，她擩擩宋词说："活动仪式我随后发给你吧！还有一篇祭文，我一起发……"话没说完，嘴里哟哟地叫着说："我们书记说扛桩队缺小朋友，让田静儿化一下妆，加入扛桩队，一起参加公祭活动嘞！"

宋词没有接话，却兀自替元芬愁起了田静儿的病。

祭文，宋词是在回省城的路上看的。

"黎亭县举办第一届娲山社祭祀礼会，以缅怀娲皇圣母创世之功德，追悼造人补天之伟绩，传承英姿果敢之精神，感念冥冥中之呵护……"

宋词合上手机，对身边的凌浩说："公祭的意义在哪里？确定不是劳民伤财？！"

"这是迷信与信而不迷之间的一个度，这个度如果能把握好，当然这也不失为一件好事。"

宋词来了精神："那你说，生命的意义又是什么？"

"每一个生命都是一个独立的个体，赤条条来，赤条条去，来和去，都不携带一物，所以我认为生命的意义是虚无，也就是说生命本是没有意义的。"

"我不这样认为，我觉得生命的意义是延续。就是说你去世多少年之后，还有人记得你，知道你曾来过这世间，知道你在这世间的点点滴滴……"

凌浩牵了宋词的手，会心地一笑，为这不谋而合。

就在这时，宋词的手机"嘀"地响了一下。

是乔乔发过来的消息。

"小姨，我来那个了。"

宋词一下没反应过来，乔乔的第二条消息已发了过来。

"我来例假了，来月经了，来大姨妈了！！！"

宋词的泪一下涌了出来，身体也簌簌地抖得厉害。她的第一反应，应该立马把电话打过去，但此时，乔乔的第三条信息已紧跟了过来，"太好了！我好开心！这证明我是一个真正的女人了！但我并不打算结婚，以前不考虑，现在不考虑，以后也不考虑，至于生孩子的事，更是无稽之谈，我的子宫我做主！"

坐在一旁的凌浩看出宋词的异样，他伸过胳膊来，紧紧揽住了她的腰。

宋词眼含着泪，仍在摁着手机发信息："别把话说得那么绝对。该来的挡不住，该去的也留不住。世事无常，阴差阳错，从来就是人间常态！"短短的两句话，宋词删删减减，编了又编，终是没有发出去，她的头轻轻抵着凌浩的胸膛，感觉前所未有的词穷，确实！没有一句话，能精准地表达她此时的心情和感慨！

后　记

　　《娲山》是我2019年申请山西省文学院签约作家时申报的作品，签约时，原定的小说名字为《娲》。签约后，我脑子一片混沌，我的初衷确实是想歌颂女性，但我不知道一个什么样的女性，能堪此大任，能扛起"女娲"这杆大旗。好长一段时间，我都寝不安席、食不甘味，懊悔自己的莽撞与准备不周。

　　此间，不停地走访乡邻，不停地下乡采风，白天听别人讲故事，夜晚熬夜做笔记。随着时间的推移，我逐渐找到了书写的方向和落脚点。我决定放弃宏大的叙事，将视角投向太行山的普通老百姓。普通人一生的悲欢离合，喜怒哀乐，是有血有肉、有温度的。我觉得，书写生活本真的模样，要比那些说教式的宏大叙事更加有广度、厚度和力度。

　　小说完成后，我大致捋了捋，跨度一百年的小说其实是用300多个小故事串联起来的，这些故事，有些是我目睹的，有些是我耳闻的，有些则来自我收集的报刊和书籍。

　　我把小说第一稿打印了几份，分发给几个朋友征求意见。他们反馈的信息很有意思，有的说我像小娃，有的说春兰身上有我的影子，有的说宋词写的分明就是我。这让我尴尬又迷惘，难道是我笔法稚嫩，没有写出她们的鲜明个性和时代特色？

　　我反复修改书稿，修改中我发现，我所写的五代女性，其实前三代女性真的很像，就像是一个人。她们是姥姥、是奶奶、是母亲、是大姨、是小姨、是姑姑、是婶子、是大娘……她们身上有很多的共性，隐忍、坚强、善良、节俭……她们把自己的一辈子锁在"家庭"这个小天地里，为男人做饭，为儿女攒钱，上地扛锹镢，熬夜做女红。苦苦菜、扫帚苗、榆皮饸饹、槐花饭……粗糠野菜、汤汤水水能拉扯大好几个孩子。好吃的都留给孩子，小病非要拖成大病，自己掌管着家里的饭勺，却迁就着一家人的口味，自己捏着针线，却唯独缺少自己一件衣裳。她们真的不伟大，甚至很卑微，她们中间好多人不识字，甚至不会写自己的名字。没人教她们怎么做母亲，但她们天生就会，孩子一生下来就会养，而且能养得很好。离婚在她们看来绝对是件耻辱的事，生不出儿子，也是自己的问题。男人是天、是世界、是家里的顶梁柱。男人打骂女人是天经地义的，她们顶多抱怨一句："是我命不好。"她们不知道什么是更年期，也不知道什么是抑郁症，委屈的时候只能憋着、忍着，于是憋出了宫颈癌、乳腺癌，她们只知道自己得了要命的病，却至死叫不出病的名字。

宋词是男权社会向平权社会过渡阶段的一个典型范例，她追求自由、追求平等，也追求美好，美中不足的是有点过于浪漫和理想，不接地气。乔乔则完全处于顿悟的状态，她不去取悦别人，不去迎合别人，也不去改变别人，她明白，"我"才是主体，"我"开心才是最重要的。

小说没有歌颂苦难，也没有渲染悲壮，我只是平实地书写现实与生活。我书中的女性，或者确切地说，我身边的女性，她们很平凡，又很伟大，这世间因为有了她们的隐忍、坚强、善良、勇敢……才有了生命的不绝如缕、生生不息，所以，她们都值得冠以"娲"的头衔。

所有的女性，价值不应该被忽视，更不应该被锁在家务里，即便她们自己选择做家庭主妇，愿意默默地奉献，但她们的付出，也应该被世人看见，被认可，被尊重，这也是我写这部小说的目的和主旨。

张俊苗
二〇二五年三月